U1075821

bloom 盛开
盛于繁花·锦绣绽开

方达／主编

盛开年选

小|说|卷

2012正青春

北京联合出版公司

图书在版编目（CIP）数据

2012盛开年选．小说卷：正青春 / 方达编著．--
北京：北京联合出版公司，2012.6
ISBN 978-7-5502-0758-5
Ⅰ．①2… Ⅱ．①方… Ⅲ．①中国文学－当代文学－作品综合集②短篇小说－小说集－中国－当代 Ⅳ．①I217.1

中国版本图书馆CIP数据核字(2012)第116744号

2012盛开年选．小说卷：正青春
主　　编：方　达
责任编辑：李　征
策划总监：李耀辉　杨亚茹
产品经理：周　赟
特约编辑：罗亚晴
封面设计：黄柠檬设计工作室
版式设计：黄柠檬设计工作室

北京联合出版公司出版
（北京市西城区德外大街83号楼9层100088）
北京鹏润伟业印刷有限公司印刷　新华书店经销
字数320千字　710毫米×980毫米　1/16　18.5印张
2012年7月第1版　2012年7月第1次印刷

ISBN 978-7-5502-0758-5
定价：29.80元

目录

PART 1 文本小说·红鲤

PART 2 体验小说·赤道无风带

PART 3 伤痕小说·摇曳的烟火

PART 4 才情小说·暮色降临德克大街

PART 5 影像小说·妖镜

作者介绍

甫跃辉

男，1984年6月生，云南保山施甸县人，复旦大学首届文学写作专业小说方向研究生，师从作家王安忆。2006年在《山花》杂志发表第一篇小说《少年游》。中短篇小说见《人民文学》《大家》《花城》《中国作家》《青年文学》《上海文学》等文学刊物。有作品入选多种选本。获得2009年度“中环”杯《上海文学》短篇小说新人奖。中短篇小说集《少年游》入选中国作协2011年度“21世纪文学之星丛书”。

李晁

1986年10月出生，贵阳人。曾获《上海文学》中篇小说大赛新人奖。发表小说三十余万字，散见《上海文学》《青年文学》《山花》《萌芽》等。有作品入选年度选本及多种青春文学作品集。著有长篇小说《傻时光》。

黄孝阳

江西抚州人。作家、编辑。获第三届紫金山文学奖。已出版《人间世》《遗失在光阴之外》《网人》《时代三部曲》《阿槑冒险记》等。另发表中短篇小说百万余字。提出“量子文学观”。

徐璐

女，1982年8月出生。毕业于陕西师范大学，北京大学中文系文艺学专业硕士，在《少年文艺》《青年文学》《青年作家》《萌芽》等刊物发表散文小说若干。出版有《西安1460》。

商夏周

女，本名李星，生于1987年，现居北京，喜爱摄影和写作。

贺伊曼

女，20世纪90年代生。土象金牛座。爱吃爱睡，目前就读于湖南某大学。作品散见于《萌芽》等杂志。曾获第十二届、第十三届全国新概念作文大赛一等奖。

韩倩雯

女，1991年出生，江苏人。作品多发表于《中国校园文学》《萌芽》《青年文学》等期刊。曾获第十二届全国新概念作文大赛二等奖。

刘汀

男，1981年生于内蒙古自治区赤峰市巴林左旗。从读大学时起开始小说、诗歌等文学创作，在《十月》《钟山》《青年文学》《佛山文艺》杂志发表小说、诗歌等几十篇，间或撰写书评和文化评论。其中中篇小说《麦斯威尔和雀巢》入选《2003年大学生最佳小说选》。主要作品有长篇小说《布克村信札》《浮的年华》。曾获99杯“新小说家大赛”新锐奖。

王明明

男，1986年生，黑龙江人，现居江西。作品发表于《百花洲》《山花》《青春》《小说林》等刊物。江西省作家协会会员。

董夏青青

1987年出生，毕业于解放军艺术学院，现为新疆军区政治部创作室创作员，多部作品在《当代》《十月》《青年文学》《创作》《南方周末》等报刊发表。

毕亮

1981年生，湖南安乡县人，现居深圳。已发表中、短篇小说60余万字，散见《天涯》《山花》《大家》《中国作家》《小说选刊》《新华文摘》等期刊。作品多次入选年度小说选本。为鲁迅文学院第七届高级研讨班青年作家班学员，曾获2008年度长江文艺文学奖、第十届作品文学奖。

朱婧

80后作家。现居南京。毕业于南京大学中文系戏剧影视专业硕士。江苏省作家协会会员。2003年始，在《萌芽》《花溪》《青年文学》等杂志发表作品数十万字，作品被收入各种选集。出版有《关于爱，关于药》《惘然记》《幸福迷藏》《美术馆旁边的动物园》等书。曾获《广州文艺》《芳草》《青春》《萌芽》杂志联合举办的“四小名旦青年文学佳作奖”。

丁威

第十二届、十三届全国新概念作文大赛一等奖，作品常见《萌芽》《美文》《青年文学》等杂志。

姜睁峥

女，1992年生。热爱写作，一直在坚持。

周文

生于1986年6月6日，曾获第五届新概念作文大赛二等奖，新浪网性情作文大赛一等奖，香港“新纪元”全球华文青年文学奖短篇小说组二等奖，并在《萌芽》等杂志及各类文集发表文章数十篇。

半月·王子夜

原名张恒嘉。曾获得第十二届全国新概念作文大赛二等奖。行文中国风魔幻现实主义类型，惯用浪漫主义写作手法。现为在校大学生。

王君心

女，1994年8月末出生，福建省永泰县高一学生。12岁起在《儿童文学》《少年文艺》《科幻世界》《读友》等各类文学杂志上发表童话、小说二十余万字，多次推出作品小辑。有长篇小说《秘语森林》出版。

彭扬

出生于1984年，毕业于北京电影学院文学系。中国作协会员。高中一年级，在《当代》发表文学处女作《雨季之鼠》；高中二年级在《青年文学》发表小说《火车快跑》，并获年度作品一等奖；大学二年级，获人民文学出版社颁发的第四届“春天文学奖”。已出版小说散文等作品十部。2011年1月，首部长篇小说《北京甜心》获得第四届“老舍文学奖”优秀长篇小说提名奖。9月，《平原》获得第三十八届香港青年文学奖。

顾天蓝

真名吴矢，自由写作者，鲁迅文学院第八届青年作家高研班学员。居无定所，最爱研究稀奇古怪、枯燥冷僻的论著。擅长小说、随笔、评论的写作，语言准确、充满力量、自然流畅。致力于探讨人性复杂与原初文化，兴趣涉及绘画、乐器、打牌和解梦。已出版《天蓝若空》。

PART 1

文本小说·红鲤

红
鲤

甫跃辉

1

我们被哭声惊醒了。睁开眼睛，木呆呆地盯着彼此的脸，月光照在脸上，好似仍残留着的梦的影子。哭声再次从远方传来，绵长的，夹杂着无尽的惊恐和悲戚。我们眨了眨眼睛，脸上的肉哆嗦了一下，猛然坐了起来。该来的总会来的，但没想到来得这么快。应该是午夜时分，透过仅有的一扇窗子，月光铺在地上，宛若落了一地的细雪。那样薄，那样轻，很容易被惊醒的样子。我们匆匆忙忙又有条不紊地穿好衣服，穿好鞋袜，收拾好简单的行李，整理好床铺和屋子——虽然没必要再整理，自始至终没有说一句话。该来的总会来的。默默地环顾这间小小的屋子，再没什么需要做的了，我们这才在床沿坐下。

我握住你的手，感觉到你在微微发抖，侧过脸看你，你也正抬起头看我。你紧绷着脸，忽然，笑了一下。

你说："没事。"

我也笑了一下，说："嗯。"

我们在等待着。

会有一个人出现，给我们带来确切的消息。

哭声又一次传来，比上一次更近了。你痉挛般地攥紧了我的手。我知道你紧张，又冲你笑了一下，低声说："没事的。"你飞快地瞥我一眼，低声说："嗯。"你瞅着自己的手，努力让它放松开来。你的手指真漂亮，它们像十束月光，彼此缠绕在一起。

等待的时间真是漫长。

不约而同地，我们仔细地检视着这十来平方米大小的小屋。小屋是我们一手建造起来的，一砖、一瓦，都是。是两年前吧？端午节那天，我们走过一个村子，走过一座独木桥，来到这片山坡。那天，风很好，阳光也很好，我们都喝了一点雄黄酒，你的脸红红的，我的脸映在你眼睛里，也是红红的。那时候我们还有些陌生，隔着一臂的距离，在草地上坐下来，手和手默默地搁在两个人中间，怯生生的，小动物似的静默着。草地真舒服呵！那年夏天来得迟，草还在长，满耳都是唧唧唧的声音，草芽像是刚出壳的小鸡用尖尖的喙啄着手心。我看到你兴奋得脸愈加红了，呀呀地哼着一首歌。

歌声婉转。

我只粗略地听得懂，歌词里有黄河，有白杨树，有太阳。

我放平了身子，让整个身子感受着身下青草的勃勃生长。斜着眼，觑着山坡下的小河，河水亮闪闪的，像阳光下扯开的一条绸布似的。

就在这个下午，我们决定停止奔波，安顿下来，在这儿盖一间小屋，开几亩荒地。几乎没经过争执，我们就决定了小屋的朝向、位置、大小。砖瓦木料可以从附近村子里购买，至于人力，我们自己来。不过，我忽然提出，村人会容许我们在这儿盖房么？没准儿，这山坡也许是谁家的。你对我的忧虑不以为然，认定了山坡哪怕是村人的，他们也会乐意让我们盖房子。你的乐观让我怀疑，但我不想去戳破。我们重新走过那座独木桥，回到村里去。不料，村人许久听不懂我们说什么，总算听懂了，他们却非常困惑地瞅着我们。一个五十多岁、下巴蓄一撮小胡子、枣红色的脸膛刻满皱纹的村人说："天是天自己的，山坡也是山坡自己的，你们觉得那片山坡好，就在那儿盖房子好了，怎么会跑来问我们同不同意呢？"说到向他们购买砖瓦木料，终于，枣红脸的村人连连摆着手，气呼呼地说："谁要你们的钱？砖瓦都是河边的泥巴做的，木料都是山里的松树取的，本就不是我们的，难道你们就不能拿了去用么？"我们只能向他道歉，同意接受赠与。这样，他才咧开嘴笑了，露出满嘴黑黑的牙齿。在我们身边，村人站了一圈，如同笨拙的向日葵。

枣红脸的村人留我们在村里吃了饭，喝了鸡汤，还饮了不少雄黄酒。趁着酒兴，村人咿咿呀呀地唱起了歌。那歌是我听不懂的，你听了一会儿，却随着他们唱起来。从你的歌声里，我依稀听得出，有河水，有村庄，还有月亮。

几个泥鳅一样的孩子在人群里窜来窜去，他们很快就喜欢上了你，拉着你的手，瞅着你的嘴巴唱歌。你说：“你们都给我做儿子好么？”他们嬉笑着，一个个泥鳅似的跑了。

2

房子很快盖好了。就矮矮一间小屋，窗户很高，正对着床。房子盖好这晚，我们请帮忙的村人和孩子喝酒。你的酒量并不大，却陪着喝了一碗又一碗。我几次劝你少喝，你只是不听。酒碗和酒碗碰在一起，“叮”的一响，有酒泼出来，在月光下一闪，恍若跃出水面的一条鱼。那些村里的野孩子们又拉住了你，哦哦地唱着我听不懂的歌，你一点不恼，任凭他们拉拽着，也哦哦地唱着。你一定是醉了，你的脚步趔趔趄趄，你的声音飘飘忽忽。星星一个个灭尽了，村人才抱着他们睡熟的孩子离去。你一直站在门口，目送他们走过那座独木桥，我疲累地躺在床上，都快睡着了。

你竟一点儿不困，一个劲儿跟我说着那些泥鳅样的孩子。我感到眼皮沉甸甸地往下坠，渐渐地离你远去。

“醒来！醒来！”你推了推我，又掐了掐我。

我猛然睁开眼睛，望一眼墙上小小的窗，这会儿，那窗也像一只独眼，漠然地瞅着我。我强打起精神，继续听你说那些孩子。孩子，泥鳅一样在我眼前钻来钻去……

“醒来！醒来……”

我努力撑开眼皮，小窗更亮了，独眼似的瞅着我。

“醒来……”

我又一次撑开眼皮。整个屋子亮晃晃的，该不会天亮了吧？

“我想要个孩子呢。”你喃喃自语。

“现在这样，怎么要？还让不让人睡了！”

你被我突如其来的恼怒吓坏了，做错了事的孩子一般，大睁着眼睛望着我。

村里的孩子们常来拜访我们。他们总会带来一些小礼物，有青青的麦穗，有刚刚吐出火焰般花朵的石榴树枝，有装在小小竹笼里的会叫的蟋蟀……你看到这些小玩意儿总是满心欢喜，很轻易地，就让他们从你手中换走了夜明珠、猫眼石，还有珊瑚枝。我暗自心疼，仅仅为了不让你扫兴，才装出一副笑脸，看着你一个个抱起那些肮脏的孩子，把脸贴在他们黑乎乎的脸蛋上。他们多像一群野蛮的小畜生啊，总是不愿在你的怀里安稳一小会儿，挣扎着，跳到地上，拿了你给的礼物便走。对那些价值连城的宝物，他们竟也像你一样，丝毫不懂得疼惜，拿了当做玻璃弹珠弹来弹去，有的掉进了河里，有的滚落在山坡。秋天的山坡单薄、焦黄，滚满了各种各样的宝石，犹如夜幕上挂满了星星。

你总是站在黄昏里，目送野孩子们咋咋呼呼地跑下山坡，蹦蹦跳跳地跑过独木桥，消失在河对岸的村庄里。村子上空的炊烟云朵似的，安静地伏着。

“我想要个孩子，”你望着那些懒洋洋的炊烟，喃喃自语，“我想要那样的烟火人生。”

3

我们自己的炊烟总是迟迟升起。我们对食物都有着丰沛的热情，那烟火缭绕，那细烹热炒，那香气四溢，都令我们痴迷不已。为此，也就需要花费更多时间作准备。

烹煮食物，是我们每天最盛大的节目。选择原料是关键的第一步，你喜欢孩子们带来的麦穗，喜欢屋后种下的土豆，喜欢带着露珠的大白菜，当然，也喜欢肉。我们吃得最多的肉，当然是鱼肉，鱼都是我从山坡下的小河里钓来的。

无论天气晴朗，或者阴霾，我都会带上一根钓竿到河边去。河水很清，又很浅，没有水草的地方，看得到河底大个大个的鹅卵石，一窝窝鸡蛋似的卧着。有黑的、白的小鱼，筷子一般，在鹅卵石间倏忽地穿过来，又倏忽地穿过去，悄无声息，恍若一把把银亮的梭子在虚空之中迅速穿过。

我的钓鱼技术很一般，又不大坐得住，不是捡了石头打水漂，就是仰了头呆看卷舒的云彩，常常让上了钩的鱼儿也挣扎了逃走。这样坐上一整天，只钓上几条两三指宽的小鱼，有草鱼、黑鱼、鲢鱼，还有叫不上名字的杂碎鱼儿。用一根草穿了鳃，像一串干瘦的蚂蚱似的拎回家去，你总是微笑着，接过我手里的鱼，说："今天又有肉吃了。"

你炖的鱼汤真鲜美啊。

你喝汤的样子，比鱼汤更让我欢喜。

乳白的鱼汤，浮着几段红辣椒，还有大葱、生姜、枸杞，安放在小屋里唯一的桌子上，腾腾地冒着热气。很快，肉香就在屋里弥漫开了。你尖着鼻子，凑上去，夸张地嗅着。

"真香！"你一笑，眼睛就湿漉漉的。

你先给我舀了一碗，又给自己舀了一碗，先把嘴凑在碗边，嘘嘘地吸了两口，又用小勺舀了两勺汤送进嘴里，让汤在嘴里停了好一会儿，才慢慢咽下去，然后，"啊"地缓缓叹出一声，紧绷着的身体松弛下来，脸像孩子一般红扑扑的，眼里似乎有泪花儿在转。

我喜欢吃肉，但不像你那样喜欢吃鱼，我不喜欢那股泥腥味。

我钓到的鱼越来越少了，而且，钓到的大多是我们都不喜欢的黑鱼和鲢鱼，草鱼越来越少，鲤鱼更是从未钓到过。

有一天，你跟我说，你清早到河边散步，见到了一大群鲤鱼。

"红色的，像一大团云。"

你有些急促地喘着气，红润的脸色，让我想到那些未曾谋面的鲤鱼。

"它们贴着水面游，很悠闲地浮过来，又浮过去，像一个人喝醉了酒，摇摇晃晃的。"你的眼睛闪亮着，浮动着一小片红色的云。

"起初它们没发现我，我看了好一阵，蹑手蹑脚想走进去，倏地一下，它们就没了。水面只很浅地起了一圈涟漪，那些鲤鱼从未出现过似的。我现在都在怀疑，是不是我看花眼了？”你流露出无尽的懊丧，眼里那片红云消失了。

“没准儿就是你看错了。”我懒懒地说，莫名地有些失落。为什么我看不到那些红鲤鱼？

“那怎么可能？！”你孩子似的瞪大了眼睛。

因为那些魅影般的鲤鱼，你几乎整日魂不守舍。一大早醒来，你已经不在屋里了，我站在床上，透过小窗，远远地，看到你在河边徘徊，始终呆呆地望向雾气缭绕的河面。我到河边去钓鱼，你对我爱理不理，仍专注地往河面看。然而，只有红色的阳光在河面跃动着，没有红鲤鱼。这一天，我钓到的还是黑鱼和鲢鱼，它们滑腻腻的身体令我厌烦，我胡乱地将它们串在一起，心不在焉地拎回小屋，你没跟我一起回，兀自在小河边徘徊。“你一定是误把霞光当做红鲤鱼了，这河里哪儿会有红鲤鱼呢？”你不听我的。傍晚，你才回来，身上沾着一两根草茎，那是你急匆匆地穿过草丛带上的。有那么一阵子，你看着我钓回的一串小鱼，呆呆地一言不发，我莫名地感到了羞赧和气愤。

晚饭时分，是寂静的，只听得见碗筷相碰的叮叮声，恍若细小的冰块，迅速融化在灼热的空气里。

夕阳正在下坠。山坡下的小河映照着落日，蜿蜒着，如一条紫色的带子。

4

我日复一日坐在河边，有时，忘记了是在钓鱼，忘记了身处何地，甚至忘记了为什么会到这儿。水光一闪，看到了孩子们的影子，我才回过神来。孩子们正在过桥，他们随意地和我打了个招呼，径直往小屋找你去了。近些日子，他们来得少了。我想，他们一定是嫌这儿太冷清吧。为了让他们经常来，来了多待一会儿，你使了很多小小的诡计，比如，用草茎编成栩栩如生的会跳的蚂蚱，用泥巴给每一个孩子塑像，还有，就是给他们做他们喜欢喝的鱼汤。我不愿戳穿这些小小的诡计，但你肯定知道，我对此了然于心，我只好在这样的时候远远避开，好不让你难堪。

为了孩子们，你不得不提起精神烹饪鱼汤。

“哎呀，他们真像一群鲤鱼！”

你站在桥边，目送孩子们手拉着手走过桥去。他们的身影被夕阳斜斜地投在河面，河面波光潋滟，影子晃动如同鱼跃。

这天晚上，我发现你说梦话了。

“鲤鱼……鲤……鱼……”你喃喃说，“我看见那些鲤鱼了，真漂亮啊！”

我推了推你，你“嗯”了一声，挪动了一下身子，不言语了。

“我想要个孩子。”过了一会儿，你又说了一句。

我不知道这句是不是梦话。

第二天，我把梦话重复给你听，你大睁了眼睛，似有迷茫的晨雾从你眼前经过。

就在当晚，我梦魇了。我非常清楚地看见，一群鲤鱼从窗户无声无息地游进屋。月光照得屋子透亮，把鲤鱼们的影子投在墙上和地板上。这些鲤鱼真让我惊恐，让我想要藏起自己。我清醒地意识到，我深陷在梦里，我得醒过来，可不管我怎么挣扎，我仍旧被牢牢地吸附在梦的漩涡里，鲤鱼们仍旧不紧不慢地在屋子里漫游，它们呆滞的目光仿佛锈蚀的宝剑，穿透布匹一样的月光刺到我身上，让我感到皮肤一阵阵发紧，心里的恐惧洪水一样直往上漫。

我咬紧牙关，使劲儿撑开眼睛。

身边的你静静地睡着。屋子被月光照亮，似有影子浮动。

我悄悄打开门，走到屋外站了一会儿。月光斜斜挂在山顶，漾着一层昏黄的晕。月光笼罩的河流灰蒙蒙的，如一大条平整的青石板。

你看到的那些鲤鱼如今在什么地方？它们正聚成一团，恍若红色的影子，在河道里逡巡么？我眼前浮现出一团红色的影子，形状莫辨，动向不明。我感受得到它们湿淋淋的鳞片和嘴里吐出的带着腥气的泡泡，竭力想要固定住它们的存在和形状，却无论如何做不到。我只得伸出手，胡乱向空中抓去，猛然醒悟过来，差点儿又梦魇了。

次日一大早，我就拿了钓竿到河边去。

我想看看那些鲤鱼，想钓上来一条鲤鱼、两条鲤鱼……想把全部鲤鱼钓光！

自打到河边钓鱼以来，我从没这么气势汹汹过。现在想来，河里的鱼看到我当时那副咬牙切齿的模样，一定会避得远远的，不敢再碰一下香甜的饵料了吧。你也发现了我的异常。那天，当我两手空空地回到家，你脸上的哀伤立刻告诉我，你什么都明白了。

“我知道的，你想钓到那些鲤鱼。”你毫不掩饰地说。

“你不是一直想看到它们么？我钓上来让你看！”

我说这话时，脸上的表情是多么凶恶啊。

“我只想看看它们，并不想……吃它们。”你有点儿怯生生的。

“都一样，”我说，“吃了，也就看到了。”

“不一样！”你忽然提高声音。

你的嘴唇抖动着，眼泪在眼眶里打转。我不明白你为什么生这么大气。你从来都是温顺的，从来都没大声骂过谁。

“你是不是厌倦这种日子了？”你直直地瞅着我。

“不是……只是……”我心神慌乱，不知道说什么。

“我早就想到，你总有一天会厌烦的，总有一天，会抛下我一个人的。你说你想要安宁的日子，可真正过上安宁的日子了，你又宁愿到外面去，不管冒着多大的风险……”你自顾自说下去，眼泪汩汩地流出，很快滑过脸颊，挂在下巴，摇摇欲坠。

“不是你想的那样……”我惊讶于你的每一句话都那么精准，却仍旧辩驳着。

我费尽唇舌才劝住你，才和你重新靠墙坐在床上。头顶就是窗户，窗户透进月光，照亮整个小屋。对面墙上，映出窗栏的影子，中间是我们头顶的影子。

接连好几天，我都没到河边钓鱼。

5

我离开小屋那天，天气很好。有微风，少云彩，太阳还没醒来，薄雾横贯河面。

我事先并没计划过离开，那天我只是醒得早了些，你还在安睡，月光在你脸上薄薄地凝了一层。脑袋昏昏的，却再睡不着，就想到河边走走。兴许红鲤鱼这会儿正在河面游荡呢，只是，我肯定看不到。我有些自嘲地想。刚走到河边，一股清冷的水汽兜头袭来，心中顿时一片清明。不如就此离开？这念头鬼使神差般闪现，令我心头一热，便再也不肯轻易消失了。我回头望着小屋，小屋蹲在山坳里，那么安稳，那么无辜。片刻之前，它离我还很近，此时，它已然在千里万里之外了。

我简单收拾了行李，轻轻推开门，一路跑下山坡。清冷的风猛地兜进我的怀里，衣服鼓荡开，飘飘然，如临深渊。我体会到一种危险的快乐。我明知这是对你的背叛，仍不能禁止自己去亲近和尝试。我张开双臂，迅疾地冲向河边。

在独木桥边，我有过刹那的犹疑，想起一年前我们一起走过独木桥，还想起了令你痴迷的那些鲤鱼。我下意识地往河里看去，黎明前的河面冷漠而平静，隐约看得见黑乎乎的水草沉在水底。没有红鲤鱼，什么鱼都没有。我回头望了一眼晨雾中的小屋，你仍在屋里安睡。没有我，你也能安睡。我朝桥上走去。

我没在村里停留，一直走到几十里外的一座市镇才落脚。

街上有人做买卖，有人卖艺，有人看热闹，有人不知道干吗地走来走去。很久没看到这么多人了，我怀揣着莫名的兴奋，也在人群里走来走去，哪儿人多就往哪儿挤。在人群的推搡、吵嚷、汗臭中，我一点一点地感觉到，身体里很多沉睡的部分正在迅速苏醒。过去的一年，它们似乎一直在沉睡。一个新的人在我身体里生长出来了。

一连几日，直到看得眼眶塞得满满当当，再也看不进去东西了，我才心满意足地回到租住的旅店。

旅店位于市镇边缘，干净、雅致，来往的人不多。属于我的屋子只有一张床、一张桌子和几把椅子，足够了。在外面看了太多的东西，回来就不想看到多少东西了。

我渐渐熟识了市镇上的一些人，小官吏、卖茶叶的、卖字画的、算命测字的、唱歌跳舞的……他们不问我从哪儿来到哪儿去，只是和我在太阳底下坐下，随意地说说天气，说说生意，说说头天晚上做的一个梦。

在人群中我认识了跳舞的洛。对她的舞蹈，我并不怎么理解，但这不妨碍我每天守在街口看她跳舞。和我一起看她跳舞的，还有镇上的不少男人。他们肆意地和她调笑，目光始终离不开她腰间露出的一截白色。说实话，我也偷偷看了几眼。我又体验到了那种危险的快乐，不禁又看了几眼。

后来，我有时会想，我和洛是怎么走到一块儿的？兴许就是那禁不住多看了的几眼？我很快赢得了镇上那些男人的羡慕，也有人悄悄告诉我，洛还曾经和镇上的谁谁有染。他们喜欢用这个词：有染。我被这个词弄得脸红耳赤。他们明显达到了目的，意味深长地笑了。

我原本以为我会喜欢上这样的生活，毕竟，我让那么多男人羡慕。不料过了没多久，我便心不在焉了。“你不喜欢我跳舞吗？”洛常常将脸凑近我，苦恼地问。我被她身上的香水味儿熏得昏昏欲睡。“喜欢啊。”我说。“你要是不喜欢我跳舞，我唱歌给你听好吗？”她的脸凑得更近了。“不用……不用！”我忽然慌张了。我不知道为什么那么怕她唱歌。“我看你跳舞就够了。”我对她说。于是，洛常常为我一个人跳舞。在我租住的房间里，在昏暗的灯光下，她默默地跳着，手在舞动，腿在舞动，柔曼的身子在舞动，长长的头发飘了起来。我呆呆看着，脑海里却响起了歌声。那歌声湿漉漉的，雾气一样弥漫着。我想，她一定注意到我黯然神伤的样子了。她本来在转着圈儿的，一个又一个圈儿，突然，停住了。她瞅着我，好一会儿，泪水红蚯蚓似的爬满了她的脸。“你根本不喜欢看我跳舞。”她伤心欲绝地说。我心里歉疚，却不知如何作答，只能听凭她离去。

她一步一步走下木楼，空空的声音扩散开，尘灰般一次一次飘落。

这以后，洛仍在街口跳舞，她的舞蹈赢得了越来越多的赞美。我知道，有更多的男人去看她跳舞了，有的，甚至是从其他镇赶来的。我是再也不能去了。

这以后，大部分时间我都耗在一家小酒馆里。酒馆里常来一位落拓的画家，一身酸臭的衣服，胡子拉碴，穿一双开裂的大头皮鞋，脸上丝毫不见颓唐之色，成天笑嘻嘻的。他和我一样，将大把大把的时间抛在小酒馆里。和他聊天，我常常想起一幅画里的一片烟云，或者那些灯火下无家可归的弯腰驼背的老人，再或者，想起某一天喝的一顿好茶，一片茶叶长久地嵌在齿间，从清香变为苦涩。但我从未看过他的画，画家是他自封的。终于有一天，我跟他说：“让我看看你的画。”他说：“好。”他沉思良久，伸出漆黑的手指蘸了蘸茶水，用积满泥垢的长长的指甲尖在桌面上缓慢地画了一些东西，是两条并在一起的曲线，中间横亘着短短一条直线。然后，他的手指凝在半空，久久不语。这日以后，我再没见过他。

小旅店里那间房间，日益变得逼仄，行动不便。我很少再回去。很多时候，困了，就趴在小酒馆的桌上打个盹儿。画家走了，没人再跟我说话。

日子滑入了一段平静的水流。

有一天，我也用手指蘸了茶水，醉眼蒙眬地在桌上画了几笔，依稀便是画家那幅画。我蓦地想到，那两条曲线是小河，那一条直线是独木桥。

我意识到自己泄露了秘密，也就是说，被人盯上了。

小镇上一个个人的脸在眼前滑过，我说不出是谁出卖了我。我急匆匆赶回小旅店，店老板对我已经笑得很诡异了。我必须尽快逃离。

我收拾好行囊，匆匆跨出小旅店的门，沿着一条小溪流急速奔走，陌生的风灌进衣服，鼓荡开，还是如临深渊的感觉。我又体会到了几个月前那种危险的快乐。这一刻，我又一次想起你。我离开那会儿，你还在安睡，什么都不知道。

我一身热汗，走到小河边时，太阳正暖暖地卧在山顶。河面浮荡着暖湿的气流，波光粼粼，让我在一瞬间恍惚，似乎有大群红鲤游过。

你站在小屋前，不动声色地望着我走近，如同我仅仅离开了片刻。

你很快知悉了一切。

我该如何形容你的哀痛?

我从没见过你如此暴怒，你狠狠抽打我的脸，抽打自己的脸，怪我毁了我们平静的生活；你哭得噎住了，像哽着过去的无尽岁月；你抓住我胸前的衣服，喃喃地说，这儿曾靠过你的脸……甚至有一小段时间，你完全魔怔了，笑嘻嘻地瞅着我，说“你是谁呢”？看那样子，你真的不认识我了。你让我离开，离得远远的。我只能躲到门外，偷偷看你仰面躺在床上，平静、呆滞，瞅着小小的窗口，唱起一支奇怪的歌——我从未听你唱过的歌——

奶奶带我过大河，

过河要到哪里去?

妈妈带我过大河，

过河要到哪里去?

姐姐带我过大河，

过河要到哪里去?

……

歌声雾气一样飘离小屋，雾气一样盘踞在远处紫色的河面。

6

痛苦，并不是空洞的形容词。事后你这么跟我说。

那段日子，你浑身疼痛，肌肉痛，肋骨痛，手痛脚痛，站着痛，躺着痛，走着痛，只要呼吸就痛。苦呢，也是真苦。不管吃什么，你都觉着是苦的，清洁的河水、新鲜的蔬菜、鲜美的鱼汤，到了你嘴里，全是苦的。起初，你总是吃一口就要吐掉，两三天不吃东西了，也不觉得饿。你像个影子，飘乎乎地滑过草坡，到河边去，注视着河面上你的影子。我时刻盯着你，生怕你扑向自己的影子……孩子们偶尔来看你，你掐着腰，强忍着疼痛蹲在他们面前，听他们说话、嬉笑。他们渐渐发现你脸上诡异的笑容，渐渐害怕了，相互扯扯衣襟，便和你潦草地道别。你来不及挽留，他们已经跑到桥上去了。你掐着腰，慢慢直起身子，怅然地望着他们远去的背影。那一刻，我真是心如刀绞啊，孩子们也如我一般背叛了你。

但你的生命力远比我想象的顽强。我看到你强忍着痛苦，一口一口地喝水，一口一口地吞咽食物。食物和水，让你一点一点地恢复平静，如一只空空的蝉蜕，无欲无求。

这一天，你站到了我的跟前。我感觉得到你的分量，很轻很轻，恰是不能承受之轻。你对我说："是你告诉我你想过安宁的生活，结果，也是你毁了我们安宁的生活。是你把我带到这里，必然，也会是你把我带离这里。这都是命定的。"

你的脸那么平静，眼神里不起一丝波澜。

"我愿意和你渡过眼前的难关，你还愿意再和我……"

你的眼神刚刚还平静如水，忽地就有一束火光燃起。

我忽然就怯懦了。

“不……”我说——我不敢相信自己在说什么——“我想，人总是独自的……”

“好……”你倒也不怎么失落。

我们在屋前坐了许久，直到夕光如冷却的血凝结在河面。天一层一层暗下来。

你变得越来越坚硬，我看到你吞咽泥土和石头，让自己空荡荡的身体日益充盈。我看到你独自在夜里行走，陨落的星星落在你眼里，让你的身体日益沉重。

一天一天过去，我认不出你来了。

你正在变成另外一个你，沉静、坚硬、冰冷。你再不提孩子，再不对事物抱有热情，你只对夜色痴迷，我感到你正一点一点，将自己融进夜色。

你需要的越来越少，越来越少，直至不再需要什么。

这些多少有些难以理解，我们从未如此远离，也从未如此靠近。我钓鱼，种地，清理门前的小路；你做饭，洗衣，维持小屋的整洁。仿佛什么都没发生过，什么都没发生过。但我们心知肚明，该来的总要来的，而且，快了。

7

四处都是哭声了。

我们等的人还没来。

该往哪儿逃？后山，这是我们首先想到的。后山山高林密，鲜有人迹，或许可以躲过追踪。然而，我们从未到过后山，谁又知道后山有没有陷阱？我们再不敢轻易相信什么了，哪儿都是罗网，哪儿都是阴谋。或者，逆流而上？据说那儿是冰川和沼泽，不适宜居住。那么，顺流而下？据说那儿是炙热之地，生长着无边际的香蕉林和甘蔗林，也生长毒蛇和猛兽。权衡之下，似乎只有这小小的屋子，可以安全地容纳我们。

那人还没有来。

再不然，我们不逃了？逃得了今天，逃不了明天，与其逃避，不如面对，有些东西，是逃不了的。但我们太知道面对的后果。我们了解敌人的强大，更了解自己的脆弱。我们只有逃避一途。当然，我们可以辩驳，将逃避说成放弃和寻找。可是，还能找到另一间小屋么?

毫无征兆地，急促的脚步声火一般烧近了。

我们倏地站起，你更紧地抓住我的手。“啪啪”两声，又“啪啪”两声，一个气喘吁吁的人在敲门。有人在敲门。谁在敲门?

我木头般杵着，在这关头，你迅速恢复了镇静。这些日子，你一直这么镇静。

你说：“没事。”

我说：“嗯。”

你打开门。村里那位蓄一撮小胡子的中年人站在门外。他瞥我们一眼，又低下头，大口喘着气，又抬起头瞥我们一眼。

“逃不出去了。”他说，“往后山吧。”

“后山能逃走？”

“逃不了了……”他重复道，“到后山……自行了断吧……”

我们看着他跌跌撞撞往山坡下走，渐渐地，只剩下半截身子，只剩下脑袋，只剩下头发——他蓬乱的头发杂草一样浮在清晨蛋清色的雾气里。雾气太重，我们还未回过神，已经望不见他了。

他走到河边的独木桥头时，你突然冲了出去。

一束阳光穿破大雾，如一柄钢刀雪亮地斜劈入迷乱的梦境。

你自顾自沿山坡往下飞奔，茅草倒伏，虫鸟纷飞。

我喊你，声音贴着草地飞，你头也不回。

快跑到河边，大雾已然散开。我看到你呆立在河边，你的目光落在空荡荡的河面。独木桥不见了。你听到我追上来，回头看我一眼，似笑非笑，转回头去，毅然冲进河里。

水光绚烂，水花轰鸣。

“你等等……”我喊你。随即，也冲入水里。

“我要一个人在水里跑……”你的声音湿漉漉的。

刹那间，水面声响大作，火光灼灼，一条、两条……许多条红鲤鱼破水而出，往上，再往上……冰凉的水珠落在我们眼里，冰凉的影子爬上我们的身体。两条、三条……更多的红鲤鱼不断跃出水面，迅速散开，扶摇直上，直飞冲天！你站住了，我也站住了，被一股极强的力量震慑着，我们不得不仰起脸，望着空荡得让人心尖儿发颤的天。五月清晨的阳光真耀眼哪！无数红鲤鱼沐着阳光，清冷如冰，灼热如铁，在我们眼中汇聚，分散。它们久久未曾落下，久久未曾消失。

（原载于《山花》2011 年第 10 期）

旱季物语

李晁

1

此刻，我在贵州，在中西部，旱灾的范围越来越大。当然，我没有土地，体会不到农民的全部痛苦。我只是个在山间四处游荡的闲人。

我处在这样一种状态，远离城市，对所有事物失去信心。我像一首诗里写的一样，开始关心粮食、人畜用水，以及气候对大地所患的疾病的影响。

白天，我从一座即将全面竣工的水电站出发（那里是我短暂的家），到附近一些村庄闲逛，那些看上去灰尘扑扑和村口碌碡差不多脏的孩子齐齐望着我，窃窃私语，我知道他们在说些什么，不出意外，他们总是喊："那个闲得慌的人又来啦！"

我就是那个闲得慌的人。当然这只是表面现象，实际上我是一个诗人。这话我谁也不告诉，我只对那些牲口说。比如一次，我对三头在村口荒山上啃草的山羊说："嘿，伙计，我会把你们写进诗里。"那只领头的灰山羊不屑地乜着我，说："咩。"

我知道它的意思，翻译成汉语就是"切"。

切，就是看不起。我不和它计较，我知道它是王德明家的羊，它的主人在我爸手下当民工，每月挣一千五百元，这还不满意，每次下班他总想从工地上顺点什么，偷截电线或拾块铁。有一次他还求焊工老刘给他割一块铁板，他想揹回去做回风炉的罩子，可那次被我爸发现了，当即按规定罚了他五十块钱。他心疼这钱，这意味着一天的工白干了，当下就有些不舒服，不舒服了看什么就都不顺眼。在回家路上看见自家羊蹲在路边啥也不干，便发了火，拾起路边的黄荆棍就抽羊，边抽边说："不多胀点回去，就晓得浪费粮食。"领头的灰山羊被抽得最狠，"咩咩"直叫。当时我正好路过，羊知道主人的火气是我爸罚款造成的，从此对我就怀恨在心。

我走街串巷其实不全是闲逛，也捎带观察，观察这里的风土人情、礼仪癖好。比如，我就喜欢待在一些有吊脚楼的地方，虽然楼下都是臭烘烘的牛圈，但楼上的姑娘却十分淳朴美丽。她们在午后会百无聊赖地坐在楼上晃荡双脚，要么嗑瓜子，把瓜子壳吐得纷纷扬扬，要么做女红，绣一对戏水鸳鸯。无论她们做什么，脚总是晃来晃去的。

我就喜欢看她们晃脚，一摇一摆的，像在河边戏水，也像舞蹈。我看得入了迷，牛圈中的牛就不高兴了，它“哞哞”地冲我喊，我知道它们的意思，它们是说：“好看吧，好看就娶了她。”我总是不搭理，偶尔回一句：“好看就娶了？世上这么多美腿，我娶得过来吗？”牛便知道我花心，下次再来，就提前预警，楼上的女孩便会发现我，发现了我，就不晃脚了，纷纷把脚缩回去，好像我是个不怀好意的外乡人。

据我观察，这里最神出鬼没的居民是蜘蛛。它们躲在暗处，在白天，阳光暴烈的时候，那张网空着，如果不注意，你会觉得眼前什么也没有。要等一朵云遮住了太阳，你才能清晰地发现，那些飘浮着的灰尘及一两根晃动的稻草。

这或许是张被遗弃的网，灰尘扑扑，毫无光泽。然而夜晚来临，当你打着手电经过此处，不经意间扫射，会发现空中蹲着的一个黑点，有时一动不动，有时随风微摆，像画中的佛。

有次，我火急火燎地上厕所，在简易搭建的竹棚中，一不小心就迎面撞上了蛛网，可当下并没有蜘蛛。到了晚上，我起夜再去时，蜘蛛就在了，仿佛来上夜班。那张被我破坏的网被它轻而易举修复完毕了。

我看着它，说：“白天你的网粘着我的头了。”

它说：“是么？怪不得网破了这么大，害我又吐了不少丝儿。”

我说：“你这是什么意思？”

蜘蛛说：“扯平了呗。”

乡间的娱乐可多可少，在这次旱季中，雨水匮乏，地翻不成，男人一时无用武之地，不是躲在哪家堂屋下“诈金花”就是搓麻将，被媳妇看得死死的男人只能在家和女人干那事儿。只有老人们背着手在田间地头查看旱情，可土地却是一张老太婆的脸，沟壑丛生，龟裂得起了板。看到这些，农人的心就揪紧了，望着四周的山头感叹，老天再不下雨，这里就要成火焰山了。

至于干旱的原因，年轻一代都守着电视，看专家们怎么说。专家说，这是西南的暖湿气流没有遇上北方寒流的缘故。

私底下那些半大小子就议论开了："你说咋就遇不上呢，平时，就拿前年来讲，那雪下得……那凝冻，那雾，简直就是哈尔滨嘛。"

"哈尔滨？你也知道哈尔滨？"有人讽刺道。

"废话，谁不知道哈尔滨，我还知道北海道呢。"

"北海盗？啥子玩意？我还南海盗呢。"

议论到这里，不可开交，正好我路过，那些小子就把我叫住了："喂，你知不知道北海道？"

"你们说那干吗？还不想办法出去，待在这里尿都屙不出来。"

"家里不让走嘛，说一有雨了，就忙了。"

"有雨个屁，你看看这天，红得跟黔灵山的猴子屁股一样。"

我一走，那帮小子又议论开了，话题由猴子屁股变成了女人屁股。我不屑于和他们讨论女人，他们才见过几个女人？

想到这里，我便看见两条狗在交配，咧嘴一笑，这一笑可就吃了大亏。本来我在村里就是个闲人，而狗正是为了撵闲人而养的，所以刚到村子里时，家家户户的狗像见了贼似的使大劲儿对我吠，其状之凶令人胆寒。后来我学乖了，再去就带着狗粮（那是我托人从贵阳买来的），狗吃了我的嘴软，从此见到我就摇起了尾巴，主人一般对待。

可这两条狗历来对我抱有成见，它们一条是村里妇女主任的狗，一条是村委会计的狗，平日吃喝不赖，时常享受领导级的待遇，也是见过大世面的狗，连县长也见过（当然也差一点以火锅的形式献给县长）。所以，它们见了我的狗粮闻也不闻，反而暗自嘀咕："这是什么破玩意，能吃吗？"

我那一笑彻底把它俩惹毛了，如果当时不是连着，妇女主任的狗非上来咬我一口不可。我惊慌失措地逃走，听见身后那公狗对母狗讲："看见没，城里人都是软蛋，可想而知城里的狗也是一个德行。"

母狗“哼哼”了几句，越发崇拜起这条叫黑虎的公狗来。

2

太阳挂在天上，烧着的却是农人的心。人心都乱了，乱如麻。

我的心也乱了，我乱的原因不是因为缺水，事实上工地上一点也不缺水。大坝早已蓄水，高峡出平湖，水位高出下游河面八十余米，解决了附近几个乡的吃水困难，甚至镇上的洒水车也常来湖区汲水。人们烦恼的是地里无水，而抽水设备又如此稀少，况且抽水耗电，一算，灌溉成本高得吓人，地就一直荒着。

爸的单位曾想用一批钢管帮地方架设引水管道，并提供抽水机，把水引到地里去，可后来不知怎么就没了下文，再后来，听说当地政府想让施工局出钱，而不是现成的物资。他们的说法是，即使管道架成了，抽水的电也用不起，光电费就比农作物的收成还高，况且在山里架设管道十分困难，耕地也很散，根本不能保证每块地都灌到水，计划就此破灭，不了了之。

言归正传，我说我的心乱了，其实是因为碰见了春香。

春香的爹杨三秋原本是个杀猪匠，电站修起来时，便打些零工。当和所有人混熟后，他的本色就显露出来，一开始只是小偷小摸，锯些钢管拾些建材，见没人阻拦，但他的胆子跟着水位一路走高，偷起了水泥，还专门雇了一辆拖拉机动力的农用卡车，一拉就是一车，倒手一卖就是一两千，一晚上拉几趟，抵得上杀半年猪了。

春香不像她爹，人长得秀气，身材苗条，穿着朴素。当然，我可以用更考究的词来形容春香的美，但我不这么做，春香的美是难以概括的，哪怕用诗这样的艺术。

第一次见到春香时，我正躺在院里午睡，在一把竹榻上，这是我打发漫长白日的方式，夜晚我会用另一种方式。春香轻盈地出现在屋檐前，对我轻唤道：“是李部长家吗？”

我醒来，像有只手挠我，睁开眼，原来是只苍蝇，我晃了晃脑袋把它赶走，结果发现了一旁的少女。春香穿着一件与我的穿着堪称情侣装的淡蓝色碎花长褂，亭亭玉立，由于阳光从对面的骆驼状山峰上照射下来，处在暗处的我竟一时满眼光晕，春香的相貌顿时变得十分模糊。我慵懒地问："你找谁？"

少女走进屋檐，我这才看清她的容貌，瞳孔顿时放大，眼冒金星，难道我在做梦？见我肆无忌惮地打量她，春香有些不自在，说："我爸让我来，说李部长家可以洗澡。"

她这么一说，又见她臂弯里挎着的脸盆，我就知道怎么回事儿了。我说："是可以，不过水还没烧，你要洗吗？我给你烧去。"

她点点头，一只手伸到鬓发处拨了拨散开的头发，说："谢谢。"

我起身走开了，没走几步又回头问："你爸是谁？"

"杨三秋。"少女答。

我说："哦。"随后往浴室走，走到一半我才想起问她的名字："那你叫什么？"

"杨春香，他们都叫我春香。"她把目光从竹榻上转移到十米开外的我身上。

"春香？你叫春香？"我笑着说。

"怎么了？"她一脸疑惑。

"没什么，很高兴认识你，我叫李梦龙。"我开玩笑说。

"李梦龙。梦龙？你的名字还蛮奇怪。"春香嘀咕道。

我将热水器一通上电就火急火燎出了浴室。自从我家装了这东西，工地上的人，特别是女人就爱来我家洗澡，一天下来竟要接待不少人，简直成了公用澡堂。

我来到春香身后时，她正坐在我的竹榻上发呆，低着头，见我到来，才弱弱地问："你真的叫李梦龙？我怎么听人家说你叫李杭呢？"

"听谁说的？"我问。

"听我们村的人说的。"春香说，"他们说你……"

"说我什么？"我欣喜若狂地问。

"没，没什么。"春香想帮我掩饰我在乡间的名声。我偏让她说："你说嘛，我又不怪你，真的，他们都怎么说？"

在我极力怂恿下，春香才断断续续告诉我："他们说你神神叨叨的，喜欢……喜欢和畜生说话呢。"

"哦。"我装作恍然大悟的样子，"他们还说什么？"

"还说……还说你整天东边走走西边逛逛，像黄鼠狼，不知道安的什么心。"春香还是不敢望着我。

我"嘿嘿"笑了起来："说得好，说得真好。"

春香这才吃惊般抬起头来，与我眼神对视的瞬间，我才知道她是对我有兴趣的。她问："他们这么说你，你还说好？"

我说："他们说得对，我就是游手好闲嘛。"

"你没上班吗？"春香问。

"上个月还上，这个月不上了。"我说。

"怎么会？他们把你开除了吗？听说你在城里工作？"

"嗨，是我把他们开啦。"我满不在乎地说。

"把他们开了？"春香一脸疑惑，旋即又问，"那你是干什么的？"

"我？我什么都干过，卖过汽车、当过职员、开过桌游店，前不久我还是个导游。"

"导游？你去过很多地方吗？"

"也不算多，反正省内几乎都跑遍啦……你跟我来。"我说。

春香跟我进了屋，这是间二十平方米的宿舍，我一人住。原本还有一个刚毕业的大学生和我一块挤，可后来他受不了工地上的寂寞，没出三个月就找借口跑掉了。这个大学生后来听人说什么都不会，连图纸也看不懂，眼神还不行，一次差点从九十多米高的左坝肩掉到基坑去。

房间里简洁地摆着一张床、书桌、一个简易衣柜，这就是我的全部家当。我正是看中了工地的清静才来休假的，事实上也是我妈把我赶过来的。她说我干什么都不成，没长性，让我下来好好接受教育，看看师傅们如何与寂寞打交道，度过漫长岁月。

我指着墙上一张省内地图说："凡是被我做了记号的，我都去过。"

春香用微微泛红的手沿着地图上被我勾勒出的线路游走，像在破解一个个复杂的谜。好半天我没有叫她，她只是小心翼翼地辨认地图上的踪迹，而我正在日光灯下打量她。

春香的皮肤很细腻，不是城市女孩拥有的那种无懈可击的妆容下的肌肤，而是那种纯天然接近婴儿般的质地，白中透红，高原红。我喜欢看这张脸，更喜欢这脸上的五官，那么灵秀。我吞了几口口水，并立即被呛着了。这时春香才把目光从地图上移开，问："你怎么了？"

我摇摇头："没事儿，你继续看。"

她又看下去，我才又看她。

3

我往往在精力充沛的时候，通常是下午，进村溜达。人们看我的眼光又变了，我知道这种变化的原因，连那两只全乡闻名的斗鸡也知道了。

一群乡间的纨绔子弟正在学校的操场上斗鸡，两拨人把不大的地盘围了个水泄不通，我也挤进去想瞧热闹，我还没见过一次货真价实的斗鸡呢。我来了，人群自动给我让开一条路，这既出于我和那群青年相识，也出于我在当时的特殊地位。这地位是春香给我的，坊间已在盛传春香和我的关系不一般了。

两只鸡在我到来前就已经斗了数个回合，不约而同受了伤。一只鸡的鸡冠上被啄出了血，淅淅沥沥洒了一地，另一只鸡的羽毛被抓得稀稀拉拉，露出难看的鸡皮疙瘩，跟烫过似的。我一来，就跟着那群青年呐喊助威起来，并入乡随俗买了二十块钱的注，买那只毛少的鸡胜。

结果刚交完钱，两只鸡便边斗边商量起来。

毛少的鸡：“看见没，那人出钱买我赢。”

毛多的鸡：“看见啦，咱们让他输，先委屈委屈你，日后我再输你一次。”

毛少的鸡：“别见外啦，咱兄弟，谁跟谁呀。”

……

听鸡这么一说，我就不高兴了，心想：“连你们也作弊，难道就因为春香和我走得近？”我“哼”了一声就走，身后的结巴二蛋喊我：“还，还没，斗，斗完呢，走，走，什么？”

“斗什么斗，输定啦。”我喊道。

众人不解，在我还没有走出他们视线时，果然，按照事先约定，那只毛少的鸡做出胆怯状，面对毛多的鸡的凶猛进攻丝毫没有还手之力，节节后退，并表演性地摔倒在地，像鸵鸟似的把头插到沙地中，死活不出来，面对众人的厉声咒骂也无动于衷。见状，毛多的鸡脖子上那圈闪亮的毛才骄傲地软下来，此前那圈毛跟孔雀开屏似的。

结巴二蛋对已走远的我吼道：“还，还真，被，被你，猜中啦，风水先生都没这么厉害。”后半句二蛋居然一个结巴也没有，众人称奇。

我喜欢春香，但没有表露出来，谁问我也不说，只是摇头。

一次在我出门散步时，不知不觉来到春香家门前，可春香并不在家，这不是别人告诉我的，而是春香家的两头猪。

我心不在焉地走近，打断了那两只小猪兴高采烈地拱地，那片背阴的地方被它们拱得跟臭水沟没什么两样，我看了一眼，调侃说：“都说闹旱，你们倒是玩得欢。”

听我这么一调侃，两只猪不乐意了，它们发出男人打鼾时的声响：“噗——哼——噗——哼——”

这意思我明白，它们在向我齐声喊：“春香不在家，春香不在家！”

我又问："那她在哪里？"

两只猪面面相觑后，毫不厚道地说："就不告诉你，气死你，就不告诉你……"

我一气之下就踹了其中一头猪，没想到它却发出杀猪般的叫喊，好像我要宰了它。这时杨三秋正好回家，见我欺负他家猪，当下脸色便有些阴沉，但又不敢对我摆出臭脸，勉强挤出笑容对我说："哟，李公子，什么风把你吹来啦？李部长呢，最近忙吧？告诉李部长，下次我请他喝酒。"

我没说什么，做贼心虚，很快走了。

我路过一口池塘，池塘里早没了水，可鸭子们还在烂泥上踩来踩去，好像这样能踩出水来。看着它们，我心生怜悯，天旱，人苦，连动物也跟着受罪，还不如做野鸭。坝上库区的野鸭就肥得流油，施工局的老大总想打几只，让我爸想办法在当地找两支还没被收缴的猎枪。

鸭子们看穿了我的心思，顿时"嘎嘎嘎"地叫唤开来，我知道它们是害怕了。我就说："怕啥嘛，又不是拿枪打你们。"

鸭子还是"嘎嘎嘎"地叫唤，意思是："野鸭也是咱亲戚么。"

它们这么一说，我就没什么话了，心想："你们这些穷亲戚还惦记着别人，别人早把你们给忘啦！踩你们的泥巴去，小心把蛋踩烂。"

我已经一连几天没有见到春香了。她不再来我家洗澡，可来我家洗澡的人偏偏要提她，尤其单位里的女人。她们犹抱琵琶半遮面地告诉我："春香不适合你呀，你怎么也是我们部长的公子，一表人才，又去过那么多地方，怎么就喜欢个乡下姑娘呢？我们可是流动单位，电站一建成就要往别处去，到时候你是带春香走还是留下来呢？"

我不说话，她们又说："春香人是长得标致，但光长得标致也没有用嘛，你要找女人就找个能在事业上帮助你的。男人嘛，就应该把眼光放长远些，不然以后很难混的，你说是吧？"

我还是不说话，只悄悄去把热水器插头给拔了，让她们洗冷水澡。当她们抱怨今天的水怎么这么冷时，我终于说话了，我说："有水就不错啦，你看别的地儿，别说洗澡了，就是喝一口也要走上好几里。"

妇女们喋喋不休地走了，走前还在为我的终身大事而惋惜，好像春香真的和我成了婚。在她们摇着头以一种恨铁不成钢的表情离开后，我对蹲在电杆上看戏的麻雀说：“你们要是也喜欢春香，就拉些屎在她们头上，她们说她坏话呢。”

麻雀们回答：“还用你说，别看我们秀气，但也不是吃素的。”

不一会儿，我听见一群妇女的尖叫及诅咒在晚风中四起，如一群被惊飞的麻雀。

4

“骗人！你根本不叫李梦龙，为什么要冒充别人？”春香有些生气地质问。

“你怎么知道我不叫李梦龙？别人说的？”我满脸笑意地问。

春香点点头，单手背在身后，随即出其不意地把一张报纸甩到我面前：“你自己看吧。”

这是一个月前的晚报，上面报道一个导游不仅把外省旅游团独自撇在景点，而且还对游客大打出手，随后又无端消失的消息。那个被曝光的导游的名字清清楚楚地显示为李杭而非李梦龙。关于我的介绍是这样的：“李杭，贵阳人，实习导游。”

“你怎么解释，为什么要骗我？”春香嗔怒道，“我这么相信你，你为什么要瞒着我呢？”

我强装笑意，问：“你怎么得到这报纸的？”

春香露出不愿理我的神色，没好气地回答：“你管是谁，那件事是不是你干的？”

“是。”我说。

“你为什么要那么干？”春香有些不解，情绪似乎比之前稳定，但脸上依然阴云不散，因为我骗了她。

春香不高兴了，我就得让她高兴起来，我实话实说：“那帮人糟蹋水。”

春香沉默下来，可能没想到会是这么一个答案，原本以为我是个不负责任的人。她还想问我什么，但又犹豫了，最终没有问出口。

一切只有我心知肚明，报纸的报道难免片面，我压根儿就弄不明白那帮有钱人不远千里来贵州是为了什么。我容忍他们的言论，但在用水问题上，我实在忍无可忍，我不想复述那些令人心痛的场面及那种毫不在乎的姿态，他们凭什么在我们这里浪费水？我和一个富二代或假富二代模样的家伙打了起来，原因是我说了他一句“洗个头，没必要用三桶水吧”。结果全团的人都站在他那一边，还宣称“我们爱用多少用多少，你管不着……”。

回到城里，我才知道自己面临了多大压力，报纸报道了这一事件，评论呈一边倒的趋势，险些升到破坏全省的旅游形象上来。那段时间上门采访的记者一拨接着一拨，其中还有我的中学同学，他们都想从我嘴里套出点什么，可我能说什么呢？我不想让此事继续升级，为此，只能躲到乡下来。

许久，春香的表情才舒展开来，恢复成以往我熟悉的那个少女了。我感到欣慰，春香也显得豁然开朗，喃喃自语道：“李梦龙，梦龙……你为什么要编这么一个名字？比你本来的名字好听多啦。”

“这就是我本来的名字，”我继续逗她说，“我的小名儿。”

“真的吗？你小名儿叫梦龙。为什么要叫梦龙呢？”春香暗自嘀咕，“难道是你妈妈怀你的时候梦见过龙？”春香的眼睛闪烁出孩童般的光泽。

“你真聪明。”我说。

“我猜对了？”春香不敢置信地望着我，脸上的酡红越来越深，越深我就越喜欢。

我没说她猜对了，也没说猜错了，只是让她到屋里说话。外面阳光太盛，我有些头晕。

那次之后，春香对我的名字就不再怀疑。不论谁叫我李杭，她也只会在心里喊：“是李梦龙才对。”

春香迅速喜欢上我的前职业，这是我有所预料的。外面的世界充满无与伦比的吸引力，尤其对春香这种几乎足不出户的姑娘来说。

好在我身边有不少风景图册、城市游记，这是我的一个癖好，走哪儿都随身带几本，这次来则带了半箱。春香像发现宝库似的，对那些装帧精良，有着绝美风景照的书籍图册赞不绝口，好像世界的窗口就此打开。

我对她说：“你挑吧，我全借给你。”

“真的？”春香问。

春香真是个淳朴到极致的人，连我如此确定的事情，她也不敢相信。我说：“真的，我骗你干吗？我骗过你吗？”

春香这才笑了，最终只借了一本图册和一本书。原本我让她多拿些，借个五六本，可春香说，拿多了也读不过来，还是一本本读比较好。

杨三秋知道春香开始找我借书并频频出入我家时，不乐意了，他和所有人一样是反对春香和我在一起的。虽然他要时常仰仗我爸睁一只眼闭一只眼才能致富，但对我极其警惕。春香高中毕业两年多了仍待业在家，他不愿她出门打工。这是春香的姐妹招弟告诉我的。招弟在乡里的饭店做服务员。她说，春香被她爸看得牢牢的，就是一头牛也不能这么看着呀。

我问：“杨三秋为什么要这么做？”

招弟说：“还不是因为春香的妈。她有病的，瘫痪，要人照顾，家里离不了人。春香的哥哥出门打工就够了，他们希望春香一辈子留在身边，照顾他们，养老送终，你说自私不自私？”

“春香会被他们毁了的！”我愤愤不平地说。

“可不是嘛，春香是命苦啊！”

我希望改变春香的命运，当然，我知道自己有几斤几两，不可能让杨三秋答应我把春香带走，而且仿佛为了让我死心，杨三秋花大价钱托人送礼又请客吃饭，竟把春香安排进了乡政府。具体什么工作我不知道，好像是给副乡长做秘书还是什么的。

这件事不是别人告诉我的，而是我亲眼所见。那天，我参加我爸的饭局，在乡上最大的饭店里，竟然遇见了春香。她坐在副乡长身旁，极不自然地招待镇上来的领导。我看见她时，她正对着眼前的酒杯发呆，愣愣地，随即被那个一脸疙瘩的副乡长捅了一下，示意她该向领导敬酒了。

原来春香干的是这么个活儿，这让我很担心。我悄悄对服务员招弟说："麻烦你去把春香叫出来。"

招弟显出为难的样子："不是我不帮你，你看看，里头都是乡镇的头头脑脑，我这么一喊，不是得罪人嘛。这饭店又不是我开的，我可担待不起。"

我想想也对，便写了个纸条，让招弟无论如何帮我递到。这她就答应了。

我写道：春香，你怎么干起这个工作了？不适合你，去城里吧。

两桌人都酒过三巡后，我还清醒地留在饭店。乡政府的饭局终于结束后，我才看见春香在饭店的大厅里寻找我的身影。我稍稍扬了扬手，她就发现了我，但她不敢就这么走过来，领导们还没走，她也不敢动。等把那群红光满面、大肚便便的公仆送走后，春香才和我短暂地碰了个面。不知是因为喝了酒还是害羞的缘故，总之，春香的脸一直红彤彤的，像个苹果。她急切地问："你说的能行吗？"

我阴沉地说："不行也行，你自己想想，干这个，你会开心吗？"

春香无语了，可目光仍在询问。我再接再厉说："走吧，离开这儿，都什么年代了，你有人身自由的。"这是我第一次这么严肃地对待春香，平日我们都有些扭扭捏捏。我是看不下去了，春香再这么干下去，搞不好会成为哪个领导的小老婆。我这么说可不是诋毁领导，他们是男人，我知道，一个个都是狼。我也是狼。

春香点点头，并让我今晚晚些时候去她家。话刚说完，副乡长就急匆匆把春香召走了。他们上了乡政府那辆崭新的猎豹车，上面挂着"抗旱救灾专用"的牌子。

5

这是春香第一次主动约我，我们的见面还算圆满。这得益于那些平日看我不顺眼的动物。它们在这个夜晚无疑是我的同谋者——"秘密兄弟会"成员。当然，它们不是看在我的面上，而是为了春香。

一出门，两只爱慕春香的蝙蝠就以古怪的飞行姿势在我头顶徘徊，拐来拐去的，像在发抖。我没理它们，径直往路上去。

“看，他出门啦。”一只蝙蝠说。

另一只没好气地回答：“哼，还不是去春香家。”

听了这话，我暗自嘀咕：“还真瞒不过你们。”

蝙蝠无疑探听到了我的心思，不约而同回答：“那当然。”

我不再琢磨这两只怪物了，可一想到它们能把人的心思看穿，就忍不住哆嗦，路也走得歪七扭八了。结果不出意料迎来一片嘲笑，一只蝙蝠说：“看他那点出息。”

我开始巴望它们飞走，老跟着我干吗?

另一只蝙蝠“哼”了一声，那意思我也明白，它是想说“跟着你，是看得起你”。

我对着暗下来的天空挥了挥手，像是致意又像是在驱赶它们，可那两只蝙蝠一直在我左右，若即若离，到关键处，还像导航仪似的向我发出一两条及时的警告，比如，前方二十米，有狗出没，注意绕行……

在它们有意无意陪伴下，我们沿途绕过了所有有人出没的场所，甚至谁躲在哪个犄角旮旯，蝙蝠也一一透露给我，带些炫耀的样子。比如，在村边的水塘旁就埋伏着一个外乡的贼，他想偷老姜家的画眉。老姜养画眉在十里八村是出了名的。

一只蝙蝠对另一只蝙蝠说：“那那厮还蹲着呢。”

另一只回答：“可不是，还拿着肉，准备对付老姜家的阿黄哩。”

一只又说：“老姜最近又抓了几只上好的画眉，虽说和咱不沾亲带故，但好歹也是长翅膀的，我们不点破，让贼偷去。”

另一只回答：“在理。”

于是，我们就绕过了贼，往一条据侦查连一只狗也没有的路上走。春香家就在不远处了。

春香家也养着狗，而且还是条轻易不出门的大狼狗，被圈养在院子里。杨三秋偷水泥致富后，开始摆阔，村里的土狗竟看不上眼了，专程从城里买了只纯种德国黑背，一脸威风，头大得像个脸盆，连村干部也轻易不敢上门了。我知道这里面的玄机，杨三秋这是防着我呢，他知道我怕狗，就特意买了只凶狠的。

可一到了春香家门前，我一兴奋，把这事儿就忘得一干二净了，望着那两只仍在头顶发出噪音的蝙蝠，暗想："这下，你们可以走了吧。"

蝙蝠"哧"的一声，笑了。我这才一惊，恍然大悟，想起里面的狗来。一时间我觉得风声鹤唳，还莫名其妙地认为，杨三秋肯定也在里面，说不定正牵着狗四处巡逻呢。

我一胆怯，蝙蝠们又笑了，带着深深的嘲讽。直到一只好心的蝙蝠给了我暗示，我才知道现在杨三秋并不在家，而那只狗也被拴到后院去了。

我笑了，一脸轻松，感激着面丑心善，还在头顶拐来拐去的蝙蝠兄弟。

就这样，我才一路无阻地来到了目的地。春香早就等着我了，在她的闺房里。

见我来了，春香急忙把门掩上。我正想诉说来时路上的不易，春香的话就把我的唠叨盖住了。

这时，我听见窗外那两只蝙蝠说："妈的，终于大功告成啦！"

6

春香问："我去城里能行吗？"

我说："行，怎么不行？以你的条件，找个像样的工作不成问题，我也可以帮你嘛。"

春香又问："你自己不还没工作嘛，怎么帮我？"

我大包大揽地说："找工作还不简单，给你找个也容易，就不知道你乐不乐意？"

"你说，啥子工作？"

“反正比你在乡政府伺候当官的强。去酒店做前台怎么样？要不去公司当文员？我都可以托朋友把你弄进去。”

“那工资多少？”春香不好意思地问。

“怎么也有一两千吧，具体我不清楚。你在乡政府多少钱？”

“不知道，我才去，还没发工资呢。”

“那应该多不了，不如去城里，干脆住我家，我妈也闲得很，你正好陪陪她。”

“那怎么行！”春香不好意思地说，“帮我找工作就够麻烦的了。”

“有什么不行，春香，你怎么就这么不自信呢？”

说到这里，我原本还想进一步谈谈我的构想，可春香却扭过脸，表情忧伤，我不解地问：“又怎么了？”

好半天，春香才说：“那我妈怎么办？她一个人在家我不放心，我爸又整天不归家……”

我确实没想到春香母亲的问题，这让我头疼，一时不知怎么回答她。只好扯扯闲话，聊聊这久旱不雨的天气，直到告辞。我本想还坐一会儿，可春香说：“太晚了，我妈耳朵尖着呢。下次我去你家。”

我知道春香的意思，只好无奈离去。

7

我和春香的事到底没成。我不知道是那次去她家的结果还是因为杨三秋最终陷入“水泥门”事件，反正那几天够乱的。杨三秋人是逃了，可偷运水泥的车还被扣着，他揪着心，又不敢托人把车要回来，不然罚款和派出所可不是闹着玩的。为了这事他一直压着火，直到春香找他说，要辞去乡政府的工作而跟我去省城。那次，父女俩大吵了一架，杨三秋怀恨在心，说：“你找谁不行，偏偏找那小子！别看他是城里人，可啥也没有，名声还不好，都上报啦，你图个啥呢？”这是面上的话，还有些话杨三秋不敢说，因为调查水泥被盗一事经我父亲一手督办。他是施工部的头儿，为了这事还让我少接近春香，人言可畏。

好几天来，我的心都紊乱不堪，没想到这次休假竟有这么多烦恼。我一方面惦记着春香，另一方面回城的渴望困扰着我。脑海里，一个声音疯狂地喊：“春香！春香！春香！”一个声音理智地反驳，“春香，春香，就知道春香，再这么待下去，你人就要废啦！”

我从来没有如此矛盾过，一心想着春香，一心又想离开此处。旱季持续着，报道说有越来越多的矿泉水已运达灾区，可我知道这只能解燃眉之急。农人真正着急的是地，地里无水，日子就没有希望，看不到尽头。

此刻，我的心情也和这大地一样，渴望一场春雨的到来，越大越好。

我有好多天没见到春香了，还是招弟给我带来了她的消息。她说：“你走吧，春香去不了了，你和她有缘无分。”

我问：“春香这么说？”

招弟点点头，劝慰我说：“你走吧，春香念着你，却不能跟你一起走了。你在这里待一天也只是增添一天的烦恼，什么事也干不成，不如一走了之，眼不见心不烦。不过有一样事，春香务必让我转告你。”

“什么事？”

“她希望你继续干导游，不要灰心，她觉得你是个好导游。”招弟说。刚说完她就走了，大概怕我缠着她问东问西。

“春香是铁了心了，你走吧……走吧。”招弟走出一段路后转身朝我挥手喊道。

我的心像被什么动物啃噬着，钻心地疼，疼过之后就是无尽的苦恼。苦恼的时候，我就求落在电线上的燕子，我问：“春香在干吗呢？”

它们不理我，反而一哄而散。

我又问地上的蚂蚁：“你们消息灵通，春香在哪里？我想找到她。”

它们也不睬我，忙着搬家。它们这一忙，我就疑惑了，难道老天要下雨？这时，我才注意到天空，一层稀薄的乌云正在西北的天际集结，最终飘过了大坝左侧的最高峰——断指山，并一路朝营地的方向匍匐过来。工人们不约而同停止了施工，对着天空指指点点。

民工小艾对我说，不知道他家下雨没有。

我问："你家在哪里？"

"安顺。"

"那可是重旱区。"

小艾叹了口气，无奈地说："都说我们这里天无三日晴，可我老家十个月都没下过一场雨了。别说地，人也快渴死了，政府都让我们出来，可我们这些壮劳力一走，家里的老人就更受罪了。听说最近在打井，也不知道打出水来没有。"

我望着小艾揪心的脸，也望着天，期望这雨能痛快地下下来。小艾和我一样，这个十八岁的青年正在默默祈祷，祈祷这雨也能下到安顺去。

这时，爸的手机接到短信，一场人工增雨正在酝酿之中。

"乡上已经打了增雨弹，不知道这雨能下多大，越大越好啊！"爸说。

"听说要下两场二十五毫米以上的雨才能有效缓解旱情。"我说。

"可不是嘛，听天由命啦。"爸回答。

雨，最终下了起来，打到屋顶的石棉瓦上竟是石子蹦蹦跳跳的声音，说明雨势不小。我刚冲出门，还没在雨中站足一分钟，雨就加大起来，而且越来越大。这时，我才深切感受到老天爷的意思，那是为我和春香流泪嘞。

爸在屋檐下喊："你淋雨做什么？快进来！"

我没有动，对他说："我就想淋淋雨，淋了雨我就要走了。"

爸没再说什么。我在工地上足足待了两个月，他知道我待不下去了，毕竟是城里长大的，吃不了乡间的苦。在乡下，寂寞啊！

雨断断续续下了两个钟头，这可是宝贵的两个钟头，听说明后几天还可以增雨作业，这样春耕就有希望了。

那几日，我在村里疯狂寻找春香的身影，希望她能和我谈谈，哪怕是告个别，可春香却平白无故消失了。看我整日失魂落魄的样子，在乡政府与村庄的道路上徘徊，招弟看不下去了。她把我拉到一旁说："别找啦，春香去她外婆家了，就是为了躲你。"

"躲我？她躲我干什么？"

"你呀，死脑筋，她让你走你就走呗。她和你不是一个世界的人，你该回到以前的生活中去，也不要打扰她的生活，她心里够乱的了。"

"对了，你借给她的那些书，她让我还你，你跟我去拿好了。"

"不用，让她留着吧。"许久，我才丢下这句话，说完，我就走了，再没有回到村上。

当夜，我辗转难眠，那些平日与我熟稔的动物仿佛不想触及我的伤心，纷纷对我禁了口，它们开始以一种我听不懂的语言窃窃私语了。

第二天，我收拾好行李，一些衣物、几本图册，还有那台春香玩过的 PSP，里面尚有一些春香没闯过的关，我没有接着玩，一直让进程保存在那里。

我背着来时的那个登山包，穿上夹克，蹬上皮靴，踏上了返城之路，一如我来时的样子。我故意不让爸派车送我，而是打算走到乡政府，坐今晨第一班开往省城的班车。我知道这一别，就再也不会回来了。

一路上，鸡鸭羊狗猪牛都默默注视着我，一句话也没有，我知道它们这是同情我呢。这帮牲口，和人一个德行，我和春香好的时候，个个反对；而一旦我离春香远去，就个个魂不守舍，叹息连连。

我笑着说："这是干吗呢？愁眉苦脸，天下雨了，日子就有盼头啦。"

羊"咩"了一声。

猪"哼"了一声。

牛"哞"了一声。

鸡鸣了一声。

鸭“嘎”了一声。

狗吠了一声。

它们是在欢送我，也是在挽留我。

我压抑着内心的情感，故作轻松地说：“看好春香啊，有了好人家就给我报个信儿。”

说到这里，动物们都散了，不愿我提起春香。在它们看来，提及春香，只会让这场离别显得更加悲伤。

我远远离开了村庄，心里还惦记着春香，她在做什么呢？没有动物告诉我，我就猜测，还在睡觉吧，说不定正在做梦呢，会不会梦到我呢？我叫李梦龙，对了，这个名字真的和梦有关。我和春香的故事就是一场梦。梦有开始也有结束，现在就是结束的时刻。也许这个梦的结束正好预示着旱季的一去不复返，如果是这样，我的心多少会好受一些。

班车来了，我和去镇上采买农资的村民挤作一团。他们都说，雨季来了，生产终于要恢复了。一脸开心的样子，像过年。

车吼叫着，开动了，路上我想着春香，直到公路上开来一辆辆军车。看见解放军，村民激动了，纷纷把头伸出去：“这是来帮咱们春耕的解放军呀……”

当第一辆军车按响喇叭朝我们打招呼时，我仿佛看见春香坐在驾驶室里。

一个穿军装的女兵正热切地望着窗外的土地，看着擦肩而过的我们的车，在目光交错的瞬间，我情不自禁朝她敬了个礼。

（原载于《上海文学》2011 年 5 月）

美丽的刀子

黄孝阳

爱有污垢凄苦，一如下午四点钟的树影。

1

一个女人。她的美丽像刀子

捅入我的心脏。我想拔出它

又怕鲜血惊吓了她沉静的面容

他爱上她。故事总是这样开始的，由一个男性发动。

“你应该听说过这部电影，《桃色交易》，一部老片，改编自欧·亨利的短篇小说，一个乏善可陈的关于金钱与人性的故事。但我喜欢魅力四射的黛米·摩尔，不是说她演得有多好，她真美，完美无瑕，至少在扮演这个为了钱与百万富翁共度良宵的有夫之妇时，她的美丽就像一把完美的刀子。”

午后的街道有着轻微的鼾声。从高大梧桐树里漏下的阳光犹如雨点，轻敲着玻璃。玻璃洁净，恍惚不存在。但数只俯在玻璃上的苍蝇还是用它们的绝望透露了这个秘密。你们在一幢灰房子的二楼。是一间茶餐厅。不大，寥寥几个客人，面容暧昧，多半沉默无语。

你呷着杯中暗绿色的液体。他掐灭烟，问侍应生要来纸与笔，很慢地写下这三个句子。然后把纸条递给你。字迹挺拔整齐，结构宽扁稳健。你看了几遍，现在能这样写字的人太少了。

“我的一个朋友的故事，有点俗，也有点匪夷所思。你有耐心听么？”

他鼻翼处有两小团阴影，像两小块擦不掉的污渍。那是光线的杰作。他的脸很有雕塑感，眼里有血丝，左眼下角有粒痣，身体始终在微微轻颤。

2

一个男人爱上一个女人。

女人出生于 1980 年 12 月 16 日，射手座，幸运数字 7；身高 168 厘米，体重 52 公斤，血型 B；江苏南京人，毕业于北京广播学院，现就职于某广播电台做节目策划人。喜欢看法国电影，听古典音乐，父母健在，还有一个弟弟在念大学。

在一次朋友聚会上，他遇到她。追了她三年，她始终不远不近，就好像他是行星，她是他围绕运行的恒星。于是，他说："请给我七天时间，我们一起去凤凰古城。如果在经过这段日子后，你仍然不能接受我，我送你一辆凯美瑞。若你觉得我还可以，那我们就发展成恋人关系，车子我也就不送了。"他是从《桃色交易》里得到的灵感，觉得这也算是一种对爱的表达方式。她怎么想的，他不知道。但他这样说的时候，真觉得她就是黛米·摩尔。

几天后，她答应了。他们相处得很愉快，有了性生活，还一起与苗族妇女讨价还价，买下一大堆银饰、剪纸、蜡染。她甚至在梳洗毕还对着沱江的早晨快乐地呼喊："时间啊，请你停止下来吧。"气流带着她的体温，又因为她舌尖的跳跃，有了宫商角徵羽。他脸颊发烫，她真是勇敢啊。他把来自于她喉咙深处的气流贪婪地吸入腹中。她的声音让江水更清，江面撑船的阿哥用桨敲船帮，咿咿呀呀地唱。唱的是：秋天落叶遍地黄，哥想妹来妹想郎。唱至最后一句，江面上齐齐响起一声"吆哦喂"。

她抿嘴笑，就人来疯，接着唱。唱的是：日出等到日头落，阿妹等哥来拍拖。

他真喜欢她的样子，鲜嫩活泼。她与那个他认识了三年的女人好像是两个人，又或者说前者是从后者体内长出来的。"别人都知道她的美，但只有我知道她的更美。"在几个时刻，他真想拜倒在她脚下，去亲吻她行走后的尘土。他尽了最大的努力才克制下这种莫名其妙的冲动。他不能让她知道他的这种感受。不能，永远不能。

他们在狭窄的老街走来走去，嚼松糕，闻熏肉，尝姜糖，访沈从文故居，进田家屋，找《乌龙山剿匪记》内景拍摄地——陈斗南宅院。他们俩把青石板踩得“叮嘣”作响。“祖宗明德远矣，子孙勿替引之。”他们进杨家祠堂，她一本正经地朝正殿里供奉的杨家祖先牌位鞠躬作礼。汗湿了她的鬓角，他忍不住在她腮上亲了一口。抹着脂粉的讲解员嘻嘻笑，把他们领到右侧厢房，那里有一张明清式样的雕花大床。“苗族的爱情就是忠贞。上得这个床，新郎就要对新娘说一句话。什么话呢？‘床上只睡你和我。一辈子也不准换人。’”她向他挑来一眼。这一眼就是一把妩媚的刀子，要掏出他的五脏六腑。而这将是一件多么幸福的事啊。他勃起了，竟然在那个地方。她发现了。他们来不及赶回宾馆，沿木梯悄步上了正殿对面挂着“合族同鉴”牌匾的戏台，在绘有“杨母教子”的屏风后面，他捂住她嘴中濒临死亡动物般的叫喊，用了一分钟时间，在她体内一泄如注。他是疯了。她也疯了。他们都疯了。

“知道吗？杨家祠堂原来是凤凰县政府驻地。”

他们走出这所侧开大门的祠堂。十指相扣，相互拖曳，一种触电般的麻木使他肌肉僵硬。若没有她，他就是行走不便的残疾人了。他是如此感激自己那个拙劣的想法。那一定是因为上帝怜悯，才把它塞入他的脑袋。因为它，他才第一次真正获得完整，就像凸获得了凹。

一位兜售“西兰卡普”的土家族妇女拦住他们。一种图案斑斓的土家织锦，或为衣裳，或为被盖，色彩极鲜明热烈。她的眼睛湿润得就如同眼泪，“买这张鸳鸯戏水的吧。”他把妇人手中的织锦全买了下来。“她就好像林中空地上的一个池塘，既清澈又深邃。”他忘掉是谁写的这句话，它在他脑海里一声声叫得清脆，犹如鸟鸣。

第五天晚上，他们在一家小店吃血粑鸭，手机响了，是他公司里的一件微不足道的事情。鬼使神差，他说：“公司里有急事，我得先赶回去。”然后，他们都愣了。她的筷子掉在地上。他起身重拿筷子时，又打翻了一碟苗家酸萝卜。萝卜酸中带辣，非常好吃。他想起那句话的作者是谁来了，是毛姆，尖酸刻薄而又才华横溢的毛姆。书名，《寻欢作乐》。浙江文艺出版社 1984 年版，32 开，封面是一个波浪头发穿红裙的女人。那是毛姆的前妻罗西。“她就好像林中空地上的一个池塘，既清澈又深邃。跳到里面去会觉得很畅快，即使一个流浪汉、一个吉卜赛人和一个猎场看守人在你之前曾跳进去浸泡，这一池清水仍然会同样地清凉，同样地晶莹清澈。”他的眼泪几乎要掉了下来。

翌日，他们回到他们生活的城市。他打电话问她什么时候来拿车，或者给他一个账号。她“嗯”了一声。他听见话筒那边刻意屏住的呼吸。他在等待她的声音，她所等待的又是什么？她终于挂断电话。他觉得自己就是《等待戈多》里的一个莫名其妙的人。他与墙壁谈了几分钟巴赫的《马太受难曲》，以及巴赫去世五十年的《无人问津》；又与桌子上的水晶摆件说了一会儿法国电影《罗曼史》，那是一个女人以性为武器与世界斗争的过程；再上了互联网，通过校内网把她弟弟的相片与其最近的日常活动浏览了一遍。

他们姐弟俩长得真像啊。

心里像被针尖扎了一下，漏了，瘪了。成千上万只蚂蚁爬出来，爬上嘴唇，爬至胸膛，爬到膝盖。他往胃里倒了一整瓶红酒，瘫软在地，浑身酸痛虚弱。几天后，他去南京，找到小百花巷，那是她长大的地方——她在博客里写下太多的相关文字。那些文字是蝴蝶翅膀上的鳞粉，一片一片，像鱼鳞一样，有着无与伦比的绚丽之色。小巷曲折深幽，两侧民居青砖小瓦，墙体斑驳，石灰脱露处，偶有数块烧有铭文的明城墙砖。屋檐的瓦当上多有兰草花卉，最多的是福寿两字。又有古井，古井边有汲水的红衣妇人，腰肢处露出月牙白。那是普生泉，据说为乾隆皇帝赐名。她是喝着这井水长大的。在离小百花巷不远的一处小区，他瞥见她父母。这并不难辨认——他在她QQ空间的家庭相册里早已熟悉两位老人的脸庞。他没有想到的是，当他目睹两位彼此搀扶着的老人，突然有了一种幻觉：那也是他的父母。他默默望着，眼泪汪汪。

手机响了，她打来的，约他今晚吃饭。他几乎是哽咽着说：“好。”她说了时间地点。他迟疑了一下，他没法在短短数时辰内赶回去。他说：“明天？”

那是他有史以来最难下咽的一顿晚餐。尽管她用了兰蔻口红，抹了迪奥香水，还穿上了她从法国带来的露背晚礼服，他们之间曾拥有过的亲密已经荡然无存。他结结巴巴，像三流演员背着拙劣的台词，他羞愧难当。当她抓住他的手掌，他突然觉得身体不再属于自己，形同虚设。她几乎是怒气冲冲地在他面前褪下衣裙。那个曾被他称为世上最美的花园，就像是宇宙的黑洞。

3

想念藏在你身体里的天鹅绒
蔓延在你脸庞上的火
世上的女人都是你，也都不是你
你是夏娃、大地之母，以及
所有要被赞美的雌兽

他喃喃自语，眼睛里有着绝望的光，左眼下部的痣跳得颇有几分惊心动魄——相书上说，眼下有痣，情多波折。但平心而论，他说的故事确实滥俗。你也没弄明白这种“俗”又是如何完成向“匪夷所思”的惊险一跃。

你去过凤凰古城。它有一张奇异的面孔，半边是眉目如画的处子，色彩鲜明纯净；半边是艳俗的放荡妇人，表情暧昧夸张。这构成它独一无二的魅力，一种独特的审美形式，就犹如夜里从沱江水面上漂过的生活垃圾，在散发着潮湿腥味的同时，又弥漫出梦幻、超越现实的光影。它不再是乡村，也不愿意进化成城市——那是人类最后的高潮。它对钢筋水泥金属玻璃有着最本能的警惕，那将使它丧失自己的名字。又或者说，它就像一颗廉价的彩色玻璃球，以一种不加掩饰的肤浅与恶俗，兜售给了蜂拥而来的旅人。人，在那里，极易被催眠，被自我催眠。所以“他同我演戏，我回报以演技”。

窗外的阳光像一个薄得透明的水泡。水泡表面流转着红橙蓝绿。它们是冰凉的手指，紧捏着你的眼球与心脏。你仿佛置身于倾斜的甲板，不得不努力克制着恶心与不适。尽管你并不想去看，目光还是情不自禁地越过一幢幢房子。

在一所有着深远出檐与凹曲屋面的房子里，你看见了她，看见了她身上的那个男人。她出生于1980年12月16日，是你的合法妻子。男人，你也认识。一个来自湖南湘西的民工，二十三岁。你永远也忘不掉他胳膊上文着的那只模样狰狞的蓝虎。一年前他绑架了她，你给了他十万块钱；现在，他们睡在一起。显然，这并不是他们第一次睡，否则也不可能睡得这般艺术。你不明白发生了什么，更不想去弄明白。妻子，一个多么可笑的词汇。口中吐出酸水，如同怀孕之妇人。你怔怔地想着。心脏不是被猫抓了，是被小刀剐过，横着剐了一千零一刀，竖着又剐了二千三百七十四刀。每一刀剐下来的肉皆米粒大小，还会在刃尖跳。

你咬紧嘴唇，让自己不至于呼喊出声。你一点点收回目光，手指下意识地按在自己左眼下角那个因黑素细胞增多引起的皮肤凸起。你凝视着他的脸，那是你在镜中所见。“那我要找的面孔，就是世界创造之前我的脸庞。”你嘟囔着，合上眼睑，拳起四指，以左右大拇指纹面按住两侧太阳穴，再以左右食指第二节内侧面轮刮眼眶上下一圈。这是小时候学过的眼保健操。

你看见他笨拙地挡开她的手。

她想替他系领带。你不明白为什么直至今日此刻，她还能这样深情脉脉。她的表情有点儿吃惊，她在叫他的名字。他觉得他的名字被她的嘴弄脏了。他拿起公文包，她再次伸手过来，不容拒绝，迅速系好那根斜纹灰底的布条儿。他看着她的眼睛，慢慢地弯下脊背，慢慢地，在她脸颊上亲了一下，就与过去一样。他出门下楼，进地下车库，把车倒出。在后视镜里，他看见她还在二楼的窗户边站着朝他挥手。他扯掉领带，擦掉眼眶里溢出的液体，把车拐进林荫小道。他不知道他的手为什么要发抖，便用力给了自己一耳光。他踩住刹车，凝视着小指上的戒指。戒指深深地嵌在皮肤里，好像是骨头长出来的一部分，惨白，是她给他戴上的。他粗鲁地把手指塞入嘴里，他想阻止什么，还是无济于事。喉咙里迸出一声尖锐的叫喊，他被这声音吓了一跳，茫然地望了眼车窗外面。湛蓝的天空在几株梧桐树的后面，对着这个世界露出古怪的笑容。一种难以言喻的酸楚揪住他的鼻子。黏滑的泪水汹涌直下。他号啕痛哭，俯在方向盘上，哭得是那样伤心，连车身都跟着他的哭声在颤抖。就好像这个方向盘拧开了他身体深处藏着的阀门。这令人难过，但并不奇怪，你还在北京人潮汹涌的王府井大街上，看见一个白发老者放声大哭。

你皱起眉头，小声问道："为什么？"

4

餐厅里有一对男女。可能是夫妻，也可能不是。他们坐在你隔壁，声调不高，刚好还能听见；语速不快，基本没有什么平仄起伏。从你这个角度望过去，刚好还能见到那个男人的小半边脸。男人的黑头发里有几根白发，左眼下角有一粒痣。

男人说："有对夫妻，结婚数年。妻子很快便厌倦了平淡无奇的日常生活，有了外遇。外遇是对婚姻的有益补充。几个世纪前的意大利贵族还把妻子有权拥有其他男人作为条款写在婚约中。要保持婚姻这种形式，又要解决婚姻中的乏味与不和谐，包括性冷淡，外遇是最科学的，是最经济的。"

女人说："你想说什么？"

男人说："丈夫没有抱怨妻子的外遇，只是请求妻子不要离开。妻子告诉他，除非今天晚上老天下雨。那是星光灿烂的晚上。丈夫听了后，端着脸盆爬到屋脊上，往妻子的窗前浇水，浇了整整一晚。妻子在天亮后发现了，就没有再走。"

女人说："很恶心的《知音》体。那妻子以后还给不给丈夫戴绿帽子？"

男人说："我不知道，这得问女人。其实婚姻的起源即是对财产的保护，是把女人视作一种可供交换的财产。女人不过是父母待价而沽的商品。若发现某个女人有婚前性行为，这意味着财产的被损坏，男人有权向女方家庭索回聘礼或是要求赔偿又或干脆把女人休回家，而女人则遭到来自于父母兄弟姐妹们的羞辱，认为坏了门风，得投河自尽。为保护财产不被损坏，男人发明了贞操带、守宫砂。”

女人说：“书读成你这样，也可以投河自尽了。‘婚’是什么？把这字拆开，就是一个女人昏了头。为什么会昏头？最早男人是用棍棒敲晕的，现在是拿甜言蜜语与闪光的珠宝弄昏的。”

男人说：“女性已沦为商品。这种并非只体现在她们的子宫、家务劳动、社会工作皆可通过具体的价格进行描述，而在于她们已经成为整个消费社会饕餮欲望的最重要的符号。对女性的狩猎成为社会的驱动力，而获取的质量与数量，则定义着一个男人的成功。这是一种可怕的却已然普遍的价值观。更可悲的是：大多数女性接受了它。她们的自我认识，基本就是对男性思维的复制。她们在心甘情愿成为男人所豢养的小狗小猫。”

女人说：“你到底想说什么？”

男人说：“有大多数，就有一小撮。所以说我理解《寻欢作乐》里的那个罗西，理解她天真的无耻——因为喜欢，随意与他人交欢；在极度绝望的时候，投入陌生人的怀抱；一夜狂欢后，又若无其事地回到生活的轨道上。她是荡妇，但灿若星辰。你看过这本书么？毛姆写的。罗西有金色的头发，淡黄色的皮肤。她抛弃了功成名就的丈夫，与一个破产了的男人私奔。当所有人都认定她晚景凄惨时，她还幸福地活着，生机勃勃。”

女人说：“我不喜欢毛姆。没看过他任何一部作品，也不想看。你说，人为什么要结婚？”

男人说：“社会的角度，家庭是社会的细胞。人，作为社会人，必须建立家庭。不结婚的人被视作病态。社会的压力迫使人们接受婚姻；经济的角度，买一张床要比买两张床划算。两个铺盖搬在一起，能降低生存成本；性的角度，性在婚姻中的价格趋于零，是最便宜的。双方事先为其支出各种成本，比如隐私空间被侵犯等；

生物的角度，婚姻提供了繁衍的合法性，保证基因传递……”

5

你笑了。他也笑了。你又重复了一遍刚才的问题：“为什么？”

“因为你是我的咽喉。因为你，我才可能品咂书上所有的词语，用我的舌头，我的五脏。或者说，你是我的咽喉炎，使我咳嗽、低热、眩晕，坐立不安，全身不适。而正因为这些症状，我才知道我还活着，这个糟糕的世界也从未有一刻遗忘了我。”

你把目光投向窗外的马路：“你知道的，我问的不是这个。”

“那天晚上，她睡着了，我也睡着了。我在梦里遇到她。我们交媾完后一言不发各自离去。我以为我会再也想不到她，就算在路上偶遇，只会礼貌地报以一笑。这样过了三十年，我老了，庸俗了，胆怯了，圆滑了，牙齿松动，看什么东西都模糊不清，只依稀记得从小寒起，太阳黄经每增加 30° 为另一个节气。我以为我会安然地死去，但有一天，一个二十岁的女孩找到我，说她爱我，爱我满脸的皱纹、瘪掉的嘴唇、不再光滑的额头、已经松弛的皮肤。她还给我背杜拉斯《情人》的开头与叶芝的诗篇，说时间，这个暴戾而又伟大的君主，就藏在我这张备受摧残的面孔上。

“你不要笑。她说的是真是假并不重要。重要的是，有个年轻而又漂亮的姑娘来到我面前说爱我。我接受了她的爱情，与她举行了盛大的婚礼。洞房夜，当宾客们都走了，她侍候我躺下，开始脱衣服。她脱得很慢，一件一件。过了很久，好像有一个世纪那样漫长，她白皙的胴体犹如闪电。我觉得要脑出血了，想叫她拿瓶药端杯水来，可我的眼珠子动不了。她还在脱，脱的是皮，像周迅在《画皮》里脱掉那件从美国运来的仿真人皮。她把皮扔在椅子上，问我是否害怕。我已经说不出话。那张在电影中只出现了六秒钟的仿真人皮，据说花费了一百多万元，真的够贵了。

“我仔细地回想，问她为什么要这样。我又不是英俊潇洒家财万贯的王生，不值得花上这么多钱。她问我是否还记得她是谁，我就想起来了。她老了，虽然谈不上老态龙钟，也花白了头发。她身上有一种异乎寻常的优雅，这让我想起了法国作家芭贝里笔下孀居多年的门房老太太荷尼。这么老了，还扮文艺女青年羞也不羞?我很想提醒她把《情人》看完。杜拉斯在书里毫不讳言，她所热爱的只是中国情人带来的性与现金。但我最后说出口的却是‘我爱你’，我不知道我为什么要这样说，可我就这样说了。

“男人说谎，就好像他们在女人体内射精；女人说谎，却是男人高潮的春药。我老了，所以我知道我没有说谎，也知道了她的诚恳。她是爱我的，就那样口齿不清地爱着。她说她一直忘不掉我，就在花甲那年去韩国做了一个全身的美容手术，回到自己二十岁的模样。她说，若是我愿意，她可以再穿上那件人皮衣裳，再不脱下。

“她真傻。既然知道了是她，我还会在意是二十岁的她，或者六十岁的她么?所以梦醒之后，我立刻向她求婚，她答应了。”

6

我要你看着我，看着
我的双眸、双唇、双手
看着上面曾属于你的
体态、体液、体温
我将用一生来收集你所有目光的重量
并置于天平一端。当它们
达到某个数值，我体内 60 万亿个细胞
将只为记录你的一切而存在

你以为你是你，不是的。你并非自我选择的结果，而是一个不明确的手势，一张阴郁的脸庞，乃至某个早晨一场突如其来的雨水所给出的。这并非是你的错。没有多少人能获得自我意志的苏醒，继而越过事件森林，摆脱词语的眩晕，抵达倾颓荒芜的神殿，在被青苔覆盖的石柱上找到那行几乎已不能辨认的神谕。

你揉碎纸团，抛入废纸篓，摸起搁在旁边的公文包，结账，出餐厅，下楼。这个世界是摇晃的大海。灰房子，红房子，黑房子，白房子，白房子，黑房子，红房子，灰房子……它们是在海面上航行的船。而你是你自己的船。你没开车，走得不快也不慢，借助于用条形引导砖与带有圆点的提示砖铺成的盲道，你闭上眼睛，在脑海深处仔细地搜索，过人民中路，在第一个红绿灯处左拐至马鞍街，前行五十米，约七十五步，进入福田花园的侧门——盲道消失了，你贴着墙壁，缓步右行，好像是十米，好像是十五米，你还是找到了楼梯入口处的铁门。你的眉头舒展开来，一步一个台阶，上了二楼。你睁开眼，轻吁出一口气，在掏钥匙的一刻，你迟疑了一下，伸手敲门。

门开了。是她，系着围裙，手上还戴着胶皮手套，光洁的额头上有细小的汗。她在忙碌。在忙碌什么呢？你飞快地朝四周瞟了一眼，打开公文包，掏出一张影碟，“我刚去买了这张《桃色交易》。嗯，今天是我们结婚三周年纪念日。”你注意到她眼中的欣喜与失望。你从裤兜里摸出一个盒子，是几天前在周大福买的，钻石坠子，有一克拉重。你一直拿不定主意是否要把它送给另外一个女人。现在，你把它扔给了她：“还有这个。”

（原载于《延河》2011 年第 2 期）

PART 2

体验小说·赤道无风带

赤道无风带

徐璐

1

早春二月，多么写意的季节，我被方龄甩了。而且，这位姐姐以迅雷不及掩耳的速度找到了第二任，一个外观疑似 Gay 的国际关系专业的男生（不是我黑他，此君真的很 Gay）。学经济的方龄与他组合正好开门课：政治经济学（又名：致富厚黑学）。而形单影只的我只能悄悄开个人演唱会，来来回回只唱一首歌：我这个你不爱的人，还单身一个人……

我以为我是不爱方龄的。方龄是个美女。把她扔在“新红楼”里选美，入选金陵十二钗正册完全没问题。而对于一个很不赖的重点大学来说，她的姿色足以让全校的男生蠢蠢欲动了。我捷足先登，把方龄弄到了手。最初，我也有人生至此圆满之感，但不多久就发现美女有个巨大的缺点：无趣。大概绝大多数美女都这样，有点“端着”，不灵动，缺少生机，无感染力，一个一个像服了冷香丸的蜡像，一辈子讲不出个有质量的笑话，嘴里真真能淡出个鸟来。而我讲笑话时，要么是还没发挥到点子上，方龄已经优雅地、华丽丽地笑了，要么是包袱抖完了她却优雅地眨巴眨巴眼睛华丽丽地啥也没领会。总之，方龄是个“悦目”但不“赏心”的姑娘。我觉得我和她的精神世界不对等。我无法爱上她。

先别急着拍板砖。我承认我也是很有兽性的动物一枚，也贪恋美色。但我的皮囊之中的确还有“精神”这么一个玩意。我并不为自己比方龄在精神上更丰富而自感优越，但却深深地为我们无法发生精神共振而遗憾。我实在无法假装爱方龄，然后自欺欺人地过日子、过一辈子。所以，我待她不够好，总是若即若离。被我不咸不淡地招呼了一年多，她终于选择了离开我，跟了那个 Gay。

我是真的以为我不爱方龄，可是，当我真的失去了她，我也是真的真的如假包换地痛苦万分。是的，她有点闷，但她到底是个活生生的生命；而且，她长得好看，她还曾用她好看得要命的眼睛无数次温柔地注视我。她不完美，但她是美的。而我已经彻底失去了这个美人。一个作家说过：“爱情是人类最普遍的自虐手段之一。”

这话说得有点意思。但把“爱情”换做“失恋”更准确。失恋后，我不吃饭，我喝很多很多酒，我很晚很晚都不睡，我把自己冻成重感冒，我故意向人发脾气找人打架，我把周围的人全得罪光以创造一个封闭的环境更方便地自虐。我难过得快要死掉可又偏偏不死。我真心地渴望来个天使或是死神把我领走。然后，我的墓志铭应该这么写：这个人没有荡气回肠地爱过，但曾回肠荡气地自虐过。

这日凌晨三点，不堪煎熬的我跑到 BBS“似水流年”版刷屏发泄，连刷了几十句“我变态了”。

原以为这么晚我可以尽情撒野，谁知版主“Acrophobia”火速赶到，一面封我的 ID 一面说：“考过 IBT 吗？没考过的话没资格说‘我变态了’哦。”

IBT，Internet-Based Test，新托福机考的简称。IBT，我变态。绝了。我笑了。

约略思考片刻，洒家决心先 IBT 一把再说！

2

说干就干。我的英语底子不错，就是词汇量太少，先找来本托福单词开背。由于 IBT 考试实在是太 BT，也由于我的脑子时不时会走神放方龄音容笑貌的 MV，我背单词根本是在做无用功，以前不认识的单词到头来还是不认识。

我跑到 BBS“英语学习”版取经，忽然发现原来“Acrophobia”也是“英语学习”的版主。我也痛苦地发现自己没能记住 acrophobia 啥意思，查后方知意为“恐高症”。我随手翻了翻恐版主的帖子，好家伙，少说也有上百篇，都写得很长、很专业、很有价值。我顿时对他生出一股景仰之情。

我发帖向 Acrophobia 讨教：“版主大人，请教一下有何背单词的妙招？晚辈愿重金答谢！”

恐版主再次火速现身，一面封我的 ID 一面用英文说：“在英语学习版发帖不说英文，该封！学习上试图偷懒找捷径，该封！试图贿赂版主，该封！”

“嚯，这样也能被封，你以为你是城管啊？”我感到憋屈，于是重启电脑换IP，重新注册马甲杀回英语学习版大骂恐版主。

恐版主倒是不急不恼。我一发帖，他就删帖、封我的ID和IP。由于我的持续进攻，逼得他下了狠手。

他把我写在似水流年版的一首诗贴在英语学习版里悬赏求翻译。那是我的酒后之作，又是写的失恋，那叫一个酸哪！我不敢吭声，生怕别人会把这首酸诗与我联系上。请听取我的肺腑之言：同学们，失恋后变态变完就算了，但千万别留下文字证据！

我就这么给恐版主治住了。真憋闷！

但洒家可不会吃闷亏。我一直在筹谋报复。总算让我逮着机会。“二手市场”版又见 Acrophobia 的身影，但这次他不是版主，而是一个网络练摊的草民。我用马甲和他谈交易，约好第二天中午学五食堂门口见。哼，等着，我会拿砖头拍破你脑袋的！

次日，激动人心的时刻到来。我远远看见一个蓝运动服、手拿厚厚托福白皮书的人——“就是你了。”我冲上去一把揪住他的衣领想要大展拳脚，却忽然愣住了：竟然是“她”，不是“他”，还是我认识的人。

她叫许欢欢，是我曾经待过一阵子的“环保协会”的同僚，也是我半途而废的英语双学位班里的同学。她是一位高龄研究生，目测没有三十也有二十八。皮肤粗糙，头发剪得很短，惯作中性风格打扮。我注意到夏天时她曾戴过一只《海贼王》中路飞的同款臂环。我实在烦这些走“卡哇伊”路线的大龄女。不过，后来我对她的印象有所好转。一次我拉着方龄一起逃课，过后不知怎的她借笔记借到许欢欢头上来了。许欢欢的英语笔记漂亮得令我目瞪口呆：字迹秀美，行间距得宜，连笔误的划痕都是好看的，应当直接印刷出版！这个人学习一定非常认真努力，内心极其沉静有章法。由此，我对许欢欢刮目相看。但我眼里的女生从来只分两类：长得好看的和长得不好看的。许欢欢无疑被我归在后一类。我可懒得多看、多研究她。

这是我第一次这么切近地看她，我的手还揪在她的衣领上。她脸上的痣多得离谱，她的眉毛很英气……但我现在更没心思研究她了，我明白了她早就知道我隐藏在 ID 后的真实身份，还将我失恋后的变态尽收眼底。而她也明白了我是假意买书实则是想打人，明白我已明白了一切。

我没法对女人动手，何况她是知情者。不知是哪个犀利哥说的："真正让人感到屈辱的不是失败，而是失败被展览。"我只能尽快转身屈辱地离去。真是丢脸丢到家了！上帝爷爷啊，您就赶紧把我的小命收走吧！

回到宿舍我蒙头大睡。醒来后，天已经黑了。就在觉出饿来的那一刻，我忽然又很想笑：其实我与恐版主一来二去的交手还是颇具喜感的。睡眠是个好东西，它让人自我修复，从身体到精神。我也忽然觉得，一切的一切——失恋，变态，被人看到——也没什么大不了的。庸人自扰罢了！

晚饭我吃了个铁板牛柳炒饭，还啃了个酱肘子，很香。

但到了更晚些的时候，郁闷和空虚再次袭来。失恋就是这样，情绪不停反复。小斗争一会儿之后，我还是打开了 BBS 的英语学习版。恐版主刚发了个新帖，用英文写《我眼中的 12 星座》。呵，还真能寓教于乐。

第一个写的是双子座。洒家就是双子。我一向认为星座什么的都是扯淡，所以看帖看得不仔细，跳着行看的。但眼睛跳到最后一段时定住了。末尾恐版主来了这么一段 P.S.：

"此文特别献给一位最近处于困境的双子座朋友。我曾见过你边弹吉他边唱 The Beatls 的《Yellow Submarine》。那时的你光芒四射。可是我很遗憾地看到失恋令你光彩尽失。广岛不是只有原子弹和恋情。这世上不是除了爱就是死。《圣斗士星矢》里的双子座可是教皇。堂堂教皇大人怎可为小小失恋自怨自伤？外人外物皆不可靠，唯一真正属于你的财富是也只能是你的一颗勇敢坚强的心。要知道你的内心深处还潜藏着另一个灵魂。你灵魂的孪生兄弟会永远陪伴你渡过一切难关。你完全应该比任何人都强大。请原谅我的无心伤害，假如伤害是存在的话。请相信我对你的善意，最重要的是，请，继续做你光芒万丈的教皇。”

也许是因为恐版主的英文修辞用得太妙，也许是因为教皇的头衔太闪耀，也许是因为封闭太久的我难得有人关心。反正，这番献词竟让我很有些触动，触动到后来简直是感动了。

我忽然很想好好研究一下版主 Acrophobia，点开她的个人资料一看，她竟然也是双子座。我不禁微笑。我第一次为自己是双子座感到自豪，因为我发现自己有个了不起的盟友。

想对恐版主说“Thanks”，但又觉得这样做很婆妈。最后我选择跟她开个玩笑。我回复她的帖子说：

“Honey,do you love me？”

恐版主立即用英文回复我：“甜心，如果你在 IBT 中干得漂亮，我会爱你的。但是现在你的英文很不地道，还有调戏版主之嫌，我决定立即封杀你！”

又被封了！但我一点都不生气，反倒是心里乐开了花。咱们这位版主大人真是太有意思了！哈哈哈！

我没有再和恐版主玩闹，而是关上电脑，拿出许久未碰的吉他，边弹边哼歌：“As we live a life of ease.Everyone of us has all weneed.Sky of blue and sea of green.In our yellow submarine.”披头士真是一支伟大的乐队，如春风风人，如春雨雨人。我的心湖在一片宁静中漾起喜悦的涟漪。

想当年，我没有恋爱，也没有失恋，一把吉他就能让我自给自足，好像真的居住于那无忧无虑的黄色潜水艇中。那时，我的自我是完整的，或者我还当真能被称作一个有光彩的人。我怎么就不争气地沦为一坨屎了呢？一场好的爱情能让人创造奇迹，而一场坏的爱情只能令人沉沦。

OK，承认吧：你不过是经历了一场不怎么样的小小恋爱而已。变态也变够了，现在该停止 BT，先拿下 IBT 再说。记住，唯一可靠的只有你自己，你必须勇敢。

我开始全力以赴备考 IBT。

皇天不负有心人。我的 IBT 考了一个很不错的分数。

我随大流在英语学习版发了个报分帖。

恐版主神速顶我的帖子："干得漂亮！教皇大人，我爱你！今天你无论在版内做出什么来，我都不会封禁你！"

哈哈哈哈，洒家心里痛快极了！

在艰苦的英语学习中，我逐渐淡忘了失恋的痛苦，终于可以仰天大笑出门去了。此刻回头一想，我替自己感到不值。何苦自我折磨自我糟践那么久？上帝或许真是存在的，赐予我一个了不起的大救星恐版主。

这次我仍然没有向恐版主道谢。我不喜欢那种婆婆妈妈煽情飙泪的做法。

此后，每次打开 BBS，我会习惯性地关注 Acrophobia 有没有发新帖，看看她又有何高论。默默关注，默默欣赏，默默地各自饮马江湖，才是我的风格。我想，风格硬朗的恐版主大约也不会反对我的做法吧？

3

原以为我和许欢欢会止于淡淡的君子之交，谁知上帝还为我们安排了新的交集。

我们学校的校医院被学生们戏称为"小西天"，病号进去了便命悬一线，大有机会被直接送上西天去见如来佛祖。除了例行体检，我一向不进校医院的门。但大三上学期期末考试期间，要命的牙疼迫使我不得不造访"小西天"以身试险。

拍完牙片，刚走出暗室我就听见一声杀猪般的号叫，吓得我差点跌一大跤。接着又听见一阵撕心裂肺的号哭。我循声寻去，只见二病室一号治疗椅前站着一位手拿"家伙"的大夫，大冬天里他急出了满头大汗，手足无措地看着病人；椅子上躺着的病人正是哭得五官扭曲变形的许欢欢，下巴上满是血水，她正在以奥斯卡影后的水准倾力演绎“号啕大哭”、“如丧考妣”、“生不如死”等词语。

当时她哭得太厉害，我完全忘记了嘲笑她。我下意识地上前去关切地问：“你怎么了？”

许欢欢仍在不管不顾地号哭。三十岁的人了，竟哭得像个小学生。

大夫忙说：“没事没事，只是麻药的药力没到位，疼着她了……同学，你快劝劝她，让她别哭了，得赶紧给拔牙的伤口缝针。”

我最不会哄女孩了，也只得手足无措地看着许欢欢哭。围观的人越来越多，而她依然哭得肆无忌惮。

这时，病室内的电子时钟开始报时：“北京时间下午三点整。”

许欢欢猛地刹住泪，瞬间五官各就各位。她平静而淡漠地对大夫说：“缝针。快点。”

——哇，女人真善变！

几分钟后完事。许欢欢咬住止血纱布，风风火火地抓起书包跑出了病室。很快她又风风火火地跑回来，对我说：“有事吗？没事跟我走一趟！”

她说的是祈使句，但手上的动作却是不由分说地直接把我拉壮丁。

原来许欢欢在一个专门为客户作市场调查的公司做兼职。这次她的任务是为一个消除疲劳的保健护眼罩作调查，对象是十八岁以下的中小学生。

“啥？让我冒充高中生？太扯了吧？”我叫道。

“你挺娇嫩的，绝对冒充得了！演完就能拿六十块，多好。我只恨自己太老冒充不了，要不然我也亲自来一出，挣六十块。快快快，别废话！开始！”许欢欢说着已将镜头对准了我。

“同学，请你谈谈对高三的感受。”她一本正经地说。

善变的女人，更换状态的速度可真快。呵呵，OK，那就扯着玩玩吧。我憋住笑，放空眼神，垮下脸沉郁地说：“我每天坐在教室里，感觉就像是在坐牢。窗外有鸽子，自由地飞来飞去；而我，只能隔着牢笼羡慕地看着它们……”

终于演完。镜头一关上，许欢欢开始捂住肚子爆笑。她的笑和她的哭一样惊天动地，特别地使劲，特别地投入。在大哭大笑的时候，她的人显得年轻一些，也女孩子气一些。甚至可以说，她笑起来很是明媚好看。我也跟着她笑了起来，笑着笑着，越来越大声，竟与她一样笑得旁若无人。

笑够了，她说：“多谢你帮忙！好了，我马上给你酬劳。”

“不必了，小事一桩，还给什么酬劳。”我说。

“你的劳动所得，当然应该收酬劳！”说着，她将六十块钱塞到我手上。

从她的钱包里掉出一张火车票。我弯身捡起车票，是一张开往西宁的，还是站票。我把车票递过去，问：“你是青海人？”

她摇摇头，说：“不是。我去青海，是要给刚察县的一所小学送捐赠物资。”

我把票又拉回眼前，看仔细后叫道：“什么？农历腊月二十九去青海？那你不回家过年了？”

“我四海为家，结交八方朋友，在哪里过年都OK。去年暑假我就答应那所小学的老师和同学，今年春节再去看望他们。”她说。

“你不回家过年，你爹娘没意见？”我疑惑地问。

“我是孤儿，没爹没娘。”她歪着脑袋说，脸上是慵懒、不在乎的神情。

我再次目瞪口呆，手足无措。

许欢欢睁大眼睛，问：“你怎么了？没见过孤儿？”

“对不起，对不起！”我连声道歉，随后又说，“我请你吃饭吧。你想吃什么？”

“哈哈，没关系的。我不在意的。”她爽朗地笑着说道。

“嗯，可是我真的很想请你吃饭。你让我轻松赚进六十块，我总得给你点好处吧？”

“罢了，我今天刚拔牙，什么也吃不了。改日好了。”

我知道她是真的不在意，可我还是想为她做点什么。我掏出一百块，说：“我再添上四十块，一共一百，你帮我捐给你要去的那所小学，怎么样？”

她一把抓过钞票，兴奋地说：“啊哈！好！你可不许反悔！”

“不反悔。但是，你可别把这钱私吞了哦！”

“哈哈哈，不会不会！我们有一个网站，捐赠人的姓名和所捐的财物数目都会公布出来……”

我笑道：“罢了罢了，呵呵，我开玩笑的。我相信你。我还是想请你吃点什么。这样吧，请你吃个冰淇淋，刚才我在口腔科看到拔牙后适合吃冷饮。”

“好，吃冰淇淋可以，但是要我来请你才行！今天你帮了我的忙，又慷慨捐钱，怎么着也该我请你。”

“那不成，男人买单是应该的。”

“不许再争！否则我封你的 ID！”许欢欢伸出右手食指指住我。

呵，怕了恐版主了。见她如此豪爽，我也没再客气。随后我问了她我早就想知道的问题：“你的网名为什么叫‘恐高症’？你有这毛病？”

“哈哈哈！没那事。只是因为以前我老记不住 acrophobia 这个单词，干脆就把它当 ID，然后就再也忘不掉啦！”许欢欢笑着说。

“那你要是记不住 psychotic，那你是不是就要自称‘精神病患者’了？”

“我还用过 cholecystitis 当 ID，知道 cholecystitis 是什么意思吗？你肯定不知道，呵呵，回去努力攻下 GRE 吧！”

“不愧为英语学习版版主！我服了!”我是真的服了这位版主大人了！

记得那天冰淇淋很好吃，我们聊得很开心。

许欢欢是一个精力旺盛、活力四射的人，与她相处，你很容易感到放松和快乐。但我知道，她也是一个很有要求、很遵守纪律的人。否则，她不会把英语学得那么好，也做不出来那么漂亮的笔记。所以，隐隐地，我还是能从她身上感到某种压力。好在这种压力是很容易被转化成动力的。

就这样，我和许欢欢成了朋友。人的一生会交很多朋友。你会很喜欢其中一些最投缘的朋友，但只有极少数几个能真正赢得你的佩服和尊敬，让你感到能够认识这样的朋友是幸运的。而认识许欢欢，我感到很荣幸。

事实上平时我们见面并不频繁，联系得比较松散，在BBS上互相拍砖最多。许欢欢总是很忙，忙着学习，忙着赚钱，忙着当版主，忙着帮助别人普度众生。我觉得，她才是当之无愧至高无上的教皇大人，我不是。我哪里配?

4

我的那颗捣乱的智齿没能在“小西天”被除掉。校医院大夫说情况太复杂，开了张单子让我去学校对口的一家大型三甲医院处理。想在那家大医院排个专家号比春运买火车票还艰难，我便一直拖着没去。但拖了一学期，牙疼的困扰实在不堪忍受，加之马上就是期末考试和考六级，我下决心这回一定把那颗智齿解决掉。万万没想到，我大学时代最戏剧化、最揪心的一幕就发生在那家大医院内。

在医院升降电梯里，我与方龄和她的Gay男友狭路相逢。方龄脸色苍白，看上去身体很虚弱；那个Gay则一脸倒霉相，像刚被确诊了癌症晚期似的。他俩是从四楼上来的，四楼是妇科。我知道方龄肯定不会得妇科病。难道，难道是……

我一把抢过Gay手中方龄的病历。果然，方龄刚刚做了人工流产。一刹那，我浑身的血猛地往头上涌。方龄，我认识她的时候她才十八岁，我第一次吻她的时候她是连鼻子都不知道该怎么放的可爱至极的傻姑娘。她在我心目中是那么纯洁，我从未对她有过任何肮脏的杂念。被我捧在手心珍之惜之的姑娘竟被这个猥琐至极的Gay毁了！我怒得就要爆炸!

瞬间我的理智完全丧失，一拳将Gay打倒在地，然后对他拳打脚踢往死里揍。

方龄慌了，苦苦哀求我住手，但我充耳不闻，出手越来越重。电梯里的人都看傻了。最后，方龄冲上来扳过我的脸，狠狠扇了我一巴掌。

清晰的掌掴声后，电梯里静了下来。

“我们，好像没有关系吧? 我的事，你没资格管。你再乱来，我就报警。”方龄用她惯常的柔细声音说道。我却能听出她的坚决、她的伤心和她的恨意。

电梯门打开，方龄扶起 Gay 走掉了。她都没有回头看我一眼。所以，她并没有看到我眼睛红了、眼眶中有泪，她没有看到我几近崩溃心疼得快要死掉。

我只能向酒精寻求安慰。我喝得很多很多……爱情如美酒，绵绵入喉，使人心旌摇荡。但是，短暂的欢愉之后就是悲剧，吐出的是污秽，留下的是头痛。爱情这玩意，太耗人，太伤人，我再也不想碰了。还是，还是喝酒吧！

武松酒后打老虎，我酒后打老师。结果我被记大过处分，还光荣地被张白榜全校公示。我并不 care。人在沉沦到底的时候，神经处于极度麻木的状态，早已置生死于度外，什么都不在乎。

这时候，许欢欢出现了。她试图拯救我。但我根本不领情。

她打电话给我。在确定我的所为还是因为方龄之后，许欢欢不停地骂我。她是恨铁不成钢。我或者沉默，或者厚脸皮地嬉笑，或者“嗯嗯嗯”地应付她。她生气了，骂我没出息，让我滚出来，她说要当面骂我。

我也不耐烦了，冷冰冰地说：“什么叫出息？学好英语、巴心巴肝地混出国去、给外国人当洋民工就叫出息啦？现在的人都疯了，成天就想奔国外跑，宁可在国外当三等公民也不肯老实在家待着，何必？哼，分明是崇洋媚外还理直气壮地装得特有理想特高尚，可笑！恶心！别以为争名逐利完了，再干点貌似慈善的事，就成观音菩萨了。我最烦那些天天把慈善挂嘴边上满脸道德优越感的家伙，虚伪！装！”

人在心情恶劣的时候很自私，喜欢蛮干，蓄意伤人。我便是如此。口出恶语，我心里掠过一阵恶意的快感。

许欢欢冷硬地说：“一个人，只要他肯帮助别人，而需要帮助的人能够实实在在地获益，我觉得就是好的。事后那个人把自己的善举拿出来说说，又有什么关系呢？还有，你别把人都想得那么猥琐。很多人大谈慈善只是为了吸引更多人加入其中，而不是自我粉饰。英语是知识，是工具，是中性的，多学知识、多掌握一个工具是没错的。至于学好英语后怎么用，那是每个人的自由。就算有人是一心想出国，那又如何？”

“那我就是要堕落，就是要胡来，就是要喝酒打人，就是不想好好做人就是不想活了，那又如何？这是我的自由！你管得着吗？我就算是今天跳楼也不关你的事！你快去学你的英语，奔你的锦绣前程去！当你的观音菩萨去吧！”我不识好歹地说。她硬，我也硬。

许欢欢说：“太没出息了！一个大男人，动不动就寻死觅活，怎么这么脆弱？”

“哼，你拔个牙哭得跟小孩一样，你也坚强不到哪里去。”

“那种哭不算什么。但我绝对不会把自己的生活搞得一团糟，不会动不动就说不想活了。你连好好活着的勇气都没有，你还有胆量跳楼？”

“你别激我，说不定我今天真跳的，还跳在你眼前。那你以后晚上就别想睡好觉了，哈！”

她质问我：“你觉得这样有意思吗？”

我不屑地说：“你呢？你成天苦学英语，然后把自己出口出去，就有意思了？”

“我已经说过，就算是为了出国而学习英语也是没有错的。何况我学英语的确不是为了出国……”

“哈哈哈，得了得了，你当然可以说：我学英语不是为了出国，做慈善也不是为了获得道德优越感，我只是想提高自己，只是想帮助别人——哼，往自己脸上贴金，谁不会？”

沉默片刻后，许欢欢严肃地说：“你曾问我‘Do you love me’？我知道你是在开玩笑，但本版主现在可以认真明确地告诉你：I don’t love you。你不是我欣赏的style。你太不成熟，太不爷们，太不懂得体恤他人。如果你跳楼，我会鄙视你，拒绝参加你的葬礼，并且永远拒绝给你扫墓。即使你做了鬼来找我，我也依然鄙视你！”

说完她按断了电话。

其实，我的心并非我表现出来的那般麻木不仁。许欢欢是成功赢得我尊敬的为数不多的人之一，我不想令我尊敬的人对我失望。我嘴上虽硬，可在心里我已经给她道过无数次歉了。可是，我又实在没有力量将自己从黑暗的泥淖中连根拔起。被淤泥包裹的沦陷的感觉，还挺舒服的……算了，随便，随便吧。谁都别管我。我也懒得管任何人、任何事。就让我这么醉生梦死、慢慢腐烂吧。

5

我已经放弃自己了。但恐版主没有放弃我。打完电话当晚，她用中文给我写了一封长长的站内信。我是几天后才看到的。她再次让我吃惊和震撼。

变态：

今天你令我很生气。我生气并不是因为你攻击我，而是因为你说的那些庸俗狭隘的话语，不该出自有光芒、有良知的教皇之口！我知道你现在处于变态期，谁都不想理，但我希望你能静心听完我下面的讲述。我保证我的所言全部真实，全部真诚。

我出生即被父母遗弃，是在福利院中长大的。院里的规矩是没有名字的孤儿被送来后，就按照百家姓排序定姓起名。我的名字是院长起的，寄意大约是希望我快乐吧。可我在福利院里过得一点都不快乐，我感到压抑，不自由，精神上每一刻都在歇斯底里。我尤其憎恨那个戴着厚厚眼镜、总是神情严肃的女院长。她也讨厌我，时常重重地惩罚我。如今我回头来公道地看待过往，我和院长都有错，我们都太倔强，太好胜，太缺乏耐心和温柔。总之，我是怀着对他人、对世界的恨意长大的。我每天晚上都在咬牙切齿地想：“我要离开这个鬼地方；否则，我就一把火烧了这个鬼地方！”

终于，我熬到了十六岁，可以离开福利院了。我高兴坏了。我是赤脚走出福利院的，以示我走得干干净净，与这个地方从此再无干系。离开之后，我去了一个大城市，我相信我将开始崭新的人生。然而，我没有受过良好的教育，没有文凭，没有一技之长，只能做一些端盘子、洗头发、发传单之类的工作。城市再大再繁华也与我无关“运交华盖欲何求，未敢翻身已碰头”。我还是过得不快乐，不仅仅因为穷困和前途黑暗，更是因为孤独。福利院有很多人陪着我，哪怕是陪着我吵架生气。其中一些特别善良的姐妹，待我格外宽容，虽然我从不给她们好脸色，她们依然善待我，给我带来点滴温暖。而孤身一人在社会上求生存的我，却连个说话的人都找不到。每晚躺在冰冷的被窝里，我都感到很绝望。但我不是一个轻易认输的人。我不知道该如何解除我的孤独，但我立志先消除我的贫困。我从一个小窗帘店的促销员，顽强地一直做到自己顶下一个门面当上窗帘店店主。虽非富贵，但我总算是衣食无忧了。我喜欢窗户和窗帘，窗户是我童年时飞向自由的梦的入口，而窗帘则修饰我的梦。

可是，当我一个人被各种美丽的窗帘包围的时候，我感到空虚，感到茫然：出生——被抛弃——被收养——反抗院长——反抗贫困——终获自由和金钱，可为何我没有一点柳暗花明的感觉？生活按照既定程序进行着，但作为个体的我到底是为了什么而存在？我没法为自己找到一个毫不虚伪的有说服力的答案。站在人潮汹涌的大街上，我感到自己很渺小，随便什么人就能轻易地将我从地球表面上涂抹掉，没有人会在意。我来这世上走一遭，究竟有何意义呢？我不知道别人是否会和我一样想关于生活意义的问题。大约，这种没有实在所得的精神思考会在忙碌中被人们淡忘，或者是偶尔想想但只觉可笑便立即打住。人们忙碌，不知道为什么，然后死掉。

有一天，我忽然获知一个消息：令我憎恨的女院长快要死了。她千方百计托人找到我，说是想见我。我冷笑。这消息令我恶意丛生也快意丛生。我坐火车回到久违的福利院所在的小城，只想看看女院长是如何垂死挣扎。至于她为何想见我，我根本不关心。左不过就是人之将死其言也善，消怨积德，省得死后下地狱受罪。然而，死亡拥有一种高深莫测的神秘力量，足以战胜世俗的爱恨。被死亡笼罩着的瘦掉一半的女院长，虚弱之时又带有某种神性——可能因为上帝已拉住她的一只手臂。一瞬间，我对女院长的仇恨消解了一大半。可我并没有表现出来，仍是摆出十足的防备姿态。她对着我微笑。她跟我亲热地说话。她夸我聪明，有主见，意志坚强，从来不哭。东扯西拉好半天总算说到了点子上。她说你现在自己做老板了，可不可以捐点钱给福利院呢？我不回答，只是冷冷地、戒备地看着她。我又不自觉地想起与她的种种怨仇，我认定我年少时至少一半的黑暗是拜她所赐，于是心中的恨意又变得浓烈。冰释前嫌，哪有那么容易？她充满期待的眼睛逐渐黯淡下来，她开始自责没有能力给我们这些孩子提供更好的生活和教育条件，自责以前有些事情她处理不当，自责她加诸我的一切不妥当的惩罚，等等。我依旧没有回应，她又只好东扯西拉，气氛相当尴尬。直到护士说该打针了，才算是让我们两个都得到了解脱。

当天晚上，我收到一条手机短信，是女院长发给我的，很长。有些别字缺字衍字，可能此时发短信对她来说已太艰难。她说："我从来没有告诉过你，我一直觉得你和我很相像。我们都很倔强，都不喜欢哭，都喜欢强作坚强。我很怕你长大后会变得与我越来越像。我不希望你像我一样孤独、阴郁、不快乐。可事与愿违，你看起来一点都不快乐，你还是所有孩子中离开福利院后唯一从不与大家联系的一个。所以你也是我最担心最牵挂的一个……福利院的工作不好做，我压力很大，尽管已经竭尽全力，却还是有很多很多的失误。其实，没能给孩子们提供好的物质条件并非我最遗憾的事，最令我不安的是我没能成功地让孩子们个个身心健康。可能，因为我自身就是一个身心不健康的人吧。我从一个身心不健康的孤儿，变成一个身心不健康的照顾孤儿的成人，在精神上我几乎没有什么进步，自己痛苦不说，还带给别人很多痛苦，真是可悲。如今我命不久矣，我真的感到很后悔。在此真诚忏悔，不是为了寻求原谅，而是希望你不要重蹈我的覆辙。你刚被送来福利院的时候，是一个很爱笑、很可爱的婴儿，总是笑得很明艳、很欢乐。因此我为你起名欢欢。我想对你说的是：孩子，别那么死撑，该哭的时候就哭，该笑的时候就笑，该服软的时候还是要服个软，当然，任何时候都要服从你的内心。我真心地希望你能变回那个爱笑的孩子，人如其名，欢乐幸福，永永远远。祝福你。"也就是在当天晚上，女院长过世了。

在女院长的葬礼上，我仍旧没有哭。但我已经同她完全达成了和解。我对她怀有深深的歉疚。假如我在她的病床前能笑着与她说一会儿话，该有多好……可现在我只能后悔，只能在心里默默地哀泣悼念她。站在她的黑白遗像前，我用最温和最柔软的眼神看着她镜片后的眼睛，很想答应她对我最后的期望。可是我又怕自己做不到。最后我只得沉默地离开。

在回程的火车上，一片黑暗中，我思绪万千，无法入眠。终于，我哭了，把积蓄多年的泪水一并哭了出来。我是该好好哭一哭了。女院长和我，就如同一对关系很差的母女，在很长一段时间内，双方都不成熟，所以互相伤害。直到她永远地离开我，我才明白，她是爱我的，我一直被人爱着、牵挂着，我并不孤独。哭完后，我感到前所未有的轻松。我决定努力做到女院长对我提出的最后的要求。我也决心回到我的大家庭里，像女院长一样去尽心尽力地照顾福利院里所有的孩子，但我首先要自我调整为一个身心健康的人，可以自然而尽情地哭哭笑笑，可以给别人带去温暖与欢笑。

我选择到学校里来读书。一方面学习知识，一方面学习如何与人相处，我珍惜一切与知识、与人接触的机会。从拿到专科文凭一直到考上研究生，我付出了艰苦的努力，也收获了很多很多。最重要的是我变了，变得快乐、充实、不再孤独。想要解除孤独并不难：与人在一起，真诚待人，用心爱人，尽力帮人。其实我学任何科目都很努力，不仅仅局限于英语。在如今的大环境里，英语还是非常重要的，我认为每个人都应该尽可能地学好它。是否学英语和是否爱国、是否有骨气毫无关系，英语学得好不好却和是否勤奋必然相连。而且，福利院时常会有一些想领养孩子以及想要捐赠物资的外国人过来，我希望自己学好英语，到时候能学以致用。

第一次见到你，是在环保协会的招新现场。你只是路过，看到副会长手中的吉他很炫，就兴冲冲地跑过去问他要来吉他弹。你与副会长一见如故，你们二人面带笑容，潇潇洒洒唱起了 The Beatles 经典的《Yellow Submarine》，音乐声中你们闪闪发光，周围浮漾的都是轻松欢乐、无羁无绊的因子。还有，你笑起来嘴巴咧开的弧度非常大，神似我最喜欢的漫画人物“海贼王”路飞。我仍是一个不喜欢哭的人（拜托别再提拔牙那天的事），我喜欢笑对一切，所以喜欢打不死打不垮的最乐观最强大的橡皮人路飞。我看着像路飞一样灿烂大笑的你，心想：“这不就是我一直想要成为的那种身心健康的人吗？”

今天，我和你开诚布公说这么多，是因为从前我懒得与人多说，总是任由误会产生和越来越深，而现在我相信人与人之间是需要沟通的，也是能够互相抵达的。我希望你能公平负责地对待我，更希望你能公平负责地对待你自己。别浪费时间，别为不值得的人和事沉沦，别做任何让亲者痛仇者快的事，别让你身上原本夺目的可贵光芒消失。祝福你。

许欢欢

我很少收到信，这种内容和质量的信更是空前绝后。我觉得自己实在是一个幸运至极的变态。

我无法正经地给许欢欢回信。我写不出同样质量的信来。我怕对她的热忱有任何的辜负和怠慢。最后，我还是以我的方式四两拨千斤地回她：

“Honey，are you sure that you really don’t love me?”

6

我想我应该说明一下：我和许欢欢从来没有谈过恋爱。她的爱情发生在她研三的时候，对方是青海的一位藏族医生。毕业后她申请去青海一个藏民聚居的小村子支教一年，我在大四毕业旅行时特别安排拐到那里找她玩。她晒得特别黑，笑嘻嘻地自称“黑牡丹”，也能似模似样地说上一串日常用的藏语。许欢欢的男朋友很质朴，笑起来特别善良慈柔。许欢欢看着她男朋友的时候，眼睛里有星星点点的光，毫无疑问那是她最有女人味的时刻。

不要问我是否喜欢过许欢欢。“喜欢”这个词用在方龄身上比较合适。少年人的爱情都是自编自导自演的独角戏，其实不需要实体的对象，只需要一个概念、一个影子，就足以自己一个人爱得死去活来，享受的是那种回肠荡气的自虐的快感。事后再看，自己都会觉得好笑：哪里是爱她，哪里担得起“爱”这个字眼？我没有对许欢欢有过什么想法。我对她是单纯的欣赏和尊敬以及叹服。但是我可以毫不犹豫地说我是爱她的，而且我想用一生的时间来好好地爱她，解除她的孤独，也解除我的孤独。

大学毕业后，我没有出国留学。但 IBT 没有白考，这张证明我有一定英语水平的成绩单帮助我找到一份收入还不赖的工作。大四的时候，我很喜欢一部小成本电影《Euro Trip》。令我着迷的并非欧洲，而是那种自由自在飘飘荡荡的感觉。当时公司的 HR 来学校招聘时问我：“这份工作要经常出差到世界各地，你介意吗？”我简直按捺不住心中的狂喜一口答应了下来。洒家就想去世界各地遛弯玩儿。

这几年，连路过带转机，我的足迹遍布五大洲，到过十几个国家的二十多个城市。我曾被吉卜赛小偷偷走过钱包、护照等身家性命，也曾不止一次地被大眼睛的印度小孩天真地索要相机；有朴实的非洲下层工人兄弟向我夸耀他的中国制造的手机又便宜又好用，也有还算漂亮的白种女郎在码头用中文幽默地向我拉生意；遇到过一个试图说服我剃度出家的尼泊尔僧侣，我还曾在醉酒之后与一个毛利人搂着肩膀一起高唱披头士的歌；我好不容易在巴黎近郊的拉雪兹公墓找到了普鲁斯特的墓碑，却发现上面并没有刻上传说中那句销魂得不得了的墓志铭：“我与这个世界有过情人间的争吵”……我所经历的大致就是这些，没什么好多说的。

相信我，“周游世界”只有在具备足够的前提条件下才会是令人愉快的。否则，你所经历的只能是狭窄的经济舱座位，味同嚼蜡又不符合等价交换原则的饭菜，便宜而可疑的小旅馆，捉襟见肘的花钱感觉……你会问：貌似一切的不愉快都与钱有关？是的，钱这个王八蛋还是很有能耐的，它不能解决这世上的所有问题，但我想它解决一半还是可以的。那些在论坛上发帖号称“我穷游了欧洲我爽得很”的家伙全是骗子，千万别被他们忽悠。

这些年一路上的风尘仆仆，带给我的只有疲倦、疲倦和疲倦。我对世界的好奇有所下降，对人生的期待变得越来越庸常：买所像样的房子，多涨点工资少出点累死人的差，老婆孩子热炕头。我并不认为我堕落了，变成了那种“没有理想”的人。相反，我觉得我成长为一个特别能够面对现实的成熟的成年人，懂得如何按照这个世界的法则做游戏——是“做”而不是“玩”。省省吧，天知地知你知我知：这世界没那么好玩。但这个世界有着惊人的丰富和广阔，只要不是存心抬杠，想从中找些乐子还是不难的。于是，我继续拿着不错的出差补贴去世界各地，并想尽一切办法用最经济的手段随时随地为自己找乐子。令我满意的一点是，在不断跋山涉水的过程中，我从未做作地多愁善感掉下一滴泪。

今年，我来到了南美洲阳光异常充沛的亚马孙河流域，来到了传说中的赤道无风带。我闭上眼睛站立在河岸上，感受着没有一丝风、几乎静止的空气，不自觉地想起了 doldrums 这个单词。Doldrums，GRE 红宝书中出现过的，我记得。一个意思是“赤道无风带”，一个意思是“情绪低落”。我还不自觉想起了大学时我因失恋而情绪低落，然后极度变态，后来又考 IBT 从而变回一条好汉的那段时期。当然，我也想起了我认识的所有人当中最为举世罕见的女教皇大人许欢欢。哦，许欢欢，她绝对是一个奇迹。忽然之间，我无比无比地想念许欢欢，以至于洒家差点老泪纵横。但最终我没有哭。相反，我笑了，笑呀笑呀，从微笑一直笑到开怀大笑。我当然不会哭。因为我感到，没有什么能再让我情绪低落，没有什么能打败我，我比任何人都强大。因为我知道，除了拔牙疼着了之外，举世无双的许欢欢大人不相信眼泪，笑对一切才是她真正青睐和推崇的处世方式。

（原载于 2011 年“豆瓣网”）

失眠症患者

商夏周

1

一开始，梅特琳并不认为自己是失眠。

现在是临近高考的一年，压力大是很正常的事，她每每都是这么想的，母亲也会如此这般地说，所以她也没有放在心上。

在此之前，母亲经常责备她不够勤奋，所以成绩才会一直不温不火，以至于前途堪忧。每次谈到这个话题的时候，在餐桌上总有一些让人胃口不好的意见被振振有词地提出来，而紧随其后的修辞手法无非是："我可是为你好啊，这个世界上，只有你亲生的妈才会这么关心你了，你现在不明白，以后就明白了。"

这些意见总是围绕上面的特定修辞手法而产生。诸如：

"隔壁家的小丽每天早上五点半就起床了，我都能听到她读英语的声音。你呢，一觉能睡到六点半，就不怕迟到，我怎么生了你这么不长进的女儿？你这么不学好，考不上大学，我老了能有什么指望？"

又或者是：

"我听说喝深海鱼油会让记忆力好不少，隔壁家的小丽就是喝这个才成绩这么好，我给你买了一瓶，你一定要喝完。这个钱妈为你花还是舍得的，不要把钱花在看那些对考试没意义的书上就对了，你的那些闲书，我没收了，看这些不是浪费人生吗？你不要怪妈，以后你就知道，妈是为你好。"

每当一日又一日听到这样重复的话，梅特琳总想痛快地回一句：

"小丽那么好，你认她当你女儿啊？"

但这句话总是徘徊在喉咙边，始终没有说出口，当然，她知道自己是绝对不会说出来的。因为自己若是表现出任何一丝丝反抗母亲大人的想法，总会有铺天盖地的怨天尤人直接朝自己袭来，这样的感觉，就像是快要被海水淹没的人那样，恐惧多一点的水分带给自己的死亡威胁般恐惧持久唠叨。

大多会是这样：

“你爸死得早，我一个寡妇辛辛苦苦把你养大，就是让你和我顶嘴的吗？”

如果再加上新的变种的话，就是：

“你这样对我说话，一点都不体谅我对你的好，我活着还有什么意义？还不如去陪你爸算了。”

也就没有新的修辞和文体变化了，在这方面，母亲的确十分懒惰，她的勤奋用在将这两种文体翻来覆去说上无数遍，再加上眼泪攻势，达到震撼人心的效果。虽说并没有争论的价值，但很有用。

所以，在梅特琳的字典里，没有“顶嘴”这个字眼，她也认为顺从是理所应当的事，不然，日子只会更加难过而已，没有人会想让自己的日子难过，何况还不满十八岁。一般情况下，她顺从地吃完饭后，拿起一份英语试卷回了房间，打开台灯，不须多说，在身后的母亲眼睛里，一定是肯定的目光。那是她认定自己多年辛苦付出的唯一回报。

有的事，用言语是无法说清的。

2

这一年，梅特琳十分诚惶诚恐，就好像背后有个人在一直推着自己，越跑越快。母亲的辛苦，她一直看在眼中，为了高考的顺利，还每个月拿出好几百块给她请了数学老师补习功课——其实这就是她的数学老师课下弄的培训班。现在的老师为了赚外快，或多或少都会干这个，一句话总要拆成两部分，课上说一半，课下说一半，吸引学生入学，说是变相行贿也不为过。

知道母亲的苦处，她也就很自觉地调整了自己的作息时间，每天晚上十二点入睡，早上六点就会在闹钟的催促中从床上跳起来。

回到白天里，困，那真的是很困啊，就如同有成千上万只瞌睡虫在自己周边翩翩起舞那样，让自己忍不住就要打瞌睡，往往在睡梦里还在做着试题或者背着课文，还以为自己活在现实世界里。试过用圆规扎，或者让身边的人帮忙掐她的大腿和手臂，似乎都是收效甚微。

“梅特琳！”一声怒喊就好像惊雷在她耳边炸响。

梅特琳吓得后背一层冷汗，才发现自己又不知道在什么时候睡着了，抬头就看见数学老师那副因为生气而放大的瞳孔，感觉随时都能喷出火来。

“这么想睡觉就回家去睡，不要在补习的地方打瞌睡，影响其他想认真学习的同学，你不觉得羞愧吗？”

她低下头，内心的负罪感如潮水渐次涌起，潮声渐渐大起来，淹没外界世界的声音。她没发现自己无意识地在扭着自己的食指。

“是啊，成绩不好，还这么不上进，又要对不起妈妈了。”心里的声音这样说着。

“这样的自己，存在到底能有什么意义呢？不能带给母亲任何安慰，各方面平庸，想一想就觉得惭愧啊。”

“为什么这么爱睡呢？真是讨厌自己啊。”

几种声音小声地在身体的角落里讲着话。

看到她不答话，也不知道在想什么，听课学生的目光都集中了过来，数学老师有点下不了台。

“自己不长进就不要浪费家长的钱，像你这样的学生，我见得多了，最多也就读一个专科而已，枉你妈还以为你能念书有出息，你这样的人，这辈子都不会有什么出息的。”

她把头低得更下去了，一味扭着自己的两根食指，轮番着就好像所有的乐趣都在此之中，外界的声音在自己耳边变得更小了，时间一下就变得快了起来，也不知道补习是什么时候结束的。她抬起头，看见好几个人已经在收拾书包，准备回家了。

梅特琳小声问坐在自己前面的杰尼：“一会儿我们去书店好吗？我想看下最新出来的参考书有没有帮助。”

杰尼有点为难地看着她：“不好意思，今天我家有点事情，要早点回去，今天不能和你一起回家了。”

听到杰尼这么说，梅特琳自己首先慌起来。“我怎么老是给别人惹麻烦啊。”她心想。第一反应里她想掩饰自己的手足无措，很快就挤出一个她认为是在表达不要紧这个意思的笑容，她连忙说：“那你忙吧，我不耽误你的正事了。”

看着杰尼收拾着书包走了，她才一个人走出来。一个人边慢慢走着边想，幸好自己没有耽误杰尼。补习的地方在数学老师的家里，出了楼道外面，迎面有阵阵风吹过，花香隐藏在其中，能看到对面有很多不同种类的花，安静地躲在角落里开着，不想打扰任何过路的人，开过散了，也是来过这世间，求得一个心安理得。每次她从这边走过的时候，就想起自己的曾经。

曾经，和父亲一起走过的。那些小心翼翼的卑微，是自己的现实状况。大约这一世，是无法摆脱的。小心一点也没什么不好，最少安全。

3

失眠的苗头，大概就是从这个时候开始的。

很多事情，一开始发生的时候，总是润物无声，当成为习惯以后，就很难想起，到底是从何时就有了迹象。最初的时候只是觉得偶有异样，皱皱眉大可以接受下去。一点小的异常，谁也不会料想会千百倍地往无法控制的道路走下去。

如果认真追究，当是从那天和杰尼告别之后。

下了学，她便自觉去了新华书店看书。又一个月过去了，新的参考书层出不穷，大多都是标明海淀或者黄冈教学，高考的学生在这些上面，也不知道花了多少钱，那些家境好的，说不定会把所有的都买了，就算不用，摆在桌头，也是一个用功的样子。她不同，家境使然，每分钱都要作好完备的打算。她拿过一本详细地翻了翻，又继续挑了另外一本进行比较，要说自己不想把成绩搞好，那一定是假话。她微微一笑，果然看到了班长的身影，班长匆匆出现了一下，又走了，大约是看到了梅特琳。

她低下头继续看手上的参考资料，一个人从背后拍了拍她，把她吓得出了一身冷汗。定了定神，她回头看了看，原来是自家的叔叔。

说起来，自从父亲死后，叔叔们都对自己避之不及，生怕母亲带着自己赖上了梅家，那时候她似懂非懂，但一直看着母亲在流泪，母亲养成了现在这种对自己加倍地恨铁不成钢的性子，自然是和夫家的态度有关。她一个人带着自己过了这些年，要不是每年给父亲上坟，梅特琳怕自己都忘记了自己还是姓梅的。

现在在这样的公众场合看到叔叔，梅特琳自然是吃惊得很。记忆里有一次，她和母亲在街上看到叔叔，隔得远远地她开始喊叔叔，谁料到叔叔明明看到了她，结果装没看见，转头就走了。

叔叔没看到梅特琳惊讶的眼神，眼珠转了转，打量到她手上的教科书，开了口："梅特琳，这么用功啊。"

"叔叔找我什么事？"梅特琳说。

叔叔听到她这么说，自然知道她话里的意思，清了清嗓子，装作没听懂，然后说："明天是你爸爸十周年的忌日，你要不要和你妈妈今天跟我们回老家准备一下？"

梅特琳微一思考："不用了叔叔，明天清早我和妈妈就会到了，这件事情的钱妈妈也都给了你们，自然是信得过你们的。晚上我还有晚自习呢，再说了，妈妈也不会答应的。"

叔叔自然是知道她的意思，要不是被外面的人非议他们侵吞了孤儿寡母的钱，他才不会愿意来找这一对母女。被梅特琳的妈妈拒绝了，他本来还以为好好和梅特琳说说，她能答应，嫂子就不会拒绝，事情也就遮盖了，外面的人也不好非议，没想到这两个人油盐不进。

被这么一拒绝，叔叔的脸色也就不太好看，他顿了顿说："梅特琳，用功也不急于一时，何况你学习不好，再怎么用功，也没什么前途的。你一个女孩子家，最好的归宿也无非就是嫁个好人家。”

听了叔叔这番话，梅特琳虽然生气，但嘴巴上只说：“我的事情，我做不了主，叔叔要是这么有诚意，就去问我母亲好了。”

她这时已经选好了自己中意的教辅，也没多言语，点了点头，就抱着几本书去柜台付账，只看见叔叔站得离自己远远的，生怕叫他帮自己付钱。她心里觉得可笑，没多言语就回了家。

回家以后，脑海里还回响着叔叔说的那句话，这当然不是第一次了，每一次的言辞，哪次不是尖刻入骨的？这次无非是恼羞成怒后，更加有意为之而已。在她抱着父亲的黑白遗照默默流了很久的泪后，那天晚上就好像一下失去了睡意。为什么会流泪这么久，自己也不知道从何说起。父亲离世以后，她倒是渐渐适应了和外人减少说话的机会，说得多了，反而觉得自己不太自然。母亲也不会让她多和梅家的人打交道，梅家的人自然更加不想和她们打交道，谁不当她们是负担？

擦干眼泪后她快速地吃完了母亲留给自己的剩饭就上学去了，母亲这时候应该还在外面帮工，不会回来，能多赚一点是一点。她平日里也十分注意，买教辅总是比较又比较，总不能多花冤枉钱。其实这天她觉得在书店里还是很有收获的，发现了新的关于数学方面的教辅，简单易懂，比数学老师平日里所教的让人更加容易接受，她越看越喜欢，准备晚上回来就和母亲提议，补习就不去了，这个费用，对于自己这个家来说，是不小的一笔开支。

能省就省了吧，什么都要靠自己才最可靠，她坐在回学校的公车里这般想，手里不忘拿着写着英语单词的小本子默默记着。到了学校后，班主任通知这天自由自习，她也就拿出新买的数学教辅开始看起来，越看头脑越清醒，时间很快就过去了。

平日里，她结束学校里持续到十点的晚自习后，回到家从十点半温书到十一点一刻，周期往往如此，一日复一日，到这时也差不多就开始打瞌睡了，需要不停运动或者是针刺才能勉强提起神来，但这天她却一直到一点都没有一丝困意。

母亲经过她的房间，一下推开了房门，都有点震惊，其实说不好是刚好经过还是意外袭击，在此之前，每每夜里也会持续有这样的场景，大多都是以“这么早就睡着了，你还不如不要念书了，让你睡个够岂不是更好？”这样的台词而促使自己中途起床。此时此刻，只看到母亲用一种爱抚的眼神看着梅特琳，就好像弥勒佛在轻柔抚摸着众生的额头，嘴里还说着“我宽恕你们的罪过”那样，母亲掩饰住嘴角的一丝欣喜若狂的笑意，嘴里却说：“希望你能保持。”然后轻轻关了房门，她能听见母亲蹑手蹑脚回自己房间的声音。

这句话的潜台词，大概就是说我只是一时热情吧。这个声音第一时间出现在她的身体里，但她只不过是当时想一下而已，记忆里有太多类似的存档，一般她都自我安慰，睡过以后，存档就好像DELETE键一样，能把自己不喜欢的都删得干干净净。

结果这天她强迫自己躺到了床上，印象中不记得到底睡足了几个小时，换句话说，不知道自己光闭着眼睛干躺在床上到底用掉了多少时间。凌晨五点时分，她已经睁开了眼睛，有一点不安，但不久后，天边有一丝亮光浮现。她心里有所期待，第一束阳光是属于自己的，失眠的感觉也并不坏。之后她起床就收拾收拾和母亲一起回了老家。

这样的情况一直在持续，当时她以为是因为回老家的不适应而已。从老家回来后的第二天，她破例一早就来到了学校，不用面对校门口检查校牌的讨厌的隔壁班同学。由于自己之前偶有睡过头，总是卡在打上课铃的时候匆匆才进校门，对方总会说，“不行哦梅特琳，我不能让你进去呢，没有校牌，就违反了规矩哦”。苦苦哀求也没有结果，人为何一旦有了权力，沾沾自喜就不认识自己的同学了？这可真是奇怪。不用看那张脸，她觉得自己的人生从清晨开始就变得轻松了许多——因为实在是太早了，但还是会有人比她早到的。

这个人是班长。

班长看到梅特琳这么早就到了教室，虚掩着胸，好像受到了天大的惊吓，下意识地赶紧放下了手里的英文课本。

“哎？你来得真早。”梅特琳无意识地和班长打招呼。本以为两个人并不是很熟，在这样一个空旷的环境下不打招呼又不好，也就面子上过得去就行，她说完话就放下书包开始整理早上要读的课目。

没想到对方很快堆起了满脸的笑容，用力地过来寒暄："梅特琳你怎么这么早？这么勤奋啊，让我都羞愧了，我昨晚啊，看偶像剧看到好晚，想着剧情，一晚上都没睡好，只有早早起来了。你怎么会这么早呢？是不是因为紧张高考啊？哈哈，你昨晚有没有看《宫》？你说晴川最后是跟四阿哥在一起呢，还是跟八阿哥在一起？"

"八阿哥吧。"梅特琳选择了一个不会出错的稳妥答案。不出错是她一贯的立场。

对方很快就点头对她表示了认可："我也认为是八阿哥，他对晴川多好啊，你说杨幂是不是真的和冯绍峰在谈恋爱啊？我觉得他们很般配。"

梅特琳知道这个时候自己应该接话说"是啊，我才不相信他们没有在一起"这样的话，虽然知道班长不会看电视，她只是每天晚上回去查百度百科，了解当天有什么新的剧情而已。他们那个小团体一直都是这么干的，每天学习到大半夜，到学校来还要坚持自己爱玩，成绩好，那也没办法，天才都是这样。但是梅特琳也不会戳穿，就算说"哎呀，你多勤奋呀"，对方也不会承认，反而会招致反感。她摇摇头说："我也不好说。"这个话题实在没多少意思，所以她也没有维持下去的热情。

班长果然有点失望，悻悻地说："那我不打扰你学习了，我回去了，我还有一杯豆浆没喝呢。"

"不喝就凉了。"梅特琳鼓励她回去，心里松了好大一口气，这样的应酬不可缺少，可是又真的没有必要。班长回去以后果然又抱起了英文课本，只是嘴里没有发出声音，梅特琳盯着班长看了一会儿，始终没见到传说中的班长的豆浆。也就片刻，她觉得自己太认真了。紧接着，就好像有人故意安排好开闸放水，来势汹汹的河水一跃而出那样，同学们都三三两两来到了教室里。

几个人心照不宣地凑在一起开始讨论起了昨天夜里新播出的《宫》的剧情，梅特琳很明显就能听到班长大笑的声音，她一定要凑在这种场合用力地表现自己，这样才显得她是多么不用功不努力，还能考到全班第一，这是只有天才才能做到的事情。

梅特琳撇了撇嘴，把头扭到了一边，打量了一眼杰尼的座位。他还没有来，她下意识看了看手表的时间，离早自习还差最后五分钟了。

一个细细小小的声音从空间的狭缝里钻到了她的耳边：“今天早上梅特琳来得特别早，她还和我讨论《宫》，她连杨幂和冯绍峰在一起了都不知道，一看就知道她是骗人的，谁知道她看没看过啊，说不定只是回家百度了，就来冒充‘蜂蜜’。”

是班长的声音。

很快就有人附和了：“是啊是啊，她就喜欢演，做作得要命，不就是死了一个爸爸，还真当自己是林黛玉了，上次我和她讲话，她都爱理不理的。”

“她这种人，又难看，性格又不好，杰尼怎么会和她在一起？”

“谁知道啊，人家私底下有什么本事，难道会教你？”

“我才不要学，学得那么虚伪有什么好？我妈说了，做人要真诚，那些装来装去的人啊，也只有男人才会被欺骗。”

声音又好像有意识地小了下去，像蚊子振动了最后一下翅膀，就陷入了静谧。

“当初怎么会答应和杰尼在一起的呢？”她心想，“他给自己可是惹了不少麻烦。”可是想到他们在一起的那些时间里，杰尼对自己的照顾，是家里人无法提供的，她又觉得自己实在是庆幸，其实，杰尼只要看看自己，也是好的吧。

上课铃声在这细微的停顿之后，准时响起，门被推开了，教室里读书的声音就好像被人在同时段里一下调高了那般提高了不少分贝量，看到是杰尼推开了门，大声朗读的声音就像升起的气球被人恶狠狠打了一拳那样，顿时就下去了。

有人议论：“杰尼，不要伪装班主任，人吓人，会吓死人的。”

杰尼笑嘻嘻走进来：“你们这么怕，下次我一定要装得更像一点。”

女孩子一片娇嗔。梅特琳看他走近了，悄声问了一句：“昨天什么事？现在怎么样了？怎么这么晚才来呢？我生怕你迟到了，又要被班主任罚站。”

杰尼愣了一下，又恢复了以前的表情。“嗯，就是家里的一点琐事，现在也没什么大问题了，我现在不是来了嘛。”他伸手揉了揉梅特琳的头发，“你想我了吗？”

梅特琳赶紧用眼角余光扫了一眼窗外，幸好，幸好班主任没来。

“你是不是有事想对我讲？”杰尼看到她两只眼睛里写着大大的两个问号。

梅特琳停了停，还是把心里的疑惑说了出来。

“杰尼，我今天才睡了四五个小时。”

“这不是很正常的事吗？我听说班长每天就只睡四个小时而已啊，她还那么喜欢和别人讨论偶像剧，以为谁都不知道她的事，你就想和我说这件事吗？”杰尼有点意兴阑珊。

“不是这样，我觉得，我睡着的那四五个小时，其实也一点睡意都没有，就只是躺着而已，其实这不是才有的状况，我昨天也是这样。我这是怎么了？”

杰尼拍了拍梅特琳的肩膀，“你不要想太多了，你睡不着，那就做英语呗，保准马上就睡着了。话说回来，你以前睡得太多了，现在谁不是睡得少？你睡多了，反而不正常了。现在恭喜你，终于成为正常人了。”他半开玩笑半严肃地说。

一个严厉的声音在两个人背后响起：“你们在做什么？”

梅特琳身体忍不住抖了抖，她不用回头就知道，那是数学老师。

数学老师很快地说：“我今天收到匿名信举报你们两个搞早恋，我还不相信，现在看来，你们真是不学好了，你们两个跟我去办公室，今天家长要来学校谈一下你们两个人的事。”

昨天回去以后，她让母亲打电话和数学老师说了，以后补习就不上了，没想到这么快就收到别人的举报，还被数学老师抓了个正着。

4

匿名信是谁写的，现在已经不重要了。

数学老师为抓到了证据而洋洋得意，家长们到来后又是一番相互的指责，梅特琳的妈妈本来就不善言辞，很快就落了下风，杰尼的妈妈强势无比：“看看你们家女儿的长相，我们儿子怎么会看上她？不是她勾引我儿子，还会是谁？”

梅特琳站在一旁看着自己的母亲憋红了脸，仰头看着数学老师，希望他说句话，没想到数学老师也跟着添油加醋：“梅妈，不是我说你，你本来是寡妇，带大女儿不容易，但是出了这种作风问题，传出去了，人家说你姑娘，都会补一句：‘会不会是姑娘从小耳濡目染的’，都说寡妇门前的是非难说清，这些事你应该更注意的。虽然家里穷，但教养不能少的。”

梅妈一直听着，等到她一字不落地听完所有的话后，一个耳光就扇到了梅特琳的脸上，然后一脚踹到了女儿身上，她大概把能找到的打人的方式都用给了梅特琳。

“我送你到学校让你念书，是教你学好，不是让你学狐媚子。你以为你是谁？你不读好书，谁会看得起你？我们家没权没势，你妈我让人看不起也就算了，现在你自己不争气，让人看不起。你说，你自己说，你要不要和这个人分手？”

她的手指哆哆嗦嗦地指着杰尼。

梅特琳没料到会出现这样的状况，她惨然一笑：“杰尼，你喜欢过我吗？是我勾引你的吗？”

杰尼被自己的妈妈用力地一把拉到了身后，他低下了头，用力地揉着自己的两根食指。

梅特琳没有再看他，她扶着自己的妈妈：“我和他分手了，现在我们可以走了吧。”这最后一句话，是对数学老师说的。

5

如果认真来想的话，失眠这件事，又好像是从这天才正式开始的。

这天晚上，梅妈还是和梅特琳例行公事般地哭哭啼啼了一番，梅特琳示威性地拿起了英文课本后，梅妈才讪讪地离开。

“你懂事了就好，这些事都不重要，没什么比自己的前途更重要。”

她犹豫了再三才和梅特琳提议：“我怎么觉得你不去补习了，数学老师对你大不如前，今天还这么说我们，我们……要不要还回去继续补习，或者给数学老师送点礼什么的？”

梅妈去办公室后，心里其实早就存了这个念头，被人家看不起，挤对，这也难怪，谁让自家就是这么个家底。其实一路上她一直在考虑，最后还是说出来了。

没想到梅特琳脸色微变，有点怒道：“不去补习，也不要送礼。”

梅妈还是有点不太放心：“虽说数学老师说那番话是落我的面子，但他的教学质量也是不错的，你去补习，对你也有好处，你妈我被人看不起不要紧，不能带着你被排挤。”她说这番话像是已经下定了决心。

梅特琳认真地放下了手里的英语课本：“你听我说，妈妈，这次买的教辅对我的数学真的很有帮助，所以我才觉得没必要再补习了。再说了，我们怎么送礼，还是穷人，数学老师也未必能看得上，我不一直都坐在教室的最后一排吗？你放心吧，我会好好学习的，以后不让你被别人看不起，你不要再操心这个好不好？我们赚钱也不容易。”

听到女儿说了这番话，梅妈才放下心来，说了一句“那我不打扰你学习了”，就回了自己的房间。

两个小时之后，梅特琳确定了梅妈已经在熟睡之中。自己，果然没有丝毫想睡的意思，看着英文课本，脑海里却浮现出父亲的脸。她虽然安慰了母亲，可是自己的内心仍然觉得沉重，就好像一块石头重重地压在心头那样。自己其他的书都被妈妈没收了，也不知道做什么才好，仔细想了想，梅特琳这才想起来，自己床边的几大箱遗物，都是父亲留下的。之前她太小，总觉得“遗物”两个字，带着沉重和历史感，“历史”两个字念在嘴里总显得重且压抑，上面满是尘埃，她也就没有打开的意思。遗物都是母亲整理的，用母亲的话来说，就是一堆没用又败家的东西。现在她忍不住想：“爸爸留下来的到底是什么？”

她没费多大工夫就先拖出来一个木箱子。

第一眼就能看出，这个木箱子有着年头，上面的明漆也有一些剥落的痕迹，从样式上来打量，她猜测是母亲的陪嫁。

箱子没有上锁，这是她没有想到的，她很容易就打开了，一阵灰尘迎面扑来，她随手拿着一旁做过的数学试卷擦了擦箱子。

眼睛花了花，一箱子的，竟然是碟片。她也没细想父亲过世的时候，怎么会有那么大量的DVD，拿起最上面的一张，那上面写着侯孝贤导演，片名是《童年往事》。

反正也睡不着，她心想，说不定看一下电影，就容易有入睡的感觉了。而且，她心中充满着好奇，这些父亲留下来的东西，到底有什么不一样。

你和你想了解的人看同样的东西，会不会感觉更加接近一些？

她在电脑上插上了自己的耳机，食指按到了开机键上。

电影结束了。她才发现自己还是没有睡意，看了一眼电脑上的显示时间，还不到凌晨五点。看完了整部电影，她其实觉得自己并不明白电影讲了什么，但始终在流泪。流完泪后，心里倒是感觉轻松了许多，这真是奇怪。

她关了电脑，开了房间的另一扇门让风进来吹散电脑的温度。

再想了想自己为什么会出现这样的情况，她还是想不明白，后来她只能自我安

慰，也许是因为太想念父亲了吧。但既然没有睡意，时间就会显得一下被拉长了，她揉了揉自己有些麻的腿，起身去厨房给自己倒一杯咖啡。

高三了，人人都会准备咖啡来对抗睡意，梅特琳记得班长每天都带两大瓶咖啡到学校来，人少的时候，就偷偷地一口气喝掉，被人问起，却总是强调这是治疗她头皮屑过多的一种中药。

刚刚倒完咖啡，梅特琳一转身就碰到了梅妈，反而吓了一跳。

梅妈带着起床气问她："你怎么起来得这么早？"

"温书。"梅特琳说。她端着咖啡走向了房间，那里，是属于她和父亲的空间，不知道为什么，在打开父亲遗物的一瞬间，她感觉父亲好像在注视着自己，这样的感觉让她觉得安全。

她听到梅妈在自己身后说："女儿，你终于有出息了，我相信我女儿这么努力，一定能考上重点大学的，老天真是开眼了。你不要骄傲，要一直保持。"

梅特琳微微一笑，关上了房门。

6

这之后她也没有提前去学校上学，最早到学校的那个人，只能是班长，她总是提前二十分钟才进教室，这个时间段里人最多，最安全。

每个人都有自己捍卫的属于自己的那一份。梅特琳要的，就是小心翼翼的安全。

对于班长来说，大约就是最早到班里来学习吧。这是属于自己的空间，被别人打扰，一定会不高兴。

梅特琳来学校以后，发现杰尼已经到了，他看到梅特琳，低着头对她说："昨天对不起。"

"嗯？"

“我想，要不然，我们私底下偷偷交往着，也是可以的。我舍不得和你在一起的那些过去。”

梅特琳觉得自己的心又软了，杰尼真是会说话，一句话就说到了她的心底，经历了昨天，她本来是下定决心要和杰尼分手了。

她轻轻点了点头。因为尴尬，也不好意思多说。

杰尼放心地转回头去认认真真读起书了，他在读国语课本：“金风玉露一相逢，便胜却人间无数。”梅特琳知道，他是念给自己听的。

“地下的，也没什么不好的。”她想，“最少安全。”

7

习惯了失眠这件事，就发现也没什么大不了的。

一开始，持续了一周的失眠状态后，梅特琳有点担心自己的身体是不是出了什么状况，比如压力过大，或者神经衰弱之类的，但连续一周下来，她觉得自己也没什么不适的感觉，如果真要细细来追究，她每天都会找出一部父亲留下来的电影来打发时间，渐渐地，那些人物就好像飘浮在自己的身边那样，她看着他们的喜怒哀乐。

也曾经想过要不要和母亲商量，但话到嘴边还是吞了下去，因为这几日在母亲看来的晚睡早起，让梅妈感觉自己的面子上都光彩了许多，最少胜过了隔壁家的小丽。晚上的时候，她还连买了几天的鲫鱼，说要做给梅特琳补补脑子，这样才能更好地念书。

百般思量之后，最后她还是算了。和妈妈说也没有什么意义，顶多就会换来一句“读你的书，其他的不要胡思乱想”，不然就是“说明你有学习上的压力，这是好事，多看看书，就能睡着了”。她在脑海里都能模拟出那样的语气。

摇了摇头后，她又考虑要不要和杰尼说一下。

但想起那天杰尼半开玩笑半严肃说自己已经成为正常人了，她忍不住苦笑，就算和杰尼说了，对方也不会相信吧，说不定还会以为自己在炫耀现在是如此勤奋地学习。高三的学生，彼此之间对这些都很敏感，杰尼的成绩不好，对这些就更敏感了，一般情况下，她从不提学习相关的事。她也不想自己真心地讲出来，却被人质疑动机。

这样想下来，梅特琳才悲哀地发现，原来自己竟然找不到一个人和自己分享秘密。

也就是从这天开始，她看完电影后，就发现自己能看见父亲了。

8

在看完了父亲留下的几张侯孝贤的碟子之后，梅特琳又陆续看了几张小津安二郎导演的电影，事实上她觉得没有一部让自己能彻底的明白过来，这两个导演总喜欢在自己的电影里絮絮叨叨的，但不知道为何，每当自己处在这样的时间里，反而觉得更加安全。

如果觉得饿了，就去厨房煮一个白水蛋，或者吃晚上剩下的饭。

也就是在这个时候，父亲出现在她的视线中。

他看起来还是那么年轻，慢条斯理地对梅特琳说："丫头，老吃剩饭，对胃可不好。"

梅特琳愣住了，接着就哭了，她一边哭一边说："可是不吃，会更饿，对胃更不好，爸爸你知道不知道？对，爸爸你怎么会知道，你都不要我了。"

她这时正在用电脑看杨德昌的《一一》，小男孩在说："我觉得自己一下就老了。"

"我也应该是吧。"梅特琳对爸爸说，"有时候我很灰心，想为什么别人那么好看，我就这么难看呢？学习还不好，难怪亲戚们都不喜欢我，离我们远远的。"

"谁说的？"爸爸慈眉善目地对她说，"我女儿一直很好看，不信你回头再去照镜子。学习这件事啊，你会越来越好的，你现在多么会学习啊，要相信自己。亲戚这种事，别人不稀罕你，你还不稀罕他们呢，干吗为别人活，是不是？”

父亲说完话后，她觉得自己的内心安静了很多。

电影结束了，她才发现爸爸也消失了。

时间好像是在静止了一段以后，哗啦啦地进入了正轨，太阳也出来了，梅特琳照了照镜子，本来以为失眠这么久，自己的情况应该一塌糊涂，但本身自己就不好看，平时她就不喜欢照镜子。

结果，她发现自己的精神比以前看起来更好一些，就好像是得到足够休息后的那种放松中的肌肤，所以后来她就放弃对别人说失眠这件事了。反正不说，别人也不会知道。

所以，就算有什么不同，别人也不会知道。何况每天多出来的时间，除了用功在学习上，还可以见到父亲，她觉得自己简直可以用幸运才能形容了。只要能在白昼中汇入茫茫的人群，这就是这白天里存在的最大意义了。

9

时间久了，梅特琳也就习惯了这样的生活，一直没有睡意，又或者在深夜里，反而更清醒一点。喝咖啡这件事，与其说是为了提神，不如理解为口中无味更好。在合理的范围内，调整一下胃口。

一般情况下，每周七天里，有三天给了语文、数学和英语，其他四天里是理科综合，要么是做试卷，要么就是复习以前的笔记之类的，反正都是重复的生活，和白天也没什么区别，只不过是白天的延续而已，所以，在确定母亲熟睡之后，梅特琳就会从箱子里找出父亲留下的电影来看。一开始，还是随手拿，等到父亲出现了以后，就会给她一些建议。

“你可以尝试看一下不同国家的，比如安东尼奥尼。”

于是她第二天就会找出一张《放大》来看，一边看一边和父亲闲聊：“你当初怎么会喜欢这些东西？”

“因为，这是属于我自己的世界。”父亲这般对她说。

在梅特琳的印象中，父亲一直都是沉默寡言的人，年轻的时候画一手好画，但一直没什么作为，后来就一直给电视台画一些宣传用的展板，但有一次高空作业摔下来，不幸触电死了，从此她就过上了没有父亲的生活。

在进入父亲的世界以后，梅特琳才发现父亲是这么健谈。总是滔滔不绝谈论他对某一个导演的看法，然后看着梅特琳：“你觉得呢？”

“我现在看完了，会好好想想你的看法的，现在我准备喝杯咖啡背英语了。”梅特琳说。

父亲赶紧对着荧屏外的她喊：“明天记得看戈达尔的《筋疲力尽》啊。”

伴随着屏幕黑暗下去，梅特琳静静地自言自语：“我知道的。”

所以，与其说一直重复着白天的生活，梅特琳更加喜欢入夜以后，自己一个人的感觉。没有别人干涉，不用顾忌周围，是全部属于自己身心的世界。

10

依照看过的影片数量来算的话，那么高考前的日子真的过得相当快，一周一次的小考，一月一次的模拟考也算不了什么，大概是复习的时间比以前长了许多，头脑也从来没有不清醒过，梅特琳的成绩倒有了极大的提升。最后一次模拟考的时候，竟然考到了全班前三名。

“这可是了不起的成就。”她在办公室里听数学老师这样夸着自己。自从没有去数学老师那里上补习班，这还是他第一次夸奖自己。几个月来，每每数学老师被调皮的学生惹怒，总是把她喊出去骂一顿。

现在她听着数学老师一字一句对自己说："你是我见过的最有天分的学生。"数学老师拍了拍她的肩膀，"我已经打电话和你妈妈说了，要好好努力，争取考上重点。"梅特琳扭着自己的食指一直默默地听着，一会儿老师就对她说："你先回去吧，把班长叫过来。"

她一个人慢慢走出教室，高考最后的日子里，老师也只会找他认为能考上好大学的学生聊天，毕竟这是和考绩挂钩的。她本想回教室去找班长，没想到在走廊上反被班长找到了。

"梅特琳，我终于找到你了。"班长看到她，眼睛忍不住亮了亮。

"什么事？"

班长小心地把她拉到一边，悄悄地对着她耳边说："我刚才看到杰尼和美术班的兰妮在接吻呢，你们分手以后，他这么快就找到女朋友了啊，发展得真快。"

梅特琳觉得耳边"轰隆隆"的一声，就看到班长目不转睛地看着自己："你还好吧？你们是不是没分手？杰尼这个人太过分了，高考前怎么能这样，这不是影响你发挥吗？"

梅特琳定了定情绪："谢谢你，我和杰尼真的分手了。如果没什么事，我想说，班主任现在在找你。"

"哎呀，你不早和我说。"班长说，"那我去办公室了，你自己的事自己把握吧，我只是把自己看到的和你说了。现在不是第二节课下课吗？你可以去操场看啊，杰尼是学体育的，你不会真的以为他在操场就是为了训练吧？"

她一阵风地跑走了，留下梅特琳一个人发愣。

"不是说，只是转到地下恋情吗？"

她走了两步，准备去操场，第二节课下课有二十分钟的休息时间，很多同学其实都还是留在教室里看书做题的，一般情况下，只有学体育的会去训练，或者学美术的去了画室，班长说的也不是没有依据。

但是走了两步，她还是折了回去。“就算我亲自去，看见了，其实也没意义。”梅特琳心想。

11

“这样是不是很懦弱？”梅特琳晚上问父亲。

“什么叫懦弱？”父亲反问她。

“就是，我不敢去操场亲眼看这件事。”梅特琳加以解释。

“这有什么？”父亲对她说，“你去找那张特吕弗的《祖与占》来看，三个人相爱都没有任何问题。”

梅特琳被父亲冷住了，直愣愣地盯着父亲看。

“你这么看我想说什么？”

“我以为你会和妈妈一样，说小孩子早恋不好，影响学习。”

“你都已经恋了。”爸爸说，“当初我和你妈就是早恋，高中毕业，我们就结婚了。所以她觉得自己过得辛苦，不想你像她一样吧。要我说啊，男人这种事，需要时间来观察的，这对你来说也是好事。”

影片里的女主人公帕特里夏突然动了一下，她看起来还是和米歇尔并肩走着，嘴里却在说：“你不要看我好像很爱他，其实我爱的人是那个躲在摄影机后面的男人。有的时候，不要看表面，你现在觉得很重要，考完试以后，你就觉得没那么重要了。或者，那时候怎么处理都可以。”她对着梅特琳妩媚地一笑，很快就和男主角钻进了汽车旅馆里，天知道她要做什么。

梅特琳心里知道自己要怎么做了。

12

但还是被梅特琳碰上了。还是在第二节课后，班长来拉她："梅特琳，我早饭没吃，现在好饿，我们去学校外面的小吃部买点吃的好不好？"

梅特琳有点犹豫，还是被班长拖走了，她没法学会拒绝别人。

结果离小卖部不远，梅特琳就看到杰尼和兰妮手拉着手一起在挑零食。

"我们回去吧？"梅特琳说。她现在亲眼看到了，除了觉得心里凉凉的，竟然没多大的感觉。要说是伤心，那也不是。

"怎么能这样呢？"班长伸手拉住梅特琳，连拉带拽地进了小卖部，大声问杰尼："你是和兰妮在一起了吗？"

杰尼一下看到了梅特琳，有点吃惊："你怎么来了？"

"刚好路过。"梅特琳挤出了一个笑容。她拉了拉班长，"我们买完吃的就早点回去吧，不然来不及就要迟到了。"

"不行，你懦弱，我就帮你问。"班长问杰尼和兰妮，"我那天都看到你们两个接吻了，你们这么做，对得起梅特琳吗？"

兰妮漫不经心地说："你管得真多。"

杰尼有点疑心："你什么时候变得这么好心？"

"我是看不下去了，梅特琳就算好说话，也不能被你们这么欺负的。"

兰妮哼了一声："她不是和杰尼分手了吗？杰尼你自己说，你和梅特琳是不是分手了？"

"我们是分手了。"杰尼犹犹豫豫地说。

"所以前女友管那么多干吗？"兰妮拉着杰尼就走了，"你也不自己照照镜子，你长的那个模样，杰尼怎么会看上你？要不是你当初装作对杰尼那么好，他才不会接受你的追求呢，现在他明白喜欢的人只是我而已。"

"你这个人成绩差，品德也这么差。"班长涨红了脸，她本来就是一个微微胖的女孩子，一直没有男朋友，听到兰妮这么说，本能地就作出了反应，本来她只是想看梅特琳的笑话，又或者影响了梅特琳，说不定她高考发挥不好，也不能怪自己。

“那你们这些成绩好的人，就抱着你们的成绩过呗，千万别一激动，高考发挥失误，到时候怪我们影响你们。”兰妮无所谓地耸耸肩。杰尼有点紧张，他目不转睛地看着梅特琳，没想到梅特琳没有如他预想的大哭起来，他心下有一点失望。梅特琳吸了一口空气，问杰尼：“以前我让你陪我去书店，你总说家里有事，是去陪她了吧？”

她说那个“她”字的时候，眼睛一直看着兰妮。

兰妮微微点了点头，班长准备再说些什么，梅特琳拦住了她：“我们赶紧回去吧，不然真的迟到了，你再不买东西，我就先走了。”

梅特琳变了，她以前在意的都是别人的看法，现在怎么这么有自我了？在场的几个人都这么想。

“我想，现在这样，未必也不好。”她笑着对杰尼说。

13

高考结束了。

班长过来给梅特琳敬酒：“他们都说那封举报你和杰尼恋爱的信是我写的，真的不是。”

梅特琳淡淡地说：“我知道不是你，我去办公室看到信放在数学老师桌子上，那个笔迹我认得出来是谁。”

其实是杰尼，她认得出来是杰尼用左手写的字，她一开始想不通为什么杰尼要自己举报自己，就算对她厌倦了，分手也大可以直接提出来，如果要从这个意义上来算的话，她应该是从这个时候开始失眠的。

但失眠带给自己的好处大过坏处，最难熬的日子看起来轻描淡写地过去了，梅特琳去了在北京的重点大学。晚上她和母亲坐在一起吃饭，母亲对她说："姑娘真争气，隔壁小丽考的是三本，真是假积极，这下你给我争光了。我们孤儿寡母，也不是好让人欺负的。"

她微微笑了笑，知道一时之间和母亲怎么说都是没用的，母亲坚持了这么多年，就好像以前徽州的女人一样，丈夫早亡，只能等着子女考上状元，光宗耀祖。可是，要是考不上呢?

但她不会和母亲争辩。吃完饭后，亲戚们也都上门了，说是找梅特琳请教怎么考上好大学的经验，也说是来看望她们两母女的，说什么的都有，她们小小的家里，十年里还是第一次这么热闹。她看着母亲洋溢着笑的脸，一一应付着亲戚，自己坐在一旁陪着，虽然无趣，也没有表露，说着该说的话。入夜后，亲戚们也都走了，她就回了房间。

她开着电脑对爸爸说："有时候我不想说话，那些我以为我爱的人，其实都是爱自己的。他们却不知道我知道他们真实的想法。以前我还总想，睡一睡，就能忘记。现在觉得，就算自己怎么样，其实什么都没法改变。"

屏幕上正在播放塔可夫斯基的《乡愁》，一个人拿着蜡烛，要渡过河，烟雾缭绕中，她看见父亲对自己伸出手来："你来我的梦想里，这里有欢笑有泪水，都是真实的，都是属于每个人自己的，在梦做完后，再来看明天的日出吧。这个世界，和你现在在的世界，是不同的。"

她伸出手去，但随着一声清脆的声音，停电了，所有的光都暗了下去，她一个人坐在屋子里。失眠仍然和她如影随形，她也并不恐惧，只是耐心等着接下来的一个黑夜。黑夜让白天变得更容易生存，原来这就是生存之道。

（原载于《作品》2011 年 9 月）

模拟人生4.0

贺伊曼

1

你知道，我们四个在第 21 号房间初次相遇，那时候我们被分到同一张桌子上打牌，整间 21 号房只有我们四个同时申请了“桌面游戏”这项娱乐功能，系统自然而然将我们分到一起。此前在游戏里我们并不相识，甚至未曾谋面，而那一次愉快的桌面游戏成为我们彼此生活的相交点。很久之后我都清晰地记得当时的场景，小羽安静地坐在我对面，刘帅摇头晃脑仔细地分析牌局，而坐在右手边的于洁一直笑嘻嘻地看着我。我们所在的三号游戏台铺了咖啡色的桌布，头顶上方有一把红白相间的遮阳伞。那天太阳并不大，温度刚刚好，游泳池里池水碧蓝，身边陆续有人来了又走。

这个夏天我沉迷于一场名为《模拟人生 4.0》的游戏中。我并不是个热爱网络游戏的人，我今年高三，学业也不允许有多余的时间花费在无意义的娱乐活动上，我和大多数高三生一样努力学习，刻苦上进。我在家里的电脑上发现了这款游戏，可能是装机人员顺带安装在新电脑上的。我好奇地点开了它，从此变成了一个彻头彻尾的网瘾少年。

不得不说这是一款迷人的游戏。你进入游戏领域后可以扮演任意一个你所梦想的角色，或者仅仅扮演你自己。在这里你可以选择孤身一人，或者团体作战。和大多数游戏一样，你必须经过无数关卡最后抵达一个无人之境，在那儿，领回属于你的宝藏。这个世界的一切和现实生活截然相反，却又如此类似。你可以领略所有现实世界里的情绪，比如沮丧、失落或者欣喜。一开始我以为所有游戏只能让人体会到成功和失败两种情绪，后来知道那只是我狭隘的见解，当我渐渐在这个游戏里待了一段时间，遇到了一些人，我才明白，在这儿其实可以体会到所有现实生活中的一切，甚至包括那些你一直无法拥有的东西。

那个下午我们在第 21 号的游戏台前坐了很久，直到遮阳伞下的阴影渐渐褪去，四周升起属于黄昏的暖雾。最后我和小羽输了很多钱和装备给他们两个。刘帅是桌面游戏老手，我输他心服口服。令我们惊讶的是于洁这个小姑娘一直心不在焉地出牌，还时不时给我们讲几个冷笑话，赢得的分数却最多。于洁从战利品里挑了几件小羽的衣服，把剩下的钱都分给了刘帅，他们两个得意地冲我们怪笑，并且相约下次再战。

“还是这个房间么？”我问。

“当然不是，我们谁都不会一直停留在这儿，如果我们能顺利通关，可以约在30号，50号，甚至100号房间。”于洁眨着眼睛冲我说道，“总有新奇的事物在等待我们。”

“其实我们可以结伴走。”刘帅说，“反正我们最终目的都是要通关找到宝藏，或许我们每人拟定的路线不一样，但金字塔只有一个，那儿有我们所有人要找的东西。一路上我们还能有所照料，我看我们挺聊得来，你们说呢？”

“哎呀，这个主意不错。”于洁高兴地拍着桌台，“我可以带上我的男朋友吗？他打牌比我更厉害，准能赢光你们的装备和钱。”

我完全赞同。小羽坐在对面默不作声，不知道在想什么。其实玩这个游戏久了就会知道，一个人独行闯关有多么艰难。起初可能还会享受无拘无束的自在，但当你走过很多条未知的道路，有时候需要横跨江河，穿越大漠，走向人烟越来越稀少的地方，这时你会不自觉感到孤独的恐惧。

“我也同意。”小羽突然说道。这时天边最后一缕光线也快要消失，暗蓝深夜随时可能顺着墙壁爬进来。“虽然我们只在这儿打了半下午的牌，仅仅知道彼此简单的信息，但我知道这绝非偶然，我们在这儿相遇绝非偶然。”她说着，望着我们忽然露出温婉的一笑。后来她说了一句真诚而令我们感动的话——“能在这儿认识你们实在是太好了。”

2

我所在的这个重点高中装满了我这样的人，男孩儿，女孩儿。我今年十七岁，拥有一切这个年龄的少年本该拥有的烦恼和骄傲。班主任不太喜欢我，但我成绩也不算太差，在一个按分数排座位的班级，我常年坐在第四排或者第五排靠窗的位置。我一度成绩很好，但那是刚进高中的时候，我考班上前十，当物理课代表。后来高二分文理科，我并没有依照自己的意愿学文，而是和被我恨之入骨的化学为伍。我也曾愤恨了一阵子，和身边的很多人一样，对父母强加于身上的愿望感到厌恶和抵触。那时候我看见化学就会胃疼，甚至连最擅长的物理也开始出现不及格。我的成绩变差，以为是给父母最大的打击，但后来发现那毫无用处，最终难过的只是自己。在那样一个环境，经历过高中的你们就会明白，如果是清醒着意识去选择自甘堕落，看着自己逐渐下坠，需要多大的勇气。

好在我还知道自己年轻着，尽管什么也干不了，但还年轻着，我只有十七岁。我看着身边许多人渐渐老去，岁月的痕迹在他们身上显现得一天更甚一天，我的姑姑、我的父母，他们开始对一切新奇的事物失去兴趣，不再为曾经的爱好付与激情。此时我明白年轻的力量有多巨大，年轻真好。

但学校始终使我倦怠。当我越是明白青春美好，就越恐慌自己年轻的几年将要消耗在高考的铁蹄之下。重点中学的气氛很难不像一座牢笼，奇怪的是我们这些囚犯必须通过彼此竞争才有望被释放。我看着身边这些与我同岁的人，每人身体里好像装进一部巨大的永动机，即便每天进行同样枯燥的动作也永远不会停下来。

每天凌晨五点半开始早自习，清晨匆忙吃完早饭，一走进教室就能看见黑板上棱角分明的课程表，黑底白字，行行叫人晕眩。大概只有早餐让人觉得美好，煎饼豆浆，不管怎样吃，到底能满足空旷的胃。新的一天从起床的那一刻开始变得糟糕。当然有人不这么认为。我的身边生活着一群学习机器，我说了，他们体内都有永动机，每天毫无阻力运转，在耳边形成暴风。你能感觉到来自暴风的挤压拍打，如果不自动地缩成一根卑微的细针，就只好等待他们将你撕裂。

杨硕也是一根针。他和我一样，也是被逼弃文从理。他是个物理白痴，分不清电流、电压、重力、浮力的区别，但化学就比我要强一些。考试时我俩总是合理分配，我做所有的物理，他做所有的化学。我在学校只有杨硕一个朋友，我俩有很多共同的生活方式，例如我们不自觉地生活得像一根针。我喜欢和他聊天，和他闲聊的时候我眼前的世界可以缩小到只剩两张课桌。后来，当我和我宿舍的永动机们再也无法相处的时候，我把床铺搬去了杨硕宿舍，从此以后他不仅是我的同桌，还是我的室友。

我开始玩《模拟人生4.0》这个游戏之后，上课睡觉的次数多了，经常逃课去网吧。我让杨硕掩护我，他总嘟嘟囔囔说我从来不玩网络游戏，这次沉迷一定有原因，不是我自制力太差就是在网上钓到美女。

“我玩的是一个很有趣的游戏。”我解释给杨硕听。

“你这个人小说看得多，游戏玩得少，再白痴的游戏你身为新手也会觉得有趣。”杨硕不屑地说。

杨硕和我不一样，他是个业已收山的网瘾少年，一切游戏在他看来只是过眼云烟。我没有告诉他令我沉迷的是哪一款游戏，我不想被他以过来人的方式教育，或者从他口中无意听到什么通关秘笈，这样没有意思。这两年每天睡前我都会感叹一天又迅速过完，被操控的一天。生活中好像没什么是我真正想要的。但我到底想要什么呢？我其实也不太清楚。我和杨硕说过这个问题，看课外书能够令人兴奋，一本再枯燥的历史书也具有让我们在上课时冒死偷看的魅力。迟到也是一种冒险刺激的活动，少上五分钟的早自习，意味着你能多睡一小会儿，同时可能面临随后而来的未知惩罚。好像任何一种事物，只要和课业无关，都能提起我们的兴趣。但我们知道这些都是短暂的，一切让人感到快乐的东西都是短暂的。用不了多久，又必须投入百无聊赖地看着课程表过日子的状态。

杨硕和我一样抗拒着目前的生活，却不知道自己真正想要的是什么。而唯一清楚的是，我们想要的绝不只是看一本课外书、睡一个懒觉那么简单。

3

这个世界很大，有很多个房间，数不清的城市和海洋。人们往往在人群密集的房间停下来，喝口水歇歇脚，和其他人聊上几句然后继续赶路。我们离开的那间21号房处于第八个关卡的海水区域，第八个，我相信我们至多走了十分之一的路程。玩家们需要通过的关卡不计其数，但没有人知道它一共有多少个。

前方永远是未知的，我们不清楚将会遇见什么。一切充满神秘、冒险的意味，这也是在我看来这个游戏和生活本该最相似的地方。

后来我们五个人结伴而行，于洁的男朋友老马也加入我们。老马是个健谈的人，和于洁一样性格开朗喜欢说笑，每当我们在某个房间找不到游戏台的时候，他就站出来交涉。他总能很快和桌游老板混熟，用不了一会儿，老板就会笑着请其他玩家离开，转而邀我们到游戏桌坐定。运气好的话那个下午的金额还能全免，老板会乐呵呵地请我们喝上一杯。

“你们俩是怎么认识的？”刘帅仰头把杯子里剩下的冰块倒进嘴里，咬出“嘎嘣嘎嘣”的声音。“我是说你和老马，老马看起来不像个学生。”他冲于洁说道。

“你倒还有精力八卦，你看老贺，他已经彻底蔫儿了。”小羽瞪了刘帅一眼看向我，“你还好吧，老贺？你现在的体力值只有3。”

我瘫在椅子上面朝天，耳边清晰地听见他们的对话却累得张不开口回应。我冲他们摆摆手，示意他们继续，不用管我。

我们刚通过第九关进入第十关沙漠领域，在入口处的一座沙堡找了间桌游房坐下，大家都累得不行，各自买了食物歇息。刚才通关的时候我消耗了过多体力，刘帅和老马也伤得不轻，我们都没想到那个白胡子老头战斗力那么强。游戏里是这样的，如果你是一人闯关，系统自动将boss难度值设置得比较低，而如果是多人结盟，会根据人数选择boss的难度。第九关系统给我们分配的boss是一个老头，银发银须，身手极为灵活。一开始我小看了他，借了小羽两件装备没多想就结盟刘帅跟他决斗。两个回合之后，我俩战斗体力值速减而老头毫发无损。后来老马看不下去过来帮忙，又两个回合，才险胜通关。那时候我的战斗数值已经归零，刘帅和老马分别只剩一半。看来今天下午我们又得在游戏房里度过，等待各自体力值恢复正常才能继续往前走。

我拿起桌上的冰水喝了几大口，看着体力值一点点回升，思维缓缓回到刘帅的问题上。

“我们是通过朋友认识的，说出来你们一定不信，我和他前女友是好朋友。”于洁往老马身上拧了一把，笑嘻嘻地冲我们说道。

“啊，还有这样的事儿？”刘帅咋呼起来。刘帅年龄比我们都大，大学毕业一年仍旧处于待业状态。他和大学女朋友恋爱四年，最后无疾而终，每每和我们说起这段往事依然感慨万千，长久不能释怀。他平时能和我们天南海北乱侃一气，内心其实还是一个保守青年。

“我和他前女友早就认识，关系很好那种。”于洁毫不保留的笑永远挂在脸上，生根发芽似的。“我认识那女生的时候他们俩已经在一起了，后来两个人分手，女生把这个死鬼介绍给我，我俩也就认识了。”

“老马交际有一手。”我朝天吹了声口哨，以示感慨。

“做人呐，还是多学学我。”老马从不谦虚，龇着牙看向于洁，“分手以后也可以做朋友，你说是吧？”

我们都笑了，他们两个总让人感到高兴。小羽笑得很腼腆，她总有一种宠辱不惊的气质，何时都微微笑，认真看着被嬉笑的那个人，不露齿。

“上大学很轻松么？你好像没有烦心事。”我问小羽。

她笑着把脸扭向我，似乎想了想。“确实轻松不少。”她说，“比起高中来，就像，就像中学时候的体育课，尽管老师布置了任务，但其实还是忙活各自的事情。”

“哦，这样。每天都是体育课。”我咕哝道。

小羽笑着称是。“也不是每天，总之是自由些，你更会知道自己要什么，想做些什么。”

“其实你现在并不比我们，我课业轻松，刘帅已经毕业不再是学生，于洁还小，才高一。你和我们任何一个人都不同，玩这个游戏对于你来说简直毫无益处，你还得考大学。”她又说，表情淡然。

我并没有想到她会突然说这个，我愣了一会儿，心里莫名微微翻腾：“你是说，我其实并不应该玩这个游戏？”

“说实话，是这样的。”小羽明显感到我心中不适，声音却还是很平静，像在表达一个普通得不能再普通的想法。

我“嚯”地站起来，盯着小羽露出连自己也不清楚是什么样子的表情，但一定很奇怪，因为刘帅他们三个惊讶地望着我，不知道发生了什么事。我那一瞬间感到暴躁，一种不被理解的烦闷情绪冲击着我，很想大吼大叫，但忍住了。情绪的急转把我自己也给吓住了，“为什么？”我问自己，“为什么小羽的一句话让我反应这么大？”“我为了玩这个游戏，总是逃课，以前可不会这样。和你们在一起我感到愉快，这种状态，游戏里的生活状态，是我所一直期望的。”我冲小羽说道，“或许我说出来你也不能明白。”

我的双脚犹豫着，最终还是离开了那张游戏桌，那个房间。我退出游戏离开网吧。那是我第一次和游戏里的朋友产生冲突，也是记忆里唯一的一次。

4

回到学校，班里还在上第二节晚自习，我偷偷坐回座位，杨硕纳闷地看着我说：

“怎么回来了？”

我看了他一眼没搭腔，兀自收拾桌上的书，掏出化学资料翻来翻去。

“没通关就挂了？没事儿，重新玩，来来回回几次就习惯了。以后干什么都是这样。”杨硕说。

“不玩儿了。我不玩儿了。我跟他们不一样，我还得高考。”我烦躁地在资料上划了几道，“让他们自己玩儿去吧，没劲透了。”

“他们？”杨硕挑眉。

“没劲透了。”我重复了一遍。

那一个星期我开始正常上课，班主任叫我到办公室训话几回，都是关于我旷课的事情。“你要再这样，就给我回家去，学校不缺你一个。”班主任四十多岁了，头油厚重，略有秃顶，训话的时候时不时用手推他的蛤蟆方镜。有一回看见他接一个像是女儿打来的电话，语气陡然变软，脸上露出一种从未见过的笑意。“下完自习就回去，你先吃点儿泡面，我带晚饭给你，先做作业，听话。”他冲电话里说，还带着无奈的歉意。我想起原先看见他办公桌上放着一沓信纸，我凑上前一看竟是诗歌。班主任是个教数学的，此前只听年级上传他可以倒背《长恨歌》如流，但不知道还有这种爱好。他有时呈现出老态，和大多只能看见岁月摧残的痕迹且并不能体现其成熟魅力的男人别无二致，我因此并不想和他争吵。

“老师，你想过做别的行业么？我是说，除了教学以外你还有什么别的爱好。”我有一次问他。

他用奇怪的眼神看着我，像听不懂我在说什么。“管好你自己的事情，还有几个月就高考了，别瞎操心。”他让我回去，自己好像又呆呆地望着空气里虚空的某处，迟迟坐着不动。

此后他没再找过我训话。

而我还是怀念游戏里的生活，不玩游戏的这两周我显得无精打采，心里像一直有所牵挂，做任何事情都无法专注。有时候杨硕和我说话也会跑神，听了半天冲他来一句“你刚才说什么”，杨硕无可奈何地对我说：“你还是继续玩你的游戏吧，那个老贺比较正常。”

我决定还是回去。两周不知道游戏里的世界有什么变化。我一登录就看见于洁和刘帅给我的好几条关切留言，问我到底出了什么事，他们会一直等我回来。

我分别给他们发了消息，说我已经回来了，去我上次离开的那间房间集合。给小羽发消息的时候我的手略有犹豫，想了一会儿还是发了过去。这个下午，我们终于又聚在一起，小羽没再提上次的事情，已经过去了，我不想再被她认为还年轻不懂事。“这两周发生什么有意思的事儿了么？给我说说。”坐下后我笑眯眯地冲他们说。

“当然有。”于洁抢着说道，“可把你盼回来了，我们这两周并没有往前走，怕你回来以后赶不上我们，我们总是坐在这间房里等你，有时候玩牌，有时候聊天。”

“但其实并不是什么好事，你听了就知道。”刘帅插话进来，又往小羽的方向看了一眼，“大概只有一件算是喜事。”

我这才知道，我离开的这两周其实还是发生了一些事情。于洁和老马租的房子到期了有一段时日，他们一直没提起过，前几天突然被物业断掉水电。“他俩竟然也像水蒸气一样突然从游戏里消失了，就和你一样。”小羽说。

“感到怕了么？”我揶揄她。

“不，真正让我感到恐慌的是后来刘帅也走了。”小羽握着手里的杯子，突然软弱得像一棵小树。“那时候游戏里只剩我们两个，我们不敢往前走，两个人实在冷清，刘帅正好接到通知过了一个公司的面试，打算就此工作去了。”

刘帅挤了挤脸上的表情，冲我们说：“我当时真以为你们都不会回来了，真的，我当时真有这种感觉。”他像在解释，但又用着一种罕见的接近严肃的语气，“你们接二连三消失，游戏里不比现实，你们发生什么事我们并不能帮忙解决。我比你们都大，见过的事情比你们多，而我知道有些时候一个突然间的离别很可能是一辈子的事。”

“刘帅走后的那两天，是我最难熬的两天。”小羽看着我们，停顿了一会儿说，“我不知道为什么会突然变成这样，似乎很多东西并不受控制，游戏里虚拟的一切我们都可以冲破，将之打垮，可以通关，夺金，战斗，以物易物。而和我朝夕相处的你们一旦突然消失，我却什么也做不了。”

“那时候我知道我什么也做不了。”小羽低下头哭了。一瞬间我们陷入沉默，和一种在我们中间很少出现的寂静，静得只能听见小羽流泪的声音。房间里有其他玩家来回穿行走动，庆祝刚刚通关，或和两周前的我们一样累得热汗淋漓在等待一杯茶。那一刻我似乎感受到我们几个人之间豁然打开了一道门，有一些东西清晰地暴露出来，同时有些东西被塞了进去。我想起这个游戏刚被我归入现实生活的一部分的时候，也是这样一个静谧和煦的下午，而此时我们又围成一个圆圈坐在这里，终于真诚地融入彼此。

“我们相信一切还是会往好的方向发展，最后我们凑够钱把费用交了，不过以后几个月要多节省，需要付出的代价并不算多。”老马说。

“刘帅就惨淡一些。那个公司不靠谱，他过去待了一天就回来了。”于洁笑着说，“不过，从某方面来说，我们认为是件好事。”

刘帅作势哀叹一口长气：“还不是因为我挂念你们。”我们都笑。不管怎么样，最后我们还是重新坐回这儿聊天，那些不愉快的已经过去了。

“不是说还有一件喜事？说来听听。”看到气氛开始恢复，我问。

他们一致投向小羽的眼神使我疑惑，小羽眼眶外还残余些半干的泪水，被阳光切出无数个棱角分明的湖泊。在那湖泊里我看见无数个自己。

“我想他们是指我的男朋友丁丁。”小羽抬起头对我说。

5

“我很满意。我在游戏里能够获得现实里不能拥有的东西。”我对杨硕说，“这是一种从来没有的体验。你知道的，现实里我没有目标，没有朋友，没有喜欢的女孩儿，这些方面你和我是一样的。”

“不一样的是我已经不玩游戏了。”他说。

“至少你曾经玩过，拥有过这些东西。我很纳闷你是怎么忍心舍弃他们的。”

“课外书总有一天会被没收，懒觉也不能一直睡，总有戛然而止的时候。你自然会明白。”杨硕意味深长地看着我，“不如说说你的情敌。”

“你说丁丁？”

“对。他怎么样，你对他难道没有恨之入骨？”

“哦，没有。我在渐渐接纳他，就像当初我们接纳于洁的男朋友老马，我甚至已经把他当做朋友了。”

“哦，是么？”

“我喜欢小羽是我自己的事情，和她有没有男朋友无关。何况我在乎的是和他们在一起的感受，如果其他人都善意地接纳丁丁，我也不应该有什么异议。”

“不错，你很成熟嘛，出乎我的意料。”杨硕嘿嘿一笑，朝我背上拍了一记。

“当然，这游戏教会我很多东西。”我挠了挠后脑勺，对杨硕说，“你应该最清楚。”

游戏里六人同行，似乎是个最和谐的组合。我们每天过着和之前不尽相同的日子，杀敌，通关，换钱，买装备和衣服，用食物补充体力。时常还会在游戏房聊天打牌度过一下午。虽然我们不知道终点到底还有多远，但这样过了两个月，我们似乎隐约感到它并不远了，就快要到了。

这期间刘帅动摇过两次，他并没有跟其他人说，而是和我商量。

“其实为了能继续和你们一起玩这个游戏，我错过了好几次面试的机会。”他用一种犹豫不决的语气，“我似乎只能和你说这个事情，他们，我怕伤他们的心。”

我看着他其实并不知道要说些什么。我明白，刘帅毕业后面临的是一种什么样的境地，来自各方面的压力让他不得不奋力寻找一份收入来源。“二十多岁的大男人，如果还伸手向家里要钱，不管别人的眼光，我自己也不会允许。”他是这么说的。我知道他过得并不容易。

“可是你知道，压力越大，你会越想找一个出口发泄，而这个游戏就是我舒缓压力的地方，游戏里还有你们，这和我现实的生活完全不同，是两个世界，而游戏中的世界其实是我最向往的。”

“我明白。”我缓缓说。

“或许我们每个人都会不自觉向往这么个地方，无忧无虑，有朋友陪伴，有依靠有奋斗目标。”

“任何人都一样。不然游戏里为何那么多玩家沉迷虚幻的游戏世界，不愿回到现实？”

“所以我时常问自己，我到底应不应该继续和你们玩这个游戏，毕竟拖得越久，我面临的现实就越残酷。”刘帅话里带着的犹豫和困惑，无一不显示出他想征求我的意见。

“看来我们都明白这个道理，不是么？”我抬起头看着刘帅，他似乎有些惊讶地望着我，“总有一天现实会代替虚幻，一切会回到最初的模样，就像我们从没有来过这里。毕竟那才是你原本的生活。”

6

那一天来得没有预兆，我们和往常一样艰难通完一关后进入一个沙漠领域，想找地方休息却发现茫茫大漠似乎并没有建筑物。又往前走了一阵子，我们看见了和我们预想中一模一样的金字塔。

我看见金字塔的时候竟然莫名其妙想到杨硕跟我说的那句话——“还是要回到这儿，课外书总有一天会被没收，懒觉也不能一直睡，一切都有戛然而止的时候，我们就又回到不可逃避的生活里。”就像我知道一切都有结束，关卡不会无穷无尽，金字塔总会出现在我们面前。那儿有我们从游戏一开始就追寻的东西，走了这么远的路，只是为了最终这个结果，拿到它，我们就是成功者。

“我不想要宝藏了。”小羽突然停住脚，拉着丁丁的袖角望向我们，声音很轻。

此时我们已经走进金字塔内部，只要再通过一扇门，装有宝藏的箱子就出现在我们眼前。四周高墙布满烛火的橙光，没有风，小羽的声音使它们左右摇曳。

没有人说话，但所有人瞬间都停了下来，互相看着对方被摇曳烛火映照的脸。我们都知道进了这扇黑幽幽的大门除了胜利还意味着什么。终结，之前所有的一切都会终结。想要继续只能重新开始。几个月之前，我们的目的很直接，只是为了拿到宝藏赢得胜利，而现在，我们似乎都陷入对游戏过程的享受中，结果似乎不再重要。但有一些东西，想必也已经在我们心里过了一遍。我们站在铁门前茫然对望，刘帅在不远处意味深长地看着我，我看向他们每个人眼中，令我惊讶的是我几乎能从他们映出烛火摇曳暖光的双眼里看到各种不同的答案，那一瞬，只那一瞬，我感到我所面临的抉择有多么巨大和艰难。

耳边杨硕的话再次袭来。

——“还是要回到这儿，课外书总有一天会被没收，懒觉也不能一直睡，一切都有戛然而止的时候，我们就又回到不可逃避的生活里。”

——“很多时候你明知是生活选择你，而不是你选择生活。你为此必须默默承受，只因这也是生活的一部分。”

其实我都明白，我一清二楚。这一切生活所呈现出来的假象。

我望向他们最后一眼，黑暗里他们的面孔不再清晰，我推开这扇布满苔藓泥尘的沉重之门，转身走了进去。

7

“回来了？”杨硕轻靠墙壁，左手撑着脸颊问我。

“回来了。”我轻声呼出一口气。

清晨第一节早自习预备铃还没打，教室里稀稀拉拉坐了几个人，陆续有人拿着从食堂买回来的早饭从门口走进来。明显快要入夏，不少人穿了短袖。杨硕懒洋洋望着我，嘴角挂着似有似无的微笑，一副欲言又止的表情。

“你想说什么就说吧。”我看着他笑出来。

“你最后是怎么下决心通关的？”他问。

“我想到你说的那句话。”我说，“就像一个过来人说的通关箴言。”

“的确是过来人没错。”杨硕低头笑了笑，停了一会儿抬起头说，“但你知道么？你玩的那个游戏其实并不存在。”

我看着杨硕没说话。

“《模拟人生》根本没有开发线上游戏，更没有什么所谓的 4.0 升级版。它只是，《模拟人生》只是一个垒房子的单机游戏。我们小时候都玩过。”杨硕说完这些就停住了，像在等待我的回答。

我盯着杨硕，入夏潮湿的风从窗外吹来掠过耳边，我抬手摸摸耳垂知道这一切才是真实的，真实得像一个不会醒来的梦。

“我知道。”我说。我把头扭回去，预备铃不知何时已经响了，人差不多坐齐，学习委员穿了一件薄薄的衬衣站在讲台上擦黑板。他把昨天的课程表一行行擦掉，又转身捏起一根白色粉笔，对着手里打印好的单子，写下新一天的课程。

（原载于《格言》2011 年第 1 期）

迷宫消失

韩倩雯

1

凌薇无法形容自己踏上菜场那条路的感觉，滑腻腻的气息湿答答地涌上来，她看到一条鱼在卖鱼的手中翻腾了几下，鱼鳞在菜刀的推动下掉了下来。卖鱼人家的小孩在一旁扯着塑料袋帮着装鱼，几片鱼鳞飞了起来，粘在书包后面的口袋上。

菜场路上的几个小孩飞奔过来，对着小孩书包上腥气的鱼鳞哈哈笑着。

凌薇走过菜市场，顺便带了鲢鱼头回去，过秤后付了钱，卖鱼人找钱给她，接的时候她微微犹豫了一下。然后她从口袋中抽出面纸，包住钱接过来。

她看到小孩圆滚滚的眼睛盯着她，仿佛有一点不满的样子。

凌薇提着鱼往回走的时候，那孩子的目光宛若撕碎的纸片，在脑里飞来飞去。他的目光从圆滚滚的瞳孔里溅出来，化成一个巨大的膜笼罩了凌薇，让她有种潮湿的倦意。

凌薇回到家看到妈妈把鱼头剁成一块块扔进锅里，鱼眼在锅里煮得掉了出来。

整个房间被鲢鱼的香味溢满了。

凌薇看着放在客厅的一大一小的行李箱，困倦地倒在沙发上。为什么自己那么累还一定要买上这一条鱼呢？大概是因为离家太久的缘故，除了满行李箱的脏衣服袜子之外，总应该带一些新鲜的东西回来。

回到家又是新鲜的味道。新鲜鱼头的腥香、新鲜酱汁的稠味、新鲜开水的暖味、新鲜盐糖的气息。

一切都是新鲜的。新的，鲜的。

2

那是一个月后的凌薇。

带着鲢鱼和行李箱回去的，满身倦意的凌薇。

而现在的她，依然在六人一间的寝室里。简陋的寝室：六张板床、一台木桌、一张板凳、两排铁皮柜，充塞于一个不足十五平方米的小地方，俨然是一间满是长方体器件的工厂车间。一切都是暗淡的灰色，床沿的灰色粗糙地盖着木板，铁皮柜的灰色冰凉地闪着光，桌子和板凳是唯一不同的颜色，陈旧的木色，仿佛时刻都要腐朽进混沌的空气，隐入灰漆漆的窗帘后面。加之幽蓝色的蚊帐在这冬天仓皇地挂着，以及地上隔夜昆虫的尸体，凌薇坐在寝室里常常冷得不由得发抖。

她坐在阴冷的寝室里，寝室的门是关着的，寝室的窗户是关着的，寝室里面的空气是关着的，寝室里面的灰色是关着的，一切都是关着的，逼她关着心和眼睛。

这是她的大一。

让她心冷的大一。

六张床，排成两列，每张床蚊帐的挂钩上挂着床卡，各种相貌的人在床卡上做着微笑的姿势，那微笑是8月份留下的，向着一个美丽的9月，等到9月来了，看到了这样的寝室，那微笑不免染上了一股凉意。

对面的床上空了。收拾干净的床铺袒露着床板，床板上的木头带着刺，常常会勾住不小心放在上面的衣服。

这床上原本也是有人的。

5楼5号寝室的5号床，忽然间空了，荡着冷气，露着内脏一样的床板——10根木条。

这个学校里有各种各样的谣言，其中有一条就是针对这个：5。

据说在学校准备为5号教学楼打地基的时候，有5个工人被突然崩塌的泥块掩埋了。第二次学校再建的时候，建设到一半的楼房忽然倒塌了，第三次、第四次也是如此。

于是5号教学楼就在这接二连三的倒塌中停建。

等到过了三年，在原来的地基上往旁边挪了挪，直接建了6号教学楼。

所以这个学校没有 5 号教学楼。

凌薇听到这个谣言觉得似乎不可信，她甚至跑下楼去，依次去数教学楼的排号，重复几次，发现真的没有，没有那个 5 号教学楼。4 号、6 号教学楼之间有一块空地，空地上满是荒芜草木。

她信了，她感到上楼的时候手是冰冷的。

她告诉了隔壁寝室一个胖乎乎的女孩。

那女孩刷牙的手停在了半空中，扔下牙缸和牙刷就跑出盥洗室，跑到 504 寝室时狠狠摔上门，大声对门外的凌薇嚷道："哎呀，你不要再讲了啦！好恐怖的！"

凌薇不由得笑起来，她一边拍着门一边叫着："殷雨，你可真是外表强悍内心弱小呀！"

这个原本有些可怖的谣言一样的东西，因为那个胖女孩滑稽的恐惧，结果成了一桩笑话的附带品。

那天晚上，凌薇刚刚准备睡下的时候，听见了门外的敲门声，门一打开，殷雨抱着两床被子站在门口瑟瑟发抖，她跑进凌薇的寝室，一屁股坐在凌薇床上，脸上一副风卷残云的表情。

她说："今晚我们一起睡吧，我怕死了，都怪你讲那么恐怖的故事。"

凌薇和室友们共同指着那张空床对她说："就睡这张床吧！"然后哈哈笑起来。

殷雨抱着被子直摇头，看上去仿佛是一个受了威胁的小孩子："我不睡！那床是 505-5 号床，那么多的 5！"

她说那张床有一股邪气。

凌薇忽而想起曾经的雪丽，她的离去不过是两个月之前的事情。她最后一次出现在寝室中的时候，寝室里空无一人。她只是在桌上留下了一大袋毛栗子、一大袋香蕉和橘子。凌薇中午放学上楼拿东西的时候遇到了她，雪丽正准备扭头离开，凌薇叫住了她，问了她的病情，对她笑笑，说："一定要早点好起来呀！"

雪丽苍白浮肿的脸上浮起一线微笑，她点点头，然后挽着她妈妈走下了楼梯。

楼梯里静得出奇，穿过楼梯溢满光的入口，凌薇看到那光里有一个有些悲伤的世界，雪丽站在那个溢满光的世界里，像是在翻一块巨大的地毯一般，带着无奈的歉意，努力去推那块巨大的地毯，筋疲力竭，眼里满是泪水。

雪丽得了肾炎。她对于外界的抵抗能力日趋下降，她的脚肿得像面团一般，军训的时候还以为是踏正步太用力的关系，结果一直到脸都肿了，她才有一种不祥的预兆。她一个人坐着公交车，在乱七八糟的城市里孤独地摸索着路，终于找到了军区总院。

诊断结果是肾炎。在寝室的最后几天，她将被子叠起来，将脚高高地跷在上面，无聊地玩着手机。每天都要严格检查内务，她又不会叠豆腐块，沈心是寝室里唯一会叠被子的，她就爬到沈心的床上，把脚放在沈心被子上面。

打水的地方离寝室很远，要爬一个高坡走一长段路。她显然不能够做这么吃力的事情。

那天晚上，凌薇支着疲惫的身子爬到五楼，一推开寝室门就准备用热水洗洗脸。雪丽躺在沈心床上，微微转过脸来，手上拿着手机。她对凌薇说："凌薇，我把你水壶里的水用掉了，没事吧？"

凌薇因为累的关系，有一股火从胸腔冒上来，没好气地"嗯"了一声。雪丽陷进浮肿的脸的眼睛明显地捕捉到了那一丝不快。

第二天早晨，雪丽站得离凌薇有一点距离，她说："昨天……实在是……我把水票给你吧。"

凌薇气还没消，她"嘭"地关上铁皮柜，从雪丽身边走过去提起空水壶往门外走去。雪丽拿着水票追上去，凌薇转脸说："不是钱的问题！"雪丽的脸上闪过一丝惊愕，然而下一秒她就明白凌薇这句话里的意思。但是她还是结结巴巴地问了一句："那……那是，什么问题？"同时脸上涌起一丝勉强的、极不自然的微笑。

凌薇没有理她，扭头和室友们走了。

雪丽握着水票站在走廊里，站了一会儿，眼里居然有一些湿润的东西。最后，她看着所有的人都走出去，一个人拖着因为肿胀而变得沉重的身体——她攥着水票的手心里渗出了汗——走回了寝室，拨了几个号码，然后又在接通之前按掉。

她只是忽然觉得心里有一种失重的剧痛。那些拎着水壶跑着跳着的女孩，从走廊里风一般地吹来，又吹了过去。像是从她脑里翻飞一般，翻过一片一片的纸片。风一吹，就不见了。

而她在这个二十岁的年纪，却得了这个病，浑身肿胀，以后不能吃盐不能吃油腻的东西。她因为病，有一股来自内心的恨意，有一股对周围世界的醋意，因为一只从未预料的手，忽然间伸进她的身体，把她原本认为不可能失去的一把抠去了，留下血肉分离的苦痛。

她每天浑浑噩噩地待在宿舍里，到了时间就一个人背着包，拿着病历表走过偌大的校园，在肮脏的路面等公交，挤公交，下来去坐地铁。站在地铁的候车处，她看着飞速从玻璃门后面穿过去的车，亮着的红色灯光被拖曳成一条条漫长的光线，仿佛通往一个未知的时光隧道。

地铁门一开，她就匆匆跑进去，站在逆行的人流里，她抓着把手站着，看着车窗里自己的影子，车窗的黑色把她的脸罩得发灰。

她觉得自己像是一条灰鳞的鱼，从这个世界的手指间滑出去了。从寝室里滑出去了，从二十岁里边滑出去了，从公交里边滑出去了，从地铁滑出去了，最后滑进了医院。高昂的住院费使她迫不得已又得很快滑进黑夜，滑回那间寝室……

当她滑出了肮脏的公交车，从黑暗中掉进了寝室，她看到沈心不满地看着自己的被子，说："雪丽，你恶不恶心呀，把你的脚跷到我的被子上边！"

她脱下鞋，脚伸进拖鞋里边。

沈心指着拖鞋说："你能不能穿你自己的？我洗澡的时候要用！"

雪丽弯着身子仰起脸来，她看着沈心支支吾吾，带着哀求："你能不能去穿我的？我脚肿了，我原来的鞋太小了，穿不进去……"

"不行！你那鞋穿着硌脚。"

雪丽觉得自己快要哭了，泪水涌上来，扯着眼皮，她努力地抵挡着这股泪水。她带着微微的莫名的恨意，没有把拖鞋还给沈心。她看着自己一双肿得发青的脚，憋着气，坐在床沿一动不动。太阳穴突突地跳着，心里像有无数棱角尖锐的石头滚来滚去，她整个人仿佛被灌满了石子，无比沉重地坐在床沿上，泪快要流出来了，她用力地一吸鼻子，把泪逼回去了，前额麻木地疼。

雪丽终于挨到了妈妈来接的那一天，她收拾着行李，默不作声地离开了。她丢下了几块钱，放在桌上，她昨天夜里起来，太饿，便吃了一袋室友的饼干，她把饼干的钱留在了桌上。

她只是不想在走之后，还欠着别人的。

唯独沈心的拖鞋，她随意地脱了扔在地上。

她拉着拉杆箱离去的时候，想："我曾经说过的，要带家乡的毛栗子给她们吃，我不会忘记的。因为我和她们说过。"

只不过那时她说，国庆假期过了带过来。可是现在，不知道什么时候会回到这里来了。

她的突发性肾炎，被凌薇她们看做是"5"的邪气。505-5号床。

3

"大概就是这个样子吧。"凌薇想，"现在的生活就是这个样子的吧。"

具体是什么样子的，她无法去说。貌似是一句"面和心不合"来概括她们这一间小小的寝室。

凌薇国庆假期回家的时候在饭桌上和爸爸谈到雪丽。当医生的爸爸搁下筷子说："一个病人，她的心是很烦躁，是找不到出口的，那个时候你们应该关心她才对，一个二十岁的孩子，那么可怜。"

凌薇坐在那里，看着窗外的草木。她似乎有一点悔意了，但是连自己都不知道，为什么那个时候会为了区区一瓶水给雪丽脸色看。为什么上了大学，心眼儿反而变小了。

这种悔意缠绕了她几天，但是很快被一种强烈的恨意覆盖了。

那天她一回家，就听到父母争吵的声音。

吵闹过后，爸爸低头不再说话，拎着包就去上班了。

高考的失利让凌薇与好大学失之交臂，同时到达的是爸爸兄弟们的冷眼相待。他们，一个叫凌志刚，一个叫凌志贤，却一个也不刚，一个也不贤。两家都很穷，于是盯着凌薇家的钱，大事小事一律来借钱，甚至让凌薇爸爸为他们的贷款作担保。凌薇妈妈曾经在家里发现了大大小小的贷款担保单，她很生气，和凌薇的爸爸吵起来。

那是一个冬天的晚上，凌薇听到客厅里传来的争吵，妈妈的一句："你连这么大的事情都要瞒我，你还有什么可以不瞒我？为了你那两个狗屁兄弟，你是不是要押上我们家的房子"让凌薇的眼里涌满了带着强烈恨意的泪水。

凌薇听到房门开了，妈妈握着一个大信封，把它放在凌薇的书桌上，说道："薇薇，这些钱你收好，够你以后上学了，我走了。"

凌薇仰起头，看到泪水从妈妈眼里一颗一颗掉出来，落到信封上面。妈妈抿着嘴唇，手指在信封上按了按，那一按，似乎是在说好多的话。

她穿着拖鞋便走了。

凌薇愣愣地看着她离开。

爸爸跑过来，阴沉沉地说道："薇薇，你快去，看看你妈干吗去了？"

凌薇站起来，问道："你为什么不去？"

他怒吼道："让你去你就去！"

窗外冬日的天空，沉沉地搁在整个尘世上方，似乎在打着盹。安静的睡眠下方，是冬日浮了一层冰的河面，那河面上的窟窿，是它搁着肘关节的地方；那河岸上的冻土，是它呵着冷气的地方；那凝了霜冻的条条路，是它细长的胳膊；那亮在黑夜中的冰冰凉凉的灯光，是它阴暗冰冷的眼。

然而它很快就被惊醒了，一个穿着拖鞋的女人忽然跑出来，跑跑停停，流下的暖泪掉在它的手臂上。这是它所无法预料的，这么冷的天，连它都冻得睡着了，它预料到这个夜晚不会被冻住，因为不寻常。

它亮着眼睛，明亮的眼睛对着在风中流着泪的女人。

它看到在昏黄的灯光下，忽然闪出了一个女孩的身影，那女孩宛若纸片在风中飘着，她的声音在冰冷的空气里飘来荡去："妈——妈——"

女人开始跑起来了，棉拖的暖意仿佛下雨一般落在它的手臂上，两人因为奔跑吐出的白气是这冬夜仅存的两朵云。

两人是两个点，飞快移动。

前面的那个点跑到河边，被它呵出的冷气包围，在河面的冻土上，女人的脚不断往前挪动。后面的那个点飞速跳过来。

女孩抓住女人的手臂，哭着叫着，最后跪下来了。

它忽然感到自己的手臂沉重地疼了一下。

它开始倾听。

在它呼出的冷意中，它听见两个不同的哭声，一个近似哀求的，一个满含怨怒的；一个在拉回绝望，一个在绝望与怒意之间徘徊；一个往回拽，一个往前走。两种哭声仿佛是二重奏一般在黑暗中扭来扭去，扭得它都倦了，累了。

而它惺忪的睡眼依然能看到一个穿着大羽绒服的男人骑着老式凤凰自行车出现在大街上，在空旷的大街上前进，轮子"咯吱咯吱"响着。

凌薇挽着满脸是泪的妈妈往回走，她的手握了妈妈的手，像冰块一样的手。妈妈哽咽得已经说不出话来，她的眼睛肿得陷下去了，像两道被冻伤的血痕。凌薇心疼地看着妈妈，右手搭在她肩膀上轻轻地揉着，她觉得自己这一揉，竟也揉进了自己心里的好多话，就像妈妈按在信封上的手指，轻轻一按，自己就什么就明白了。

回到家，推开门便看见一个身穿黑羽绒服的男人站在客厅里，蜷着袖子一副猥琐的样子，他不断地把手放在嘴边呵气，双手搓来搓去。

妈妈看都没看他一眼，就去了凌薇的房间。

凌薇看到爸爸递过去一个信封，里面是钱。

她恨不能冲上去把信封里的钱抖出来撕扯成碎片摔到他脸上去。

凌薇又想起自己出车祸的那一年,父母为了她的腿奔忙于医院和工作单位之间。她的所谓的伯伯在医院坐了整整一下午，一直到妈妈拿来五千块钱，才把他打发走了。把钱从银行拿回来，妈妈累得坐在陪床上喘着气，眼里都是血丝，终于累得斜倚在床上睡着了。

凌薇看到他到了病房里，两手空空，没有带任何东西，也没有探望的意思，他甚至连凌薇包着纱布的头都没看一眼。

他问："你爸呢？"

凌薇说："借钱吧？我爸妈这两天忙得太累了，你不要忙里添乱好不好。"

他理直气壮地说："我们家砌房子差钱，这年底到哪儿去借钱啊？"

凌薇气得绷紧全身的肌肉，她浑身的伤口发出刺痛，她骨折处似乎在"咔嚓咔嚓"地断裂。她只得扭过脸去，把没有伤口的侧脸抵在枕头里，她气得哭起来。拳头在被子里攥得紧紧的，手指骨"咯咯"地响着。

她突然觉得内心的愤怒是那样锋利，犹如一块玻璃碎片从空中呼啸而过。

再后来，从那种记忆中走出来的凌薇忽然就发现自己的二十岁，就这样和那个男人扯上关系了，像是被扔进淤泥，满身是灰地爬出来了。

凌薇记得妈妈的声音："难道就因为他不来，就要给你爸留面子，我女儿过生日连面条都不能吃了，我们是在正大光明地过生日，不是在偷鸡摸狗！"

那天晚上爸爸喝了很多酒，回来后就在房间里哭。他坐在沙发上，对着他的姑爷爷哭泣，像个孩子一样号啕大哭，满身都是酒味。凌薇穿过灯光闪烁的客厅，心里空荡荡地停在了门口，一些老灰尘一样的往事，就突然从记忆深处跳出来了。凌薇的心很疼。她站在门口，张开嘴，又合上，最后她叫着："爸，洗个澡睡吧。"

她转身走进卧室，呆呆坐在床上。她看着在窗台前飞舞的窗帘，突然感到胃部酸疼得厉害，喉咙里仿佛突然跳出了一个橡皮塞。她还未反应过来，身子猛地前倾，“哇”的一声吐了一地。

她满脸的泪水在那一瞬间纵横开来，也好像是呕出来似的。

她哭了，她的脑在奋力地挣扎：“为什么我竭力地去保护我的父母，那些人就能轻易地伤害他们？凭什么，到底凭什么？！”

凌薇起来喝了满肚子水，躺倒在床上听着隔壁爸爸的哭声，独自悲伤。

第二天凌薇早早起来收拾行李，上了火车。

在火车发动的震颤里，凌薇看到站在铁轨旁目送她离开的父母，他们还带着昨日的悲伤，凌薇从窗口对他们晃晃手，火车开动了。他们的脸，也终究看不见了。

只剩下坐在返校火车上的凌薇。她坐着，看着窗外的麦田缱绻而去，牙齿抵着嘴唇：“我一定要足够地强大，去保护我的父母免受世俗伤害。”

4

鲢鱼的香味从厨房飘来。凌薇的妈妈走过来，说道：“还拖着行李箱干吗？像傻子似的。快洗洗手，吃饭了。”

凌薇坐到桌前，她脑里那些各种各样的人际关系网倏忽而过，像迷宫一般弯弯绕绕，绕成了一个巨大的城堡。

在温暖的不断升腾上去的热气里面，凌薇恍惚觉得那个城堡消失了。

但是，夹着鱼肉的她小声问了自己一句：“迷宫真的消失了么？”

（原载于《中国校园文学》2011 年第 5 期）

PART 3

伤痕小说·摇曳的烟火

换灵记

刘汀

雅阁十五岁时醍醐灌顶，躺在稻田埂上，从乌云层层的空中落下了他有生以来的第一句诗。从此之后，不论是吃饭、睡觉、行走，还是与别人聊天、插秧、收割，甚至是在吭哧吭哧拉大便的时候，都会有精彩绝伦的诗句从四面八方钻进他脑海里。毫无疑问且毫无道理，雅阁成了一个天才诗人。

十八岁的雅阁考上了大学中文系，但他不耐烦听所有老师的课，在雅阁看来，他们全部不懂文学不懂诗，所有的作为都只是用汗牛充栋的文字和聒噪在侮辱神圣的诗歌。雅阁在他们的课堂上神飞天外，奋笔疾书，写了若干诗句。

十九岁时雅阁的诗被人挖掘出来，并很快获得某著名诗歌奖，半年后国内最好的出版社出版了他的诗集《稻田里的雅阁》，很是轰动了一阵子。

二十岁的雅阁感到诗情更为充盈，似乎给他一支笔、一叠纸，他就能无限地写下去。雅阁已经超越了技巧和传统，他的写作完全是灵魂式的，你和雅阁面对面坐着，不能看他的黑眼仁，因为你一看，那儿就深不见底。

然而就是在这一年，一件不同凡响的事情发生了，雅阁爱上了学校门口一个卖服装的姑娘。姑娘叫夏华，但雅阁觉得这个名字毫无诗意，配不上她淳朴的魅力和音乐般的声音，他只称呼她夏笙。夏笙成了雅阁的灵感代言人，只要一想到这个可人的姑娘，雅阁便觉得整个世界都水色充盈，仿佛泽国。于是他的诗风变得柔美而多情，每一句都能让少女怀春、少年动心。自然，这期间也有因为上课或其他事情造成夏笙不能如约出现在雅阁面前的情况，雅阁所感受到的苦痛和难过，一样在他的诗里，埋成字句里的针尖。

雅阁和夏笙的恋情，一时间成为这所学校的爆炸新闻，天纵诗情的才子雅阁和遥远南方农村的姑娘夏笙，真是天造地设的一对。人们在最初的意外和惊叹之余，均在各种场合点头承认：确实只有这样的爱情，才配得上诗人雅阁。难道你希望雅阁去找一个艺术系涂脂抹粉、花枝招展的女学生？难道你希望雅阁去找一个数学系戴着眼镜面无表情的女学生？难道你希望雅阁去找一个比他大十几二十岁丰腴的成功女人？不，没人这么想，诗人雅阁必须走诗人雅阁的路。

在二十一岁的七月到来之前，雅阁每天过的都是诗的生活。清晨吟诵，白日酣眠或坐在夏笙服装店的柜台前看各色人物，傍晚在教室角落里涂涂抹抹。雅阁走在校园里，迎面的学生们都会指指点点，说：“看哪，这就是诗人雅阁。”对此，雅阁既不感到欣喜，也不感到厌烦，在他若干年的深刻思索之中，在对诗歌内在的无限探索之中，雅阁已经具备了诸多伟大诗人所有的悲悯之心，他常会在心里默念“怜我世人”之类的话。雅阁相信，世界上的万物都各有各的归途，他的任务就是把诗写好，留给成千上万懵懵懂懂、蝇营狗苟的人们。

有一天夏笙情绪低落，于是雅阁买了她最喜欢吃的鸭脖子和冰淇淋，但夏笙并没有往日的雀跃，雅阁沉闷极了，他发现这样的时刻，竟没有一句诗能安慰夏笙。最后夏笙终于告诉他，房租又涨了，小服装店每日进项不多，恐怕即将倒闭。对于生存上的事情，雅阁只知道那些最本质的真理，面对困境并无任何实质的办法。有一种个体情感之外的郁闷、无助和痛苦涌上心头，这与从前雅阁所体味的大悲大痛不一样，它简单、琐碎、平常，却无处不在。雅阁坐下来，抽出纸，写下一堆苦难的诗句，这些诗句可谓力透纸背。写完了，雅阁的内心舒展，便高声朗诵起来。他想，这些诗对他有用，对夏笙也应该有用，但是夏笙皱着眉头，听着他饱含深情的朗诵，表情变得愤怒，起身扯过这些诗撕碎了。她说：“你写的这些有什么用呢？能当饭吃吗？能当钱花吗？”

对此雅阁先是感到不解，既而很愤懑，他很奇怪一向出污泥而不染的夏笙此时对诗歌却是如此粗暴，并且说出这等世俗的话。雅阁无言了一会儿，夏笙止住了哭泣，说：“雅阁，我朋友给我出了一个主意。”

雅阁抬起头，看着夏笙。

“我朋友说，你在学校里有名气，全校学生都晓得你，知道你是诗人，你明白吗？”

雅阁眨了眨眼睛，他等夏笙说下去，因为到现在为止，他还完全不知道夏笙是什么意思。

“如果，你能在学校里帮我作下宣传，或者是，我卖一件衣服，就送一本你的诗集，会不会更好？”

雅阁不再眨眼睛，而是把眼睛睁得很大，他只是惊讶，而且很快这惊讶变成了惊恐：“你是把我的诗集当做了一袋洗衣粉吗？”

“不，没有，不是那样的。”夏笙说，“难道你不爱我了吗？”

雅阁的身体突然松懈下来，各种骨节、韧带、肌肉、皮肤都松懈了，原来看起来略显高大的雅阁缩成了一个干干瘦瘦的小人，他嘴里喃喃着：“爱，自然，我自然爱你。”从来都一往无前的雅阁发现，原来那个圆圆的、完整的世界扭曲且分裂了，他身处一个巨大的悖论漩涡里：他已经习惯将夏笙作为灵感，夏笙却要他背弃诗。必须要作出选择，天纵奇才的雅阁甚至在脑海里寻找了其他诗人的句子，但古往今来的一切诗歌，包括那些最伟大的诗句，仍然没有一个字能解释他当下的困境，没有一句话能安慰他的心。这时候，依然是夏笙解救了他。

“亲爱的雅阁，其实是这样的，我们卖你的诗集，有人买了你的诗集，就送他一件衣服。”

雅阁立刻觉得豁然开朗，是他赋予那些吊带、牛仔、涤纶、亚麻以诗意，人们将穿着他的诗句行走在大街上，无数精雕细刻的词语“噼里啪啦”落在地上，也许它们会生根发芽开花结果呢？也许会有个孩子捡起来，并且带到梦里呢？

雅阁的心，获得了充足的血液，他抱起夏笙，狠狠地亲吻她。

“我爱你，我的灵感。”

这个夏天雅阁勉强毕业了，其实他有好几科都不及格，文学院一位老诗人爱其才华，亲自拜访了教务处处长和分管教学的副校长，让雅阁拿到了硬壳毕业证和学位证。这令人欣喜，但遗憾的是即使赠送诗集，夏笙的服装生意也没有好起来。如诸位所知，网店早已经星火燎原了，常有学生到夏笙的店里来试穿，记住牌子、型号去淘宝网买便宜货。至于从出版社库房拉来的五百册《稻田里的雅阁》，被当成了纸做的砖头，一摞一摞垒成了一个简易的试衣间。

最初的几个月，雅阁没能找到一份工作，只是在夏笙的小店里，帮忙折叠衣服、打扫卫生，或者端坐在那儿，用单纯而深邃的眸子看来来往往的人。夜晚来临，他们会锁上小店的门，一前一后走进胡同不远处的成都小吃店，每人吃一碗酸辣粉或担担面，然后再一前一后往胡同深处走，绕过无数院落，在夏笙十平方米的地下室隔间单人床上睡觉，偶尔做一次爱。

夏笙不再喊他“亲爱的雅阁”，直接称呼他“老孙”，她默默地要用所有的细节把他规划成自己的丈夫一类的角色。雅阁装作没听见，在那儿捣鼓一个永远转不快的二手电扇，他是雅阁，不是老孙，老孙可以是任何人，但不是他。

雅阁心里酝酿着一首伟大的长诗，现在还不是动笔的时候，至于什么时候合适，他也说不准。

雅阁于是爱起酒来，每餐都要喝一瓶最便宜的啤酒，喝完便会双眼放光，站在天桥上高声朗诵多年前的美妙诗句，或者对着过往的行人高喊：“你们要知道，一个伟大的诗人，毕生都在等待一首伟大的诗。我已经看见了，我看见它若隐若现，在空中飘扬，很快我就会完成它，你们就等着震撼颤抖吧！”

人们最初是惊诧，继而嬉笑，最后习惯了雅阁成为天桥上的一道风景。

九月末的时候，小店租约到期，夏笙清点了所有衣服，低价销售出去，带着多年积攒的三万块钱和一个疯傻样的雅阁，离开北京往南方去了。她想回家乡的小县城，用这笔钱开一个小店，那儿生存起来要容易些；她也想顺便带雅阁去见见父母，甚至就直接把婚结了。

夏笙的家，在一个偏僻的江南水村，四季都是绿色，清晨湿漉漉的。第一次到南方来的雅阁，看见什么都觉得新鲜，有人背着竹篓子卖河虾、卖菜，他会跑上去趴在篓子边上仔仔细细看，边看边啧啧赞叹。水田附近的河里，有小孩骑在牛背上吆喝，他也站在岸上与之应和。雅阁听不懂他们叽里咕噜的方言，但他从那些安然的表情里看到了一种从未经历过的人生，或者是诗意。虽然雅阁也生长在多水的地区，也种水稻，也在夏日里洪水滔天，但他并不知这世界上的水与水是截然不同的。这时节，夏笙觉得雅阁像个好奇的婴孩，她则是那个带着孩子郊游的母亲。

他们到了夏笙家，见过她又瘦又小的衰老的父母。雅阁坐在小竹凳上，不眨眼地看夏笙的妈妈剥蚕豆，一颗一颗地数着。老太太问了他一句话，他听不明白，夏笙解释给他说，是问他做什么的。

“诗人，”雅阁说，“我是写诗的。”

老太太非常吃惊，嘟囔了几句话，冲夏笙喊叫起来。

夏笙哈哈笑了，说：“是写诗的，不是赶尸的。”

老太太恢复了平静，一颗接一颗地剥蚕豆，过一会儿又问：“写诗是做什么的？”

雅阁没听清这些词语，但他猜到了老太太的意思，便用手比划写字的样子：“写诗就是写字，写一些非常特别的字，让它们组成奇妙的句子，表达丰富的意思。”

老太太把剥好的蚕豆倾倒在一个铝盆里，装满水，淡绿色的豆子在盆子里便如同一颗颗绿色的鹅卵石，安静地躺在那儿。

“这世界上竟然还有人写……诗……”老太太嘟囔着。

又一会儿，雅阁已经和水边几只鸭子玩了起来。“鹅，鹅，鹅，曲项向天歌。白毛浮绿水，红掌拨清波。”他念起古老单纯的诗。

“那不是鹅，”夏笙说，“那是鸭子。”

“我知道，”雅阁说，“可我觉得它们很认同当鹅，一些特别的鹅。”

雅阁没有注意到，夏笙的父亲面孔一直板板的。他嘴里叼着褐色的烟袋，不停地吸着烟，那烟像是没有尽头地从他鼻孔里喷出来，烟丝在烟袋锅子里吱吱燃烧着。雅阁从中听到了呻吟一样的声音。

晚饭后雅阁困极了，躺在堂屋的竹席子上就睡着了。他裸着上身，身体瘦得能看见一根根肋骨。老太太悄无声息地从里屋走出来，在屋角划着火柴，点燃了一把半干的艾蒿，很快那种艾蒿的香味就飘荡在屋子里，蚊虫都被这味道驱散。她说：

“这孩子脑袋里有个怪物，把身体都吸干了，看瘦的。”

雅阁是被压低的争吵声弄醒的，他听见里屋夏笙急切切的声音，还有一个硬邦邦的声音，想来是夏笙父亲。他听得出两人在争吵，而后夏笙哭起来。很快，里面乒乒乓乓有东西从高处落下，夏笙红着眼睛拖着下午才拖回来的皮箱出来，拉住雅阁的胳膊。

雅阁就跟着她往外走。老太太叽里咕噜说着什么，但他们刚出门，雅阁的父亲便关上了门，还能听见门闩闩上的吧嗒声。

“我再也不会回来了！”夏笙冲着屋子喊。

雅阁完完整整地听懂了这句话，他觉得有什么地方不对，但说不出，只能跟着哭哭啼啼的夏笙在月亮下往外走，路过了池塘和水田，来到通往县城那较为宽阔的土路上，夏笙大声地哭起来。

雅阁看着月亮、夜空和哭泣的夏笙，忽然间觉得自己将要写的那首伟大的诗，就近在咫尺了，仅仅隔着一层淡薄如纸样的夜色。

“我要写点儿什么。”他说。夏笙没有理他。

“给我纸和笔，”他说，“我要写诗，快给我。”

夏笙愤恨地把包扔给他，说：“你写吧你写吧，快写你的诗吧，我就去嫁给那个娃娃亲算了，一千块钱，卖得真值。”

雅阁完全没有注意到夏笙话里的信息，他翻检包裹，找出纸笔来要写下什么。可是他发现，整首诗，上千上万句诗就在胸膛里装着，但就是没法写下一个字。雅阁难过至极，他也呜呜哭起来。

夏笙没有在县城开小店，她要离家远一些，到了省城，还是卖服装。夏笙的小店，开在省城郊区的一条街上，虽然是郊区，但这儿是交通要道，若干年来形成了一个小小的繁荣的圈子，有各种各样的商店，而且省城的触角悄然延伸过来，在这儿不远的地方，已经有一批又一批在建的灰色楼房。这儿再往外五六里，是省城最大的火葬场，而我们的天才诗人雅阁，就在那儿上班。

雅阁在火葬场里做最有技术也最没技术的工作：按钮。他的全部工作只是一个红色的按钮。有人死了，拉到火葬场，装在铁匣子送进火葬炉，然后有人通知开始，雅阁就按下红色的按钮；有人说可以了，他再按一下，一具具肉体就变成了灰烬。

让雅阁最难过的是夏笙即将生下他们的第一个孩子，而他们还住在一个破旧的六平方米的平房里。每天雅阁从家里出来，都要经过常年漫着污水和泥垢斑斑的一百米路途，那儿有的是鸭子粪、塑料袋、水瓶子、破布，总是散发着腐朽的臭味。

“我们的孩子就要在这里玩耍了，雅阁，我们可怜的孩子。”夏笙哭喊着。

雅阁不免生出悲哀，想起自己童年时躺卧的浩渺的稻海，想起星空，而自己的孩子只能在这个地方的泥水里滚爬。夏笙的肚子一天比一天大，她总是坐在小服装店柜台里的竹椅子上，每站起来一次，都要费很大的力气，后来，便任凭顾客自己去挑拣衣服，自己去试穿，她只管收钱。夏天闷热极了，头顶的小电扇只是把这边的热气吹到那边而已，夏笙常常打瞌睡，会做梦，梦到自己在北京学校旁边开小店的日子，梦见雅阁瞪着两只大眼睛看自己。而这些梦的结束，总是缘于一声巨响，每一次都是，夏笙不知道它来自哪儿。

雅阁似乎忘记了他的诗，走在去往火葬场的路上，他脑海里一直填满夏笙肥硕的身体和气球一样的肚子，他总是担心她的肚子会突然间爆掉，血肉横飞。雅阁继续喝酒，而且学会了吸烟，牙齿已经沉积了一层烟垢。搬到这里后，他们连买牙膏的钱也省下了。夏笙在攒钱，她知道养活一个孩子需要多大的花费，所以拼命压缩家中的各种开销。而雅阁的烟酒，却是一种瘾，经常从邻居和同事那儿借了钱去买来，久而久之，他所熟识的每个人都成了他的债主。雅阁走路不再看天上，他盯着脚下，这样是安全的，即使有认识的人走过来，如果不叫他，雅阁便假装没看见。然而债主总会叫住他，说："火葬场的雅阁，你欠我的钱该还了，再不还我就要去找你家婆娘了。"雅阁就会电击一样跳很高，说："不不不，求你千万别去找她，我一定还给你。"说还，他却永远也没有准日子。一旦这事情到了夏笙那儿，她的拳头便像一组巨大的组诗那样，一拳接一拳地擂在雅阁身上。她会默然一个小时不说一个字，之后再用一个小时无声地流泪。

夏笙诞下了一对双胞胎，都是男孩。在此之前，夏笙找人在平房的窗子下搭了个小房子，能放一张床和窄窄的一条桌子，这就成了他们养育婴儿的地方。这一日，雅阁是在惊恐和欣喜中度过的，他脑海里将此前所有的人生场景飞快地过了一遍，他看到了那个伟大而失败的家伙，感到羞耻极了。雅阁再走起路来，就觉得肩膀沉甸甸的，每头都像是压着一个人。

雅阁找到火葬场的领导，他说："我有孩子了，我不想按按钮了。"

"那你想做什么？你能做什么？雅阁。"

"我想去整理遗容呀。"雅阁说，他知道那是整个火葬场最赚钱的工种。

领导笑了，说："不，雅阁，我不能让一个诗人去给死者整理遗容。"

雅阁看着领导，领导也看着他，最后雅阁诗人的目光还是退缩了。

“老子不干了，”雅阁说，“老子再也不按按钮了。”

但是诗人雅阁，火葬场的按钮工雅阁，临走时生出了愤懑，他拿走了五个骨灰盒，最漂亮的那种。火葬场外面，也有一些售卖花圈、寿衣、骨灰盒的小店，雅阁把五个骨灰盒卖了五百元，去商店买了奶粉、鸡蛋、红枣，回家给夏笙煮了红枣粥。

夏笙第一次安然地睡着了，诗人雅阁终于成为丈夫雅阁，但很快又变成犯人雅阁。

他偷走五个骨灰盒的过程，被监控录像完整地记录，这一天傍晚，公安局的人铐走了雅阁，他被判了六个月有期徒刑。不管怎样，我们的诗人雅阁要到监狱里去了。有意思的是，省城监狱和火葬场相隔并不遥远，雅阁在每天放风时常常能看见远处天空升腾起的淡灰色烟雾。

“那是火葬场的烟，”雅阁说，“只要我一按按钮，装在铁匣子里的人就会被推进炼人炉里，几分钟就烧成灰了。”狱友们津津有味地听着，在这儿，没有人晓得他曾经是个诗人，人们只知道他有一个老婆、一对双胞胎儿子，他为了给双胞胎买奶粉而偷骨灰盒，进了监狱。夜深人静的时候，雅阁还是会有一种孤独，牢房里那巴掌大的一小块天窗外，是深深远远的天，那儿再也没有美妙的诗句掉下来了。可是雅阁心里藏着的那首伟大的诗，却依然若隐若现，他抓不住，只好苦笑：“现在，伟大的诗还有什么用？如果有人要，我宁愿拿我所有的诗才去交换一份好生活。”

最后一夜，雅阁看着天窗，又自语起了这句话。

“你真的愿意？”突然有一个声音从牢房深处响起。

雅阁吓了一跳：“我愿意啊，我想过日子。”

“你别忘了，你心里那首伟大的诗，一旦写出来，很可能会轰动世界，让你功成名就。”

“它是伟大的诗，没错，我想是的，但是现在我愿意拿它来交换。”

“这样，”那个声音说，“明天你走出监狱大门时，遇见的第一个人，你就对他说：‘我们交换吧。’你说了，你的全部诗才都会归他所有，而他所有生存的智慧，将全部赋予你。”

雅阁笑了，这只是一个神秘的笑话嘛，难道人的灵魂是可以互换的？诗人雅阁失去了相信神秘力量的可能，他的眼睛只看见躺在床上的妻子和孩子。

第二日的上午十点钟，雅阁带着小小的包裹走出了监狱大门，外面空空荡荡，没有人来接他，也没有昨晚声音所说的可以互换灵魂的人，雅阁有些失望。突然有一阵轰隆声，一辆汽车从远处开过来了，汽车停在离雅阁不远处，下来几个荷枪实弹的押解人员，然后车上走下一个穿着西装的人，他抬起头，雅阁不禁低声惊呼了一下，这个人，不就是他大学时的同学涪城吗？那个最聪明、最能干的人！他们走了个迎面，互相看着，涪城已经完全认不出雅阁了，但是即将错过的一刹那，雅阁说：“我们互换吧。”两个人随后觉得有什么东西从身体里消失，又有一种其他的东西钻进来。涪城惊讶地看着眼前这个衣衫褴褛的瘦子，冷笑了一下，走了。

已经过了冬日，过了春节。雅阁回到家，门锁着，从窗子窥进去，只见一切是整整齐齐、干干净净的，木板制作的简易婴儿摇篮摆在小房间的床上，长条桌上奶粉、奶瓶、暖水瓶挤得满满当当。没有我的半年，他们娘儿仨过得还挺好，雅阁想着，略有些失望。一阵冷风从院子拐角处吹过来，雅阁闻到一股臊味，抬头时，脸被这种浓重的味道遮住。就在窗前，他急匆匆地并未注意到一条细绳上晾满了花花绿绿的尿布，雅阁依稀辨认得出，这其中有自己衣服撕碎缝补的影子。他知道，这味道是他孩子的，便将尿布捂在脸上，拼命吸了几口气。

雅阁很饿，但是他打不开门上的锁，他将包裹放下，出院子去夏笙的小店。几步路之后，雅阁惊奇地发现，原来那条泥泞的水路没有了，地上铺了密密实实的碎砖头，砖虽然是碎的，却平整。而那条小街，竟然比他进监狱前显得宽阔，两边的各种杂货店也更为整洁。雅阁清楚，在半年的时间里，这儿一定发生了某些变化。

远远的，雅阁看见夏笙坐在小店里，夏笙的身旁有两个婴儿。走进来的雅阁让夏笙吃了一惊，她仿佛突然发现自己还有个丈夫。

“你来了。”很长一段沉默后，夏笙说。

雅阁点了点头，就蹲下去看自己的两个孩子。他心中有说不出的欢喜，本能地要用什么去形容眼前的婴儿，但这念头转瞬即逝，他只是亲着他们，像极了一个得意的、成熟的父亲。

几个月来，这儿的确在改变着，又有几栋楼开始建设，而最初盖起来的那些楼房，人们陆陆续续住了进去。有人从建筑工地捡了许多碎砖，铺上了那条水路，各家商店生意好起来，就换门换窗，装上夜晚也能闪亮的灯箱。夏笙的衣服卖得也比之前好。

这时有客人进店，夏笙要站起来，但雅阁已经迎了上去，说：“美女，今天看什么衣服？”

夏笙愣在欲起未起的动作里，她无法相信这是当初的诗人雅阁。雅阁浑然不觉，像一个成熟导购那样，给人介绍起店里的服装来。客人试穿，满意，砍价，退让，成交，收钱……雅阁最后将一百二十元递给仍在发愣的夏笙。

“你是不是在监狱里被人打坏了脑子？”夏笙说。

雅阁不说话，开始整理衣服，有一些挂着的拿下来，有一些叠着的打开挂上去，他改动了所有价签，每件衣服的价钱都提高了三分之一左右。夏笙明白过来，雅阁刚刚卖出去的那件衣服，平时顶多卖一百元，而他卖了一百二十元。

一个月后，雅阁全面掌管了服装店；两个月后，他们盘下了隔壁的杂货铺，店面扩大了一倍；半年后，雅阁的服装店开到了靠近省城的四环路。时间仅仅过去两年，雅阁住进了一百平方米的楼房，有了两家服装店、两家首饰店。不知道为什么，他的生意总是那么红火，不仅仅是生意，雅阁似乎获得了一种神秘的能力，他认识了各种各样的人，并在这种关系网里游走，他开始出入一些时尚场所，并很快成为红男绿女中的佼佼者。成功的雅阁坚守着自己的原则，从不在外过夜，对夏笙体贴入微，对已经快上幼儿园的双胞胎儿子疼爱有加，不吸烟、不喝酒。他像一颗太阳那样，发着光和热，让万物生长，而自己连一个斑点都没有。

雅阁带着夏笙回了小村，与夏笙的父母和好，给他们盖屋买家电。

然而，这美好生活让夏笙感到奇怪和不安，她不知道雅阁何以忽然间变得这样神通广大，她觉得他的身体里丢掉了什么东西，可究竟是什么呢？夏笙也说不出。

终于有一天，在孩子们微笑着入睡，夏笙吃完雅阁做的夜宵后，她仿佛不经意地问道：“雅阁，你怎么再也不写诗了？”

“诗？”雅阁对这个词竟然感到些许陌生，“噢，不，没有什么诗这回事，只有好好活着。”

夏笙朗诵起雅阁大学时写的诗句，这么多年了，她奇怪自己竟然还记得清清楚楚，一个字一个字地从嘴里跳出来，愚钝如夏笙，也发现和感受到了这些诗句的美，但雅阁毫无所觉，他既不为诗感动，更没觉得它们曾是自己的最爱。

“很好，”他说，“诗很好，我们明天一起去幼儿园吧，见见老师，孩子们该是入园的年龄了。”

雅阁心底对此清楚无比，他知道那诗是自己写的，也记得当年的所有事情，可他更记得的是出狱前那个夜晚的神秘声音。这一天之后，他悄悄关注了涪城，他不知道，涪城一年后出狱了，开始写诗，现在已经是全国最著名的诗人了。雅阁从报纸上看到他的照片，长发，白净的脸，深幽的眸子。雅阁恍惚间如在梦里，他觉得涪城看起来眼熟之极。报纸上说，诗人涪城数年来都在创作一首长诗，已经写了一千多行了，就在今年夏季他将完成并出版它。仅仅是之前发表的那部分长诗，已经让全国甚至全世界的诗人为之惊叹，人们相信，近百年来最伟大的诗作即将诞生。杂志上的评论文章，在写到涪城的时候，偶尔会提到涪城曾经的同学，曾经的天才诗人雅阁。他们说，雅阁浪费了他的天才，而涪城的诗在许多地方与雅阁早年的诗一脉相承。

雅阁有一种焦虑，他期待涪城将那首诗写出来，又害怕它被写出来。他开始相信，那一天的一句话，真的互换了他们之间的“灵”，把他的诗才全部给了涪城，

而把涪城的全部生存智慧给了自己。

雅阁的生意和生活，永远是向上的，有时候美好得让他难以相信。这种虚幻感进入雅阁的内心，慢慢地，竟重新滋生出一种痛苦来。雅阁飘在美好生活和未来的空中，失重，永远是失重，他的脚仿佛不存在了。

涪城的长诗《灵》终于出版了，它的确是伟大的。雅阁收到一个包裹，打开后竟是涪城的诗《灵》，扉页上写着一句话：我的，也是你的。

当时雅阁在一座玻璃大厦的二十三层，他旁若无人，大声读着书里的句子，一个字一个标点都不放过，他觉得那些带着意义和情感的字，像一批走过漫漫长途的部队，分成两排，从他的双眼往身体内部走，步调整齐，节奏铿锵。

雅阁的眼前，天地旋转，他捧着《灵》重重地摔下了楼，在空中的瞬间，雅阁看见大厦最顶端的玻璃，仿佛小小的天窗，只是外面没有星也没有月。雅阁撞在地面，听见自己的骨头响个不停，好像有谁在用奇特的语言读诗。

这，是雅阁在人世上所听到的最后的声音。

（原载于《青年文学》2011 年第 12 期）

摇曳的烟火

王明明

赫哲要随父亲到塔上去过年了。这消息一落地，他就变得躁动不安，心就像一个鱼缸，一条名叫忐忑的小鱼浮上浮下，还不停地撞着缸壁。

目力所及，鸡鸣山山尖上露头的方方正正小塔此刻离他们爷俩越来越近了，四下燃着灯火的阿勒锦林场早被他们抛在了后头。赫哲跟在父亲的身后骑行了约摸一个小时，狂风也卷着雪粒见缝插针地偷袭了他和父亲赫庆魁约摸一个小时。风雪交加的大年夜，军大衣变薄了，棉帽子变得拥挤不堪，头皮滋滋地冻出了响声。他们终于来到了鸡鸣山下，山尖显赫的鸡头张着大嘴盯着他们父子俩，鸡冠形状的石头上覆盖着残缺的白雪，被风吹得裸露出两处石头的原色，隐约看得还算真切。

赫哲协助赫庆魁把自行车上的行李卸了下来。大年夜要来的当口，气温骤降了十几摄氏度，不从家里多运来一床被子，光凭塔上那床赫庆魁几年没换棉絮的旧被，定是要受苦的。棉被裹着的保温箱里装着赫哲跟父亲今夜和明天一天的吃食：一瓶老白干、一只烧鸡、一饭盒父亲弄的酸菜汆白肉，赫哲母亲临去关里前蒸好的大枣馒头。饺子是少不了的，爷俩小年过后包的七十个酸菜馅冻饺子，赫庆魁还在其中一个饺子里塞了一枚崭新的一元钱硬币。再过几个小时零点钟响的时候，爷俩准时开始煮饺子，然后比赛看谁先吃出那枚硬币，倒也增添些许乐趣。这样的除夕，赫哲已经很多年没经历过了。可在这之前，他们必须再步行一个小时到达鸡鸣山山顶，显然，天气这只拦路虎很可能会要他们花费更长的时间。

雪把整座山变得明晃晃的，手电索性不用。干吗要用呢？开着手电就得浪费一只手，这样的鬼天气，手露在外面是要被冻掉的，棉手闷儿（手套）的作用变得微乎其微。路是崎岖的，或者说根本没有路，它们就是被赫庆魁和胡大伯踩出的一行脚印，他们的脚印绕过一棵挺拔的红松，遇到下一棵白桦就会立马改变路线，似有若无、影影绰绰的。先前的那场风雪，泼墨似的埋掉了胡大伯下山的脚印，在随后的极短的时间里也会埋没他和父亲的脚印，搞不好都会把红松和白桦的脚踝完全埋没。

赫哲心中的忐忑有加剧的倾向，它们变成了一枚钢针，鬼使神差地在他心口扎了一下。“呃——”他有点痛苦。

“怎么了？儿子。”赫庆魁问。

“没什么。”

他确实没什么。他自己许是也不知道个所以然，或许有些后悔，后悔跟父亲来这么个夏天时鸟不拉屎、冬天则没鸟拉屎的鬼地方过除夕。没有鸟，倒是有山兔子，兔子的爪印花瓣似的点缀着胡大伯之前的脚印，然后横刀一砍，割断了胡大伯的脚印，横着向西延伸了去。又不大像兔子，也可能是狍子吧。

在赫哲还没到达目的地的时候，他就生出了些撤退的心思。可是，不跟父亲来，他能去哪呢？自己一个人窝在家里冰冷的炕上？他经常连家里的炉子都点不着火。他想，又不仅仅是这样的，那种忐忑似乎跟随他很久了，从年前母亲的一个决定开始。从母亲决定回关里娘家过年开始？又似乎不是那样。这么多年，他们一家人就没真正团圆过，他早就习惯了才对。想来想去，他发现这种忐忑似乎从他在嘎鲁市的头一遭相亲就开始埋下了，一直埋到这第五次相亲。现在，赫哲的脑子里想起了他一个月前的第五个相亲对象，那个叫黎欣的雷人女。

走在一条连呼吸都困难的山路上，冷空气和雪粒的综合作用，在赫哲包裹着两腮的棉帽檐和他双唇周围的胡茬上形成了显赫的冰凌。父子俩都宁愿不说话，其实他们原本也很少交流。那么，他理所应当地想些什么，起码能起到一个打发时间的作用。想女人就是最佳选择。

那时候，他和黎欣在肯德基初次碰面，他们坐在角落里喝东西聊天，黎欣埋着头回避任何可能触及到的赫哲的目光。赫哲一向少言，可在相亲这件事情上他喜欢占得上风，抢得主动，对嘎鲁来说，外乡人的身份要求他这样做。当然一个更主要的原因是他的多数相亲对象都太拘谨太不苟言笑了，比如黎欣，所以他宁愿做一个打碎尴尬这片水的石子，雷厉风行地把自己抛出去。

可对黎欣，他是没法子的。他看黎欣身材不胖不瘦的，就问她，你平时喜欢什么运动呢？有晨跑的习惯吗？不料低着头咬吸管的黎欣猛地来了一句：“你看我像运动的人吗？”接着，她眼皮上翘扫了他一眼说：“你应该也不像会运动的人吧，看你这么胖。”原本这一句要是从一个可爱、俏皮且热衷于开玩笑的姑娘口中说出，那一点问题都没有，赫哲完全可以自来熟似的跟她“掐”一会儿，但从这个并不热衷于开玩笑，甚至明显有些紧张的黎欣嘴里吐出，他确信这是个说话很雷人的女人，有点像个缺心眼的白痴。要知道她走进肯德基之前可是一直在门口又徘徊又搓手地磨蹭了很久。接下去的交流恰恰验证了赫哲的判断，这个叫黎欣的女孩土得掉渣，不作声的时候一点响声没有，一旦张嘴就总是一惊一乍，雷人的说辞一句接着一句，雷得赫哲像打不着火的拖拉机。当赫哲说起自己家在阿勒锦林场，这个满脸青春痘的女孩吃惊得几乎跳了起来：“离嘎鲁这么远，你一个人可怎么活啊？”

简直啼笑皆非，四个小时的车程还叫远？一个人还就没法活了？此刻，赫哲心里琢磨着，就断定跟这个雷人女不会有任何共同语言，应该有个明确的说法，作个了断了。赫哲想着，裤兜的手机里却还存着白天和黎欣聊过的几条短信。

现在赫哲不就在离嘎鲁这么远的阿勒锦了吗？并且就站在距离阿勒锦十公里的鸡鸣山瞭望塔脚下。瞭望塔像一个跨立姿势的军人，腰身挺拔，身材绝妙地撑着星云密布的大伞。赫庆魁拆开行李包，掏出保温箱挎到赫哲的肩上，接着赫庆魁扛着行李往塔顶走去，每一步都把铁皮台阶踩得叮当做响。赫哲刚刚舒缓的思维再一次紧绷起来，他跟在父亲身后，一只手攥着手电给父亲照亮，脚也缓缓地往上挪步，腿却不由自主地打起颤。薄铁皮镂空的台阶很陡，稍不留神，腿就会直接踩空伸到底下去。不得不承认，他有些害怕了，从五岁那年他第一次来塔上玩开始，就从未踏足过塔顶，何况这次还挎着东西，还是黑夜。

五岁那年他是领着小姑姑和赫哲人一起来的，赫哲人带着游玩的性质要来看看赫庆魁的工作环境。赫哲人是他的姑父。严格来讲，那时候还不是他姑父，只是他小姑姑的对象。因这个对象住在几十公里以外的江边渔村，那是个靠打渔为生的赫哲人聚居地，他自己也是赫哲族，所以从那时候起赫庆魁就直接唤他为赫哲族人。赫哲人初次踏足阿勒锦看未来的岳父岳母，给岳父岳母带了几瓶茅台，给大舅子赫庆魁提了一条十来斤重的新鲜大马哈。那一次，父亲和赫哲人在塔顶的小木屋喝着茅台，吃着赫哲人的鱼干，豪爽地笑着、唱着，他们还跑到塔底来了两个回合的摔跤，两个回合，父亲始终都敌不过健硕的赫哲人，父亲被水桶一样腰身的赫哲人撂倒了两次，但是父亲竟然没生气，也不觉丢面子，要是放在以往是完全没可能的。父亲哈哈地大笑着，然后拍着赫哲人的肩膀说："把妹妹交给你，我放心。"

从那以后，他的名字就被父亲改成赫哲了。他原本不叫赫哲，叫赫进福，土得掉渣。赫庆魁搂着儿子肩膀说："赫哲人不错，赫哲人不错，你就叫赫哲了，这名字好，谁叫咱刚好也姓赫，缘分。"

山风伴着雪粒丝丝地吹过来，时而猛地一下，塔竟有些晃动的迹象。那些经年累月早已变得老旧的钢铁和螺丝跟着风合唱，哗啦哗啦响着。这时，赫庆魁早已折了几个身离赫哲有三层楼房那么高了，他冲着赫哲嚷着什么，赫哲听不清。赫哲做了两次深呼吸，觉得实在不能在年迈的父亲面前掉链子，那非得让他瞧不起。于是，他用播放器的耳塞塞住了耳朵，然后跟着耳朵里的节奏一阶一阶地往塔上走去。

在塔顶的小木屋门口，赫庆魁问赫哲："你害怕了？"

赫哲否定。

铁锁打开，这是一间约摸十平方米的小屋，一张较宽的单人床，床头一张巴掌大的课桌，中间立着一只煤炉。父亲让赫哲掏出桌膛里的一截蜡烛，他们的年就在烛火中开始了。

赫庆魁拿起斧头去塔周边砍些碎柴火，赫哲就立在门口发呆。

有人说，二十五岁就像一个坡的坡顶，一越过二十五，时间就会越来越快，衰老这个词就会提速。而今站在二十五岁当口上的赫哲清楚地知道，再过几个小时，他的人生就会开始提速了，而他却仍旧在孤身享受着这种提速。对一个男人来说，这同样是个坡顶，赫哲已经略微感觉到他身体的机能出现了缓慢的变化，首要的一点是他的激情变淡了，明显体现在他那男人的器官上，近一年，它总是不够积极，总是叫他不甚满意。

其实说他在孤身享受着这种提速是不准确的，同样在提速的黎欣陪在他身边整一个月了。那次见面后，这个在赫哲看来简直没有任何共同语言，并且赫哲觉得她理应聪明地认识到这一现状的雷人女向他发起了猛烈的攻势，事实证明她并没认识到这一点。独处于嘎鲁的赫哲是孤独的，孤独的赫哲是没理由拒绝一个热情的生命的，所以他一直和她保持着联系。现在，在距离初次见面一个月之后的现在，赫哲在阿勒锦林场的鸡鸣山塔顶开始认认真真地思考他和黎欣的关系。他真不知道该放弃还是该继续。是该放弃一个让他没有激情的女孩，还是该继续这段一步一个脚印、甚至完全有可能走向婚姻的生活？他也到了成家的年纪了，而她，确实还算个适合做妻子的女人。

忐忑随之而来。他一旦想起今后的事情，譬如结婚，单单就这一事项的手续和步骤，他就开始躁动，心里陡生出一些空落落的感觉，说不清是怎么回事。他经常想，父亲会这样吗？他有或者有过那种漏了底般的蠢蠢欲动，欲动又不知怎么动，真叫人心烦。他知道赫哲人豪爽、大气的爷们儿性格感染了父亲，而他，简直辜负了父亲给他取的这个好名字。

现在，赫哲站在距离地面大概有十几层楼高的塔顶眺望出去。他叹出一口气，眼前瞬间被白花花的雾气盖住了，眼镜片模糊了。透过模糊的眼镜片，冰冻的阿勒河沿着群山转了几个弯，像条盘踞的青蟒，在青蟒的第二个拐弯处，隐约看得见阿勒锦林场的袅袅炊烟，他们在赫哲模糊的眼镜底下，轻飘飘地摇曳着，有些虚幻。左侧，一列红色的列车驶向了阿勒锦方向，像条蚯蚓，蠕行在黑夜泛着蓝光的白茫茫当中，同样虚幻。

赫庆魁背着几块劈好的柴火和塔底的半小袋煤块上来了。他先用桦树皮做火引，点着了那些柴火，爷俩开始烘烤被雪浸湿的棉帽子和手闷儿（手套）。赫哲这才发现父亲随手给他找出来的是他初中时候戴的那顶“棉军帽”，现在应该是拙劣的劳保用品，仿得极其不像回事的军用品。赫哲用手摸着帽门酱色绒毛上的国徽，暖烘烘的，稍微有了些暖意。赫哲的忐忑就像是基因遗传，早灭了他的自信之火，他甚至常常怀疑自己是否可以像多数人那样去过家庭生活，因为在他心里，自己家跟别人家完全不一样，别说过年了，连平时的生活也完全不同。不知道赫庆魁是怎么想的，在赫哲心里从小就有的疑惑时至今日也没能解开。

从赫哲记事起，就很少见到父亲，准确地说，赫哲的两个堂弟也很少见到他的二叔和三叔。他父亲跟他二叔和三叔有个通病，那就是自己的小家有无皆可一般，哥仨成了家以后仍旧常常往赫哲的爷爷奶奶家跑，爷爷奶奶也不管不问。经常出现的情况就是父亲跟两个叔叔围着爷爷奶奶家的饭桌吃喝，把赫哲的母亲和两个婶子独自扔在家。当父亲和两个叔叔黏在爷爷家的频率达到一定程度，譬如每月有二十天不见人影的时候，三家的家庭矛盾就开始升级了。演变到最后，二叔和二婶离婚了，三婶没和三叔离婚就直接跟着人跑了，留下两个堂弟。二叔的儿子早恋，领着女朋友私奔了，三叔的儿子小偷小摸了几年，最终进了部队。现在唯一发展得还算正常的就是他一家。赫哲考上了北京的一所名牌大学，毕业后考到了嘎鲁的一个政府部门做公务员。赫庆魁和赫哲母亲也没有离婚，虽然没离婚，可是夫妻关系早已名存实亡，夫妻俩常常睡两个屋，过年也接连几年不在一块过了。今年母亲去了关里姥爷家过年，去年除夕刚好是父亲在塔上值班，而前年，母亲是和舅舅、舅妈一起过的年。那年除夕过后没多久，赫哲的爷爷去世了。

赫哲也不知家里这是怎么了，他唯一清楚的就是多年来一直如此。他也想不通，二婶那么会持家、那么孝顺，出嫁前在阿勒锦首屈一指的姑娘怎么就嫁给了二叔？二叔又怎么就不能和她好好过日子呢？赫哲百思不得其解。

很多事情都已经名存实亡，譬如守塔。到处雪舞纷飞，哪里会有什么火灾？可是这个探望火情的瞭望塔仍旧矗立在鸡鸣山上，父亲和胡大伯仍旧得每人看守一夜一昼地轮着班。小木屋四处漏风，吱吱嘎嘎作响，赫哲裹着军大衣和父亲一起围在火炉的两侧面对面取暖。父亲把烧得差不多的柴火上压了一小撮煤。烟气冒了一会儿，炉火就闷了下来。赫庆魁把一饭盒酸菜氽白肉和一只烤鸡放在炉子上的铁架上，接着把那瓶老白干也放了上去。爷俩一人一口用白酒暖着身子。

赫哲尽量让自己忘记这是除夕夜，他反复在心里告诫自己，这是一个普普通通的夜晚，跟以往任何一个夜晚没有任何区别，何况，这还是个难得的跟父亲近距离接触的夜晚。在他的印象里，除了几年前父亲送他去北京读大学的那次，他从没跟父亲有过任何单独的相处，他理所应当觉得欣喜，而没必要去想那些让自己忧虑的事情。

沉默了一会儿，赫哲还是忍不住开口问了父亲一句："爸，你喜欢现在的生活吗？"

"这个，我还真没想过。"赫庆魁点了一烟袋烟，烟气从他蓬乱的头发吹上去，"没什么喜欢不喜欢的，就是过日子，都一样。"

"怎么会一样呢？都是过日子，可你过得幸福吗？这样的生活有意义吗？"赫哲有些急。

赫庆魁吧嗒了最后一口烟，把烟嘴在床腿上敲了敲："哲啊，人这一辈子，不长。什么叫有意义？别人说的有意义关我什么事？——是，你爸是有些癖好，我和你二叔都嗜酒，都抽烟，你三叔呢，好赌。我们都爱往你爷爷家跑，现在只剩你奶奶了，我们更得跑，可我们觉得这样挺好，我们觉得挺好就是有意义吧！"

风忽地从塔外吹过，赫庆魁的情绪也起了些波澜。他掏出了压在床底下的一张旧报纸，头版头条是多年前兴安岭大火的报道。赫庆魁说："假如今晚，鸡鸣山就起火了，你的父亲，我，赫庆魁在扑火中死了，有意义吗？"赫庆魁咂吧一口酒，一只手指着门外，像一架要起飞的飞机。

赫哲不知道该说什么了，他不喜欢这样的家庭气氛和这样的除夕，可是他突然觉得在父亲心里可能未必如他一样地感触，或许父亲挺喜欢这样。

赫哲还是说："我觉得你和我妈妈之间出了问题。"

赫庆魁说："我和你妈妈之间是有了问题，早就有了，也说不清。"

赫哲给父亲又装了一袋烟，赫庆魁说："不过我希望你以后别过得像我和你妈妈一样。"接着他叹了一口气。

赫哲想起了黎欣，如果他和黎欣走到了一起，他一定不会整日总黏在赫庆魁家而对黎欣不管不问的。因为赫庆魁家并不幸福，有什么可黏的呢？一定不会。一定不会吗？他犹豫了，很多事情都说不清，他不是也发誓以后一定要做一个孝顺的儿子，一定要在一平方米上万元的嘎鲁给父亲买套房子吗？

赫哲肚子一阵痛，推开门往塔下跑去。一着急，他就忘了心里的那些不安了，跑得格外顺畅。在离塔五十米的一块平坦的雪地上，他用笤帚扫了一块，蹲了下去。

山风像子弹，贴着地皮从他身后向他猛袭，窜进他脖颈里，险些掀掉他的帽子。赫哲仰面呆呆地望着星空，北方的星空变成一张沉落的打着结的渔网，几秒钟之内猛地向他砸来，竟使他忘记今夕何夕、今处何处了。一颗流星倏然滑落，他想起了小时候听大人说的那个故事，他们说一颗星星对应一个人，滑落一颗流星就是世上有一个人要离开了。这故事再次让他变得不安起来。

在嘎鲁，夜空是看不到星星的，自然也就不知道什么时候世上会又少了一个人。可是，在夜晚看不到星星的嘎鲁，在根本不知道何时世上会少一个人的嘎鲁，赫哲的不安往往来得比现在还猛烈。譬如微薄的工资和趾高气扬的房价，譬如同事关系和相亲，各种各样五花八门的困惑都让赫哲变得格外脆弱和不安。他抬头望向星空，没几秒钟，那打了结的渔网再次向他扑来。他赶紧处理完，提了裤子就往塔上跑，他竟然再次变得胆战心惊，每一步都像踩在鬼门关上，虚汗在脊背上热乎乎地渗了出来。一个趔趄，他摔倒了，嘴唇差点贴在冰冷的铁板上，那样非得扯掉一块皮，他一阵后怕。他摔在了赫庆魁的脚下，赫庆魁拿着几张黄纸从塔上下来了。

赫庆魁看了看手里的那只老式手表说："我这破表，天一冷就慢，也不知现在什么时间，我估摸着差不多十一点了，该发纸了。"在家里过除夕的时候，这个时间父亲都要在院子里摆张小桌子，摆上些酒肉，然后烧些黄纸祭奠赫哲死去的爷爷，祭奠赫家的列祖列宗。

而今是在距离阿勒锦近十公里的鸡鸣山瞭望塔上，仪式就简单了许多。父亲在塔底扫出一块空地，用树枝画了一个圈，然后点着了手里的几张黄纸，黄纸燃尽的黑灰雪片一样地洋洋洒洒，摇曳着落了地。父亲还扔了一张到圈的外面，嘴里振振有词:“赫家的列祖列宗,保佑……南来的北往的浪荡主儿,年来了,大家都有份……”

接着，赫庆魁在雪地里磕了三个头。赫哲也学着父亲的样子在父亲画的那个圈里磕了三个头。

赫哲站在塔顶小木屋的门口，那是个仅仅半平方米向外伸出去的空地，栏杆刚齐腰。他回想起了嘎鲁的几次相亲，尤其是荒唐的第一次：那个胖胖的女同事撮合的，女方的父母开着轿车来单位楼下的咖啡馆见了赫哲。他们像挑牲口一样地打量赫哲，然后无所不用其极地婉转传递给赫哲一个信息，他们家庭条件很好，在每平方米房价上万的嘎鲁他们有三套房子，还有两辆私家车。这些条件并没有吸引到赫哲，反倒是他们那不恰当的做法刺伤了赫哲的心。他不想做赤裸裸的上门女婿，即便他一直觉得自己的家庭不幸福。那次相亲使得赫哲很长一段时间都仇视金钱，妈的！有钱有什么了不起？那个阴影在赫哲的心里持续了很久，他一直觉得至今都在持续着。从那以后，赫哲相亲的唯一要求就是：不能先见对方父母，只见本人。这之后，赫哲开始喜欢掌握相亲的主动权。

唯有一次是女孩没看上他，其他的几次都跟第一次一样，有着形色不同的荒唐感。赫哲面对几次相亲的失败，都泰然处之。然而这一次，几近成功，可是在他和黎欣确定恋爱关系的那一刻，他自己却史无前例地漏了底一般，他自己知道，他并不开心，反倒满心担忧。

该放弃一个让他没有激情的女孩，还是该麻木地走进一段中规中矩的生活？一个月之后的现在，赫哲在阿勒锦林场的鸡鸣山塔顶开始认认真真地思考他和黎欣的关系。

赫哲站在塔顶的小木屋门口眺望着阿勒锦林场，隐约听见了不大的鞭炮声，像鸟穿过树林，扑棱扑棱，此起彼伏，热闹的熟悉的生活瞬间离自己很远。烟火没有以前看到的那么绚丽，以前是自己贴着烟火，在烟火的下方；现在，烟火在远处的远处，而且在他脚底。烟火变成了色彩并不鲜明的小点点，也没有高低的距离，那小点就像因寒冷而颤抖的手下画出的线条，摇曳着。他掏出了观察火情的望远镜，他看清了那烟火，同样摇曳。

腿猛地一哆嗦，赫哲脑子突然短路，险些跌了下去。赫庆魁在背后一把拽住了他，厉声斥责："不可看太久，更不能专注。"

这个年，赫庆魁知道儿子有心事，他不问，他等着赫哲说。

赫哲也不知说什么，他想问父亲是否也有过那样的忐忑和担忧呢，对一些很不起眼的小事的担忧，觉得自己无能为力的担忧，它们几乎占满了生活的各个角落，甚至每时每刻都折磨着他。他想问赫庆魁："你面对生活会忐忑吗？"可他问不出口，赫庆魁是个粗犷的山里人，他或许都听不懂他问的问题。最主要的是，他自己也不确定能不能把问题问明白。

他只是开口问赫庆魁："爸爸，你和妈妈是怎么走到一起的，很麻烦吧？"

对，麻烦。他想到了一个好词，就是"麻烦"，来形容一切都不为过，而且很通俗。

赫庆魁想了想说："我和你妈是别人介绍的。你妈在前面走，我跟在她身后两米处，后来，我觉得太别扭了，就上前拉住了她的手。"

"没了？"

"没了。"

"这么简单？"赫哲疑惑地问。

"对，就这么简单。"赫庆魁轻松地答，"能多麻烦呢？"接着他转身进了小木屋。

赫哲觉得这个年真特别。他决定了该给黎欣发个短信，告诉她，他们该正式分手了。可掏出手机才发现，手机早就没了信号。

这时，屋子里飘出了饺子的香味。赫庆魁喊赫哲："儿子，吃饺子啦！过年啦！看咱爷俩谁能吃到那枚硬币。"

赫哲也来了兴致，挽起了袖子撅着嘴："开工！看咱谁能吃到钱。"

（原载于《黄河文学》2011 年第 6 期）

双人有余

董夏青青

小马四岁那年某天，石油地调处的家属院落满夏日暖光，和风吹拂米黄色的确良窗帘。妈妈搂着他坐在床上，他爷爷罩着一身白袍，左脚踩在餐椅上，捏着一只辣油煮透了的羊舌头。

突然楼下一声轰响，爷爷扔了羊舌头，绕过客厅中央的茶几、三把高背椅，油乎乎的手摁在窗户沿儿上探身往楼下看，妈妈也跑了过去，从爷爷旁边挤了个位置朝楼下探头。一辆豪猎小型货车撞进了废弃燃料库的大门，车前玻璃掉了一多半，车里人晃晃悠悠地跳到地上，狠劲儿哆嗦了一下，抖落满身玻璃碎渣。

应着小马大叫，整栋楼的居民都确定这是小马爸爸而长松一口气。小马妈妈转身往外冲，却被身旁的暖气包挂住了衣角。回头看，是小马正拽着她。她看看五米开外的床，再看看趴在暖气包上的儿子。

“真是个‘是非’啊……”爷爷“啧啧”地舔了舔手指头。

马是非的父亲别号“马海辉”。海辉拌面馆位于家属院出门向左约60米处。马海辉是个面肚子，六碗米饭吃进去起身就饿。他跑了十六年长途运输，且一生只干过这行，与他终身做阿訇的父亲相似。跑车期间有六年，他离家前最后一件事是吃一碗海辉家的过油肉拌面，从远方归来，下地第一件事是吃一碗海辉的三鲜拌面，直到海辉的老板举家迁往库尔勒挖金。

他负责一辆超大型货车，从乌鲁木齐开至沿海的深圳、汕头、珠海、福州等城市，出车一次的基本时长为两周。所运货物分两种，一是乌鲁木齐的新鲜水果，二是沿海城市的时令海鲜，偶尔顺便拿些稀罕东西回家。

马是非八岁时的某个冬日半夜，他正睡着，感到有人轻轻捏他的肩膀。

“儿子，儿子……”马海辉轻声唤着，掀开小马的棉被，推进去一个纸箱。

“儿子，儿子，猜爸爸给你带的什么……”

马海辉抓起儿子的手，贴住冰凉的塑料膜轻轻摸过。那个年代，全国喝过雪碧的高干子弟都不在多数，可小马只是“唔”了一声就又接着睡。

"唉，睡吧，搂着雪碧睡……"

马海辉把小马的一条腿拽过来压在"雪碧"上，又为他掖好被子，侧坐在一溜床沿上静静看他规律起伏的胸脯，心生愤懑。妻子不说生了个"是非"么？怎么有了这么高档的玩意还继续睡他的狗屁觉？

第二天起床，马是非发现雪碧已从被窝跑去了桌上，他还看见书桌上方的白墙上挂起两把细条大刀，摆成"×"状。

父亲将他从身后抱起反扣过来，马是非像根细面条搭在父亲宽阔沉厚的肩膀上。

"爸爸用这个刀把你砍了好不好？"

"不好！"

"为啥？"

"会死……"

"好哇！我儿子懂事了……"

老马把马是非轻放到床上，说，他此次出车，在河南碰上一群人，他们把钉板摆在路中间，叫你非停车不可。他们打开一个麻袋，里面全是墙上这种东洋刀，400 块钱一把，一对起卖，号称四季发，老马掏钱买了两把。对方接过钱，边点边告诉他，这玩意一分钱一分货，绝对是出口日本的行货，假一赔万。

马是非 11 岁那年冬天，乌鲁木齐出奇地冷，妈妈下岗了。马海辉决定带上孩子老婆一同出车。临走前，爷爷叫马海辉从那边再开车去朝拜一趟，马海辉没吭声。他又叮嘱马海辉，无论小马怎么缠头，三口人也一定要去清真餐馆吃，马海辉点点头。

黄昏的中原苍茫辽阔，大车跑在一条寂寥的柏油马路上。马是非团在副驾驶座上，盖着父亲的羊羔夹克，妈妈晕车吐了不下 20 次之后在后座卧着。

"爸，车里装的什么？"

"方片片子。"

"什么方片片子？是揪片子么……"

“什么都不是，就是方片片子。”

“方片片子……”马是非喃喃重复，“那有啥用？”

“没啥用，就是方片片子。”

第二天清晨，马是非蒙眬半醒，车子开至某地村口，猛然像是碾到什么脆生东西，西瓜之类的。

“啊！”马是非叫。

“轧上老叫花子了。”他爸说，“咱不能停车，他们故意拖来放那的，一停车就讹上了，要你赔钱。”

冷静之后马是非想，一家人拉着一车没有用的东西跑了几千公里，其间还夹着一条人命。

高中时期，马是非入了一个兄弟帮，三男一女。独有他一人与老四睡过觉。他们老是翘课排练英式摇滚，终以一首《老鼠爱大米》获得校园原创歌曲大赛金奖。四人约了十三中几个学生在明园门口“清算账务”，最终被敌方一手抽出腰间皮带、一手提着裤腰喊打喊杀吓着了，大叫着“有种”，“等着”之类的跑了。晚上，他们选了一座高档居民楼，在楼下摁人家的应答门铃。

“您好，您是哪位？”

“您好，我们是麦趣尔公司的，我们正在搞促销活动，买一箱草莓牛奶送一盒避孕套。”马是非说。

“啊？”

“还免费上门结扎。”老大补充。

“哎姐，我把我们老大介绍给你吧。”马是非这么跟我说。

“哦，他现在干吗呢？”

“在冷库卖腊猪脸呢。”

高中毕业后，老大继承父业，成了腊猪脸供货商；老二去了克拉玛依油田；老三马是非去了动物园；老四和家里介绍的男孩订了婚，成天挂在网上斗地主。

在动物园工作的五个月里，马是非先当的狼群饲养员。后来头狼被辆旅游车轧断了右边前腿。夹板刚上几个钟头就被它咬得烂烂的，再上再咬，它看上去再也好不起来了。高层找来专人给它麻醉，用空心针往血管里打空气。头狼卧在地上，睁眼看着马是非直到断气，之后马是非要求调换岗位去饲养些小动物。

高层很体恤，第二周他便到长颈鹿三号池报到了。

每天他都早早过去清扫圈宅，之后打开修得有五个半马是非那么高的饮水池。长颈鹿的饮水池必须修得高，不然它们头低得太往下就会晕倒，而若晕倒太久还没人把它们扶起来，它们就会心脏衰竭而死。

“天啊，好矫情的畜生。”马是非评价说。

养长颈鹿期间，马是非恋上了阿根廷火鸡的饲养员，那汉族女孩为他堕了一次胎。

他说到此处对我总结道：“要想成熟哦，男人多经历点事，女人多经历点男人。”

有天，动物园来了个身后跟着数十人的部长。有人过来传话，说部长想和长颈鹿走近点接触一下，照几张相片。马是非心想，想进就进，何况是部长，于是开门放他进了圈宅。没想那部长刚靠近长颈鹿，就飞出去四米远，被踹断四根肋骨，在军区总医院躺了三个月。

马是非被开除了，最后这个月的工资还没拿上。在家歇了一周后，他经当时尚未得知自己怀孕的阿根廷火鸡妹介绍，去了地窝堡机场当卸货员。

按他想的，除了没日没夜的累点儿，这份工作再好不过。在集散仓库，他搬过各种各样的东西，有人托运种鸡，毛茸茸的小黄鸡用纸板隔开装在木盒里，他们从传送带上往下扔，一次一盒，一扔死一半。遇上水果，就抠开筐子，掏出啥来吃啥，不敢多吃，润个唇而已。

有一天，叉车运过来一只木头箱子，长约一米五，宽半米，高一米，看着和他家茶几大小差不多，不过这箱子刚上一辆小货车，就压得车子抬头了。

“这事儿谁给办了给他三百。”

马是非和阿根廷火鸡妹的表哥一对眼，两人花二百叫来一辆十三铃，想用千斤顶、火钳、铁锹把箱子搞上去，折腾了半小时也没搞出个名堂，只好又掏五十叫了辆叉车把东西弄上车。这样一来，还盈利五十块钱，刚好点一份加薯块、粉条的老榆树大盘鸡，外加一瓶乌苏啤酒。不过他们俩在路上和送货员“炸金花”，各输掉七十多和四十多块钱。

什么东西有这么大的密度？管它是什么，兴许啥也不是，就是五吨重的方片片子。

阿根廷火鸡妹堕胎那天，传送带上过来几筐民封黑鸡，马是非撬开筐子拽出一只，晚上拿到饭馆交了二十块钱加工费，炖了一锅鸡汤。可那晚火鸡妹叫上表哥跑去了五一夜市，俩人吃了十来串烤肉，喝了两大杯冰镇卡瓦斯。

相比火鸡妹，马是非对女性造成最为离谱的一次伤害是在小学，他见前桌女孩的头发油成树条形的绺状，就掏出打火机想在发尾处烧一点儿玩，但没想到那头发的含油量过高，火舌一沾头发就腾地满头烧起来，他和同桌赶紧抄起书来猛扑。

马是非边吸溜鸡汤边想，这下好了，他终于和他爸一样身负命债。

年底，父亲找马是非正经谈了一次，说明年送他去当兵。当兵好，儿子终于有个安定事情可做，这叫小马妈妈放心不少。临走前，她把一个糖果硬盒塞进箱子，马是非想，一定带去分给大家吃。

“你自己吃行了！别当着战友的面……”母亲说。

与小马妈妈相反，爷爷得知孙子要从军，气得羊舌头都咽不下去了。他想如此聪明的孙子若专心功课，日后定能成为一名伟大的阿訇，家里的三个儿子，没有一个去过麦加。现在唯一能指望继承正统的三孙子也要跑到部队，让他这个阿吉情何以堪。

爷爷染上了肉瘾，除封斋时会象征性地节制，终日肉醉。跑到哪个儿子家吃饭，都因为餐桌上肉太少而发脾气。

“牲口哎，这叫饭吗？都是咸菜！”

马是非在红海坡待到第七个月，爷爷和父亲跑来看他。红海坡连队所在的位置海拔约两千米，可这个七十多岁的老头刚下车就叉腰站在连队门口，冲接他的指导员吼：“你们这是什么地方？鬼都不来的地方！”

全连溜达了一圈，指导员告诉爷爷午饭在连队旁边一户牧民家吃，蒙古族女主人乌兰招待他和小马的父亲。

“不去！我不去！”爷爷大怒。

指导员赶紧吩咐炊事员小跑去哈萨克萨吾提家借了一口锅，再偷偷拿乌兰家的羊给他弄了一份清炖羊肉。上午训练结束，马是非从饭堂提上八两米饭去了连队招待室。

眼见马是非拎着八两米饭进屋，爷爷连儿子带孙子痛骂了一顿，先是说儿子把孙子害了，之后又大骂马是非竟只打来这么一点饭，根本是盼他早死。

爷爷过世前的一刻都在骂：“勺子吗他！给我们三个人打八——两米饭！”

我来红海坡的前一个月，老人刚过世。老人家得了贲门癌，几坨息肉堵在食道和十二指肠处，吃进去的食物下不去也出不来。

即便如此，马是非还是在住院期间带爷爷出来吃过一次碎肉抓饭，肉很多米极少的那种，价格比一般的抓饭贵不少。

爷爷还不知道自己因为癌症住院时，每天早晨都在住院楼前的小花园散步。有天他看见个汉族老头在练剑，觉得仙气凌人，遂打发马海辉去给他搞一柄差不多的长剑来，要跟着老头学。可等儿子把剑买回来，那位老人就没再出现，爷爷只得自己琢磨。

“快看快看！”大孙子趴在窗户沿儿上吆喝马海辉。

马海辉向外一伸头，花园中间的小径上，他爹双手握住剑柄，端平伸出，屏气凝神，开始转圈。旁边站着几个病友和小护士，一边给他数圈一边拍手叫好。

“乖乖哎——爷爷转十圈了还没晕……”

“老勺子，爱怎么转怎么转去吧。”

过了几天，大孙子一面陪着爷爷聊天，一面给他按摩肿胀的小腿。

“爷爷，现在好多人认识你，你都有粉丝了。”

“粉丝是什么东西？”吃了一辈子粉丝的爷爷天真地问。

“粉丝就是粉条。”

“哦……就算还有粉条，八两米饭也只够我一个人吃。”

傍晚时分，黄绿色的臭水从爷爷鼻孔、嘴巴里喷出来。生命最后，爷爷不立文字，只溅在墙上、大孙子身上、床上、地上一片标点符号。

得知爷爷过世后不久的某天，马是非领着三匹马去界河边吃草。阳光很大，他躺在河坝的斜坡上打盹儿。没多久起身一看，三匹马早不在近前。向远处打量，见三匹马正朝界河里走。

马是非拔腿就往那边跑，如果三匹马过了界河中线，那这点破事就会成为两国间的外交事件，三匹马只能等明年中哈会晤时才能遣返回来。

三匹马已经下到河里，正朝中线移动。

“回来——你们快回来！求你们了——快回来——”

三匹马回头扫了一眼马是非，继续小步向前，速度有些缓了。

马是非冲进河滩，跪地挥舞着手臂喊道：“大爷，求你们了！爷爷，我求求你们，快——回来——”

三匹马停住了，之后接连摇头晃脑地回到岸上。马是非在归队路上边走边哭，心心念念地想着“爷爷……”想起箱子里还放着妈妈的糖果。

连队的储藏室里，他双手捧着盒子盘腿坐下，小心翼翼地揭开盒盖。里面根本不是什么巧克力糖果，是花花绿绿的避孕套，外加一张母亲手写的便笺，大意是叫他别在勾搭地方小姑娘的时候闹出事情。

恰逢冬天，炊事班正苦于配菜单调。马是非一一确认这些货绝不含印度神油、蚯蚓味香精之类添加剂后，送去班里做了扎灌肠的皮套。

红海坡的暴风终日找到一个凶恶的日子毁了人类，六月份还要穿羽绒服。我和马是非时常顺着梯子爬到马厩顶上，偎在马草垛里聊天。对于存留记忆里的各种人生情境，我们相互探讨，逼近某个点时又一同弹开。对于生活，我俩在一条准线上，谁也不比谁知道得多。

某个狂风大作的晚上，我在招待室的客厅等着马是非送来热水洗脸。十一点时他敲门，提着两壶热水放到墙边，说：“外面一个东西可有意思了，看不看？”

马是非带我溜到浴室那头的走廊深处，把我往窗边一推，说：“喏。”

窗外绛蓝色的浓稠天幕上，有一幢摩天高楼状的银灰色云彩。

“刚才闪电了。”

“哪儿呢？”

“你等等……”

突然那大云像一只鸟笼被强光照透，又瞬间黑下来。

我们在浴室前坐下，他问还记不记得曾说起过前桌那个女孩，被他点着头发的那个。他说他们又见面了，在高中那会儿。她变漂亮了，尤其头发，后来俩人恋爱。因为爱人是回族，那汉族女孩回到喀什老家买了一口炒菜锅，和父母分灶吃，还在头上包帕子。

“我哥娶了一个汉族，我不可能再娶了。”他点了一根军医给的假中华说。早先他以为能和那女孩结婚，想着要尽早踏实下来，但既然这样，两年服役期满后他就到队上工作。石油队春天进沙漠，干五六个月回乌鲁木齐休假。不计工作量，每月发三千来块钱。

我说你们队上总需要人做饭吧，我去行不行？他说队上全是男人，顶多带我进去转上半天。

那天，马是非在打包参军的行李，母亲拿来一盒糖果让他装上。俩人正说话，楼下一声巨响。马是非和母亲趴到窗边探头一看，一辆小车撞进由燃料库改建的车库。

“妈，爸又吵是非了哎。”

“老勺子，爱咋撞咋撞去吧。”小马妈妈转身回到行李箱前，把小马扔在衣服上的糖果盒往里掖了掖。

站在四楼窗边的马是非心想，看来方片片子就是方片片子，永不变质。

（原载于《人民文学》2011 年第 12 期）

消失

毕亮

他单膝跪地，右手扇自己耳光，闷响，左手拉扯移动的行李箱。租屋隔音效果差，担心邻居耳闻动静，他压低了哭声。带着哭腔，他说：“亲爱的，再给我次机会！”他又说：“别离开我！”停止扇巴掌，他两只手死死拽牢行李箱。滚轴停了，她松了手，哭出声音。低头时她的泪水滑过脸颊，滴到瓷砖地板、罗马鞋上。她抠着某个手指头的橘红色指甲盖（涂抹了某韩国品牌的指甲油），回头扫视一圈客厅，目光落在旧冰箱、旧沙发、书架上（书架挡板玻璃在过去他们某次争吵时，给他拿啤酒瓶砸碎了，至今未恢复原样），视线停留在阳台，角落堆满金威啤酒易拉罐和枯萎的芦荟盆栽，她似乎想到什么，表情有些古怪。咬紧牙，她咽了口口水，抓紧行李箱把手，往门廊走……

男人从梦里哭醒来，两条腿发酸发软。他试图挪挪腿，隐隐地麻痛。近半个月，他反复做着同一个梦。

灼热的阳光透过窗户玻璃刺射到床上，散落在男人小腿的那部分阳光，像蚊子的刺吸式口器插进肌肉中，令他微痛。

男人翻身，面朝墙壁，缩腿，把两条腿从阳光下挪开。天气溽热，男人出了身臭汗，皱巴巴的T恤两边胳肢窝显出水渍印。床头的电风扇吱吱响，吹到男人身上全是火热的风。睁开眼，他盯着灰白墙壁，想一些别的事，以及刚才的梦。又翻了个身，他背对墙壁，还是觉得哪里不舒服，支起身，他发现枕头被压瘪的那块地方湿了。

坐在床边，男人身体挺得笔直，盯着吱吱响的台式电风扇看。客厅里的电视正播放香港警匪片，不时传来枪声。他想若是自己有一把绍尔P228式手枪，仅需一粒派拉贝鲁姆子弹，将枪口对准自己太阳穴，扣动扳机，一枪便可爆头。枪声止住，他扫了眼电视屏幕，卷发性感女郎正慢条斯理地脱衣服。他将视线挪到电视机下方工具柜，里头有铁锤、三角刀、梅花钳……

男人想尽快把房子转租出去，已有好几拨人来看过房子，不是嫌一室一厅小，就是嫌房子太旧。

从冰箱抽了瓶金威啤酒，走回房间，他摁下笔记本电脑电源开关，边喝啤酒边点击“深圳之窗”网页，稍后他在跳蚤市场发布了房屋转租信息。喝完啤酒，他赤脚在房间走来走去。地板黏糊糊的，他不想让自己停下来，一旦安静下来他就会想那个纠缠他的梦。

拎着空啤酒瓶，男人走去阳台。吸鼻子，他闻到有股怪味。阳台角落里那一大堆酒瓶、易拉罐，他打算在客人看房前处理掉。那盆枯萎的芦荟，他也不想要了。坐回沙发，靠着软垫，他不眨眼睛地盯看墙面上的壁虎，拿手按摩膝盖、小腿。想起过去许多的事，他走了神，眼睛亮了一下，又黯淡下来。

卧房手机铃声响起，他跑去接，听声音对方是个年纪不大的男人。那边表示想来看房，并问男人什么时候能入住。男人说：“看你，随时可以。”那边说：“要是满意，我们今天就想住进来。”

“我们”。

男人猜那边是一对打算同居的青年男女。他知道房屋转租有望了，甚至他觉得速度太快了点儿。看房人等会过来，他出门在楼下找来收废品的河南老头，将阳台那堆瓶瓶罐罐全卖给他。他想若是房客马上住进来，夜里他该去哪里歇脚。他懒得再想了，这半个月他把一辈子该想的事全想完了。他小声跟自己说：“再看，随它去吧！”

在一室一厅的房子里男人来回走，瞅着房间的摆设。住了四年，就要离开，他很有些不舍。从冰箱拿啤酒，冰箱几乎是个空壳，仅剩四支金威啤酒和前两天从超市买来的过油花生。他龇牙咬开瓶盖，坐沙发上，就着花生米喝酒。

酒瓶很快空了。

手摇了摇空瓶，男人打了两个酒嗝。身上汗涔涔的，他嘀咕说：“热，真他妈热！”

他又闻到那股怪味，不是汗臭。

楼梯间传来沉沉的脚步声和咯咯咯的笑声。

他们手牵手出现在男人门前，二十出头的年轻男女，女孩瘦得似根牙签。男人把目光从男孩身上挪到女孩身上，然后移至他们脚边——两只行李箱。

女孩视线下斜，盯看男人点缀着帆船的棉质短裤，嘴唇张合，似在清点布料上帆船的数量。

男人说：“你们刚毕业是么？”

年轻人说：“湖南来的，我们刚大学毕业。”他扣紧了女孩比麻秆还细的手，手背上隐约暴露出青筋。

望了眼女孩的手背，男人又看年轻人，他说：“恋爱多久了你们？”

年轻人说：“这跟租房有关系？”他看男人，有些疑惑。

男人说：“没关系，我随口问问，我有个朋友四年前来深圳，也是跟女朋友一块来的，不过……”一阵咳嗽后，他犹豫着说：“现在他们分开了！”

年轻人说：“哦，我们看看房子！”

男人把他们让进屋，他们将行李箱拖到门边。看房时女孩始终不讲话，皱着眉头，手捂鼻子。看遍房间的角角落落，年轻人问站在身旁的女孩：“还满意吗？”

女孩说：“你说，你满意我就满意！”

年轻人把嘴巴凑到女孩耳边，压低声音说：“好难闻啊这里，看能不能再减点价！”

男人望着他们，听不清他们嘀咕。他说：“你应该带你女朋友去看海。”

年轻人说：“看海？”

男人说：“我那朋友刚来深圳，就带她女朋友去看海，听海风的声音，看海鸥贴着海面飞翔。”

年轻人盯着男人额头的一颗痦子看，显出敌意。手托着下巴，女孩说：“你朋友真浪漫！”

男人没看女孩，从茶几上拣了两粒花生米，咀嚼起来。电视机似乎音箱坏了，里头那个西部牛仔在篝火旁，讲话声音怪怪的，是李安导演的电影《断背山》。

男人说：“你怎么看他们？”

年轻人说："什么？"

男人说："同性恋。"

年轻人说："两个男人在一起那个，总有点怪！"

男人发现女孩脸红了。换了话题，他说："怎么样，觉得这房子怎么样？"

年轻人说："旧了点，还有……"

男人打断年轻人讲话，他说："够便宜了，还想讲价你？"

年轻人脸色变得酡红，支吾半天，他说："洗手间的马桶只怕有一个月没冲水了。"

男人说："坏了，没修。"

年轻人说："屋里的床、沙发、书柜、电视、电风扇、电冰箱会留下么？"

男人说："不会，我可以折价卖给你，你们。"

年轻人朝女孩看，女孩视线越过阳台，戳向远处云霞灿烂的天空。终于她忍不住说："我闻到有股怪味，你们闻到没？"

男人低头，看着自己的脚趾。身体靠在沙发上，然后他说："是风把海的味道

吹来了，海水的咸味、腥味，习惯成自然就好了。”

女孩似乎不信，挪步到阳台上，鼻翼翕动，做起深呼吸。她盯着枯萎的芦荟看了一会儿，冲年轻人挥手，“你也过来闻闻，”她说，“海的味道真是怪！”

站在茶几旁的年轻人没动身，他说：“多少钱，那些电器、家具？”

男人说：“这我得算算。”

年轻人说：“我们打算马上搬。”

男人说：“那好，我得赶紧收拾收拾。”年轻人皱起眉头，看着地面东一块西一块的污渍。男人说：“我也没多少东西可收拾，保证今天你们能住。”走进卧房，他寻出行李袋，收拾他要带走的那些物品。客厅剩下年轻男女，他们在耳语。男人竖起耳朵，仍听不清他们谈话的内容。

卧房的怪味越来越浓，男人盯着组合床发愣。稍后他将一团脏衣服塞进包里，还有牙膏、牙刷、毛巾、洗发水、松下电动剃须刀、索尼数码相机。笔记本电脑装进电脑包。当他把所有的物件收拣好，行李袋仍是瘪的，似漏气的皮球。他感觉自己还有什么东西忘记装进包里，一时又记不起来。

男人连拍后脑勺，想起冰箱里还有三支啤酒。他忘记带走的肯定跟啤酒无关，但他决定喝掉啤酒再离开。

男人将剩余的啤酒摆在茶几上，双手叉腰，望着阳台上的年轻男女。他说："我请你们喝酒，一人一支，喝完我走人！"

他们站原地没动。

年轻人说："再喝你就高了，进门时我闻到你满嘴酒气。"

男人说："告诉你，长这么大，我从来没喝醉过。你们过来坐，陪我。"抬起手，他指着那些家具、电器，结巴着说："免……免费，送给你们！"

年轻人说："你真醉了。"

男人说："不要钱，你俩过来。"他抓起酒瓶，连往嘴里塞了三粒花生米，开喝了。

他们凑到沙发边，年轻人也起开酒瓶盖子，陪男人喝。女孩将十根手指扣一起，坐在塑料椅上，又从斜挎包里摸出剩大半瓶的可口可乐。女孩担心地说："你们少喝点，别喝多！"她又说："我不会喝酒，我喝可乐。"

男人把酒瓶放在桌上，两只手捏成拳头磕打大腿。他说："看到你们，我就想起我那四年前来深圳的朋友。那时他们真相爱，跟你们一样，走到哪里都是手牵手，谁也离不开谁。"

女孩说："后来呢？"

男人说："分了。"

女孩说："为什么？"

男人瞟了眼女孩，沉默。女孩发现男人眼睛红了。男人握住酒瓶，猛喝了三大口。打完酒嗝，他说："人都在变，有人变好，有人变坏，我朋友属于后者。他工作上遇到了点麻烦，有半年，他没找到工作。关键不是这个，是他变成了另外一个人，脾气暴躁，出现暴力倾向，还爱上喝酒，成了个酒鬼。"

年轻人说："我猜他只是想发泄，人总要有个发泄的通道，不然会崩溃。"

男人说：“我觉得也是。他比谁都爱他女朋友。知道吗？他喝了酒，就把女朋友当沙袋，拳头、巴掌、飞毛腿，全使在女朋友身上。他把手当成钳子，掐紧女朋友脖子，将她整个身体抵在墙上，好几次，女朋友晕了。他急得团团转，掐她人中，往她脸上泼冷水……他女朋友经常要戴镜片超大的太阳镜，热天也是长衣长裤，遮挡青一块、紫一块的瘀痕。他们都是要面子的人。”

女孩说：“难以想象，我觉得男人不爱她，至少那时已经不爱了，真是个自私自利的男人。”

男人说：“你胡说什么？”

女孩说：“他就是个自私的男人。”

男人鼓胀着眼睛，伸长脖子，喝完酒，将酒瓶搁腿上。他矮下头说：“每次我朋友练完拳脚，看着墙角缩成一团呜呜哭的爱人，后悔得头直撞墙，头破了，鲜血像梅花染墙面上。女朋友要离开他，撞破头扎了绷带的他就一把揪住女朋友的长头发，往柜子或椅子上撞。女朋友旁边是什么，就撞什么。他们那种情人关系完全失控了。”

女孩说：“他疯了！”

年轻人说：“我能理解，你朋友内心其实纠结得很。”

女孩说：“我不同意，他就是个疯子。”女孩盯着年轻人看。稍后她说：“哪天你丢了工作，或者找不到工作，也会这样对我么？”

年轻人说：“当然不会，我肯定能找到工作，也不会丢工作。我相信自己。”

男人说：“我朋友刚来深圳时，也跟你们一样，相信一切。但有时很多事不由自己决定，比如金融危机。之前那些自高自大的美国人会想到有这一天吗？不会，绝对不会。人往往只想到美景，事后才去总结身处的绝境和险恶。”

穿好塑料夹趾拖鞋，男人起身，走去洗手间。

他们听到尿液落入便池的声音，还有男人打了三个酒嗝。

女孩闻到了男人嘴里的酒气，屋里还有别的味道，她讲不清楚。她看见两只小蟑螂从沙发底下探出头，又缩了回去。她嘀咕：“他真悲观，我们不该这样。”

回坐沙发时，男人起先坐瘪的位置留下的印子还未恢复原样，他的屁股能感觉到皮面的灼热。窗外警笛声由远及近，又由近走远。男人低头，默声不说话，像是在思考。屋里只有咕噜咕噜喝啤酒的声音。男人咂咂嘴，抬起头说："世上很多事需要时间给答案，就说我那朋友，他们曾经海誓山盟，彼此相信爱情，结果呢，还不是劳燕分飞。"

女孩说："我相信爱情，你朋友他们只是孤例。"

年轻人说："我也信。"

男人说："好吧，那我祝福你们，我先把酒喝了。"

他们的目光一齐聚焦到电视屏幕。女播音员说关外某个城中村发生了凶杀案，事发多日后，房东收租时从房间门缝里闻到异味，于是报了警，警方根据现场侦查，初步判定为情杀……

男人将啤酒瓶喝得底朝天。望着剩下的那支啤酒，他说："这瓶留给你们夜里庆祝。"手伸向酒瓶，发抖的手碰倒瓶身，摔地上，玻璃碎了满地。突然他想给两位年轻人照张合影，颤抖着手掏出沙发边行李袋里的索尼数码相机，他说："别管那些碎玻璃，来，你们站一起，我给你们拍张合照。看到你们，我就想起我那位朋友！"

男人讲话声音变得沙哑，他眼睛更红了。

他们并排站在阳台上，背后是渐弱的阳光。男人将相机画面定格，他说："好，笑一个！"他们都没笑，神情异样，镜头里女孩嘴唇张合，正嘀咕着什么。

男人拎着行李袋离开后，年轻男女开始收拾客厅、卧房。

女孩边抹桌子边说："那家伙肯定患了绝症，你猜是什么癌？"

年轻人说："你猜他多大，80 后，顶多三十，大不了我们几岁。"

女孩说："我问你他的病？"

年轻人没搭腔，将洗干净的拖把晾在阳台上。探出头，望楼下城中村行走的路人，他说："管他什么病，不是你亲戚朋友，跟你非亲非故。"女孩说："他真够颓废，脑壳上顶了个鸟巢，我猜他病得不轻。你看他满脸胡茬，像索马里海盗。”

讲话时女孩一脸轻松，摊开两只手掌，撑开十指，女孩盯着看。她说：“刚才打扫卫生我的手指划破了皮，你看，过来抱抱我，你！”

不等年轻人近身，她走向书柜，将手指在一排平装书上比划。在书柜左上角，她发现一叠信封。朝男朋友望了一眼，她说：“怪了，现在都写电子邮件，这里还一大堆信封。”

所有的信封没贴邮票，都是开封的。上面仅写着“马牧（收）”、“杜莉（收）”。他们坐回沙发上，一封一封浏览。偶尔他们抬头望对方，眼神里藏着说不清楚的东西，两张脸都有些发红、发烫。

女孩说：“是情书。”

女孩又说：“马牧和杜莉他们过去真相爱，你说你会像索马里海盗那样爱我吗？”她讲话声音有些怪。

夕阳缓缓隐去，天暗了下来。

年轻人说：“会，肯定。”

女孩说：“信里的海盗男人曾经也这么说。”

女孩哭了，陷入沉思。她哽咽着，像是对自己说，又像是对年轻人说：“将来我们会跟马牧和杜莉一样吗？”

他们并排坐在二手沙发上。天完全黑了，客厅里似泼了墨，一团黢黑将他们裹挟。

沉默过后，年轻人说：“那个酒鬼男人故意把情书留给我们，也许他喝多了，忘了拿。管他呢，现在我们应该去麦当劳吃点东西！”

两个人安静地坐着，未动身。女孩突然讲话了：“我觉得屋里那股怪味肯定不是海的味道，你仔细闻闻。”女孩望着阳台外面初亮的灯火说：“估计是什么东西烂掉了。”

（原载于《天涯》2011 年第 6 期）

PART 4

才情小说·暮色降临德克大街

连生

朱婧

连生并不愿意停下来多想自己的生活，因为乏善可陈。大学毕业以后，做了一份工，遇到一个条件还不错的人，就嫁了；嫁了之后停了工，在家做全职太太。也无所谓好和不好，家庭的景况没有好到日日让她环游世界，但也够她平时自由购物、娱乐等等。

每天面对的那个人，看着很熟悉，有时也觉得陌生。一日三餐做给他吃，一天大多时间面对他，不对着他心慌，对着他有时也会有闪过“一段时间不对着他也蛮好”的念想。

这个世界对她来说，缺乏欲念，没有想见的人，没有想去的地方，热闹的朋友很多，谈不上几个交心，亲戚朋友很多，谈不上几个贴心，她只是做足本分。每个周末惯例地和丈夫一起去公婆家吃饭，吃完饭她照例收拾碗筷去洗碗，有时洗着洗着会默默发呆，戴着橡胶手套的手缓缓停了动作，眼睛只对着水流直直地发呆，她有时觉得，自己会这样洗碗洗到老吧，那一刻，她会觉得，自己的存在，其实对自己来说，也可有可无。

人的心境是很奇怪的东西，常常与遭际有关。经历畅达的时候就觉得意气风发，内心膨胀了实际的和虚幻的各种想法，关于人世有过分的自信和狂妄；而经历挫折的时候，自我贬低成一个“小”字，小到找不到，说话小声，做事小心，抬头看人一个眼光闪过都是慌张。

可有没有这样一种情况呢，你不一定对这世界有什么期待，你也不一定对自己有所期待，你不觉得人生会发生更美好的事情，你觉得人生对你来说，已经可以看到头了；你没有不开心，你也谈不上开心，你有时觉得孤单，虽然说这话似乎实在有点古怪，因为你身边时常是有人陪伴的。

你只是觉得，一个与你无关的你，生活在这个世界上。

空闲的时间太多，容易留给回忆，连生的回忆最集中的，是在她中学的一段时光。其实对周围的人与事已经记忆模糊，但只那时的空气与日光似乎都新鲜宛如昨日。少女连生的样子，对她来说，才是真实在这个世界上活过的一个人；她对那个和她相隔了十年光阴的女孩子，曾经充满了无数的期待，当那些期待在现实中，或者实现，或者幻灭以后，连生，成为今天的连生。

十五岁的时候，连生的爸爸、妈妈调动工作，分在两地，家里无人照应她，就把她托给了在附近城市的一个乡镇当老师的舅舅，连生插班进了舅舅工作的学校读书，这一去就是两年时间。当时的连生很受欢迎，一则她的舅舅在学校大小是个教导主任，别人会给他点面子；再则，连生是个城里小孩，到镇上做了插班生，看起来总有点稀奇。她头天穿的藏蓝格子灯芯绒连帽小外套，就被许多女孩子眼馋地看了又看。那时候商品经济还没有那么繁荣，镇上没几家小店，女孩子可穿的衣服无非各种艳丽的红色，清清爽爽的连生，总有点抢眼。不管是牛仔外套配着白色的裤子，还是浅粉色的一件简单 T 恤，都曾经在她女同学的脑海魂牵梦绕过很多次。

连生有一种讨人喜欢的个性，说起来是有一点不自信，这种不自信又成了一种怡人的态度。她对于自己和别人的差异缺乏一种意识，因此很容易和别人打成一片；她不容易生成一种无聊的矜持，她和她们吃一样的零食，一样放学后去小卖部买漂亮的笔和本子，一样玩一切流行的小游戏，她很快就被接纳了。

那时候的连生，白净的面孔、秀气的单眼皮、黑乌乌的眸子，这种清秀敛淡的容貌，跟随了她很多年，并未受生活的侵染，因时光而改变。她读书很用功，虽然头脑说不上最好，在理科的学习上也颇有些吃力，但她总有一种认真的劲头，作业交上去总是最整齐干净，一排排文字或者公式，像用直尺比划着写的一样，让人看到心头妥帖。

那时候的连生，只想着要考一个好的大学，对于身边的人和事情，没有特别地关心，她只喜欢建立和睦的关系，对于自己，她也缺少认识。这种朦胧的感觉，也保持了许多年。

一些年后，连生大学毕业的时候，是有点恐慌的。她突然觉得，自己许多年既定的人生目标一下子完成了，她如愿考入了一所理想的大学，顺利毕业了，她不知道自己下一步要做什么。如果只是工作，其实去做任何工作都可以，她缺乏人生的下一个目标。

而可怕的是她结婚后的感受。她希望嫁给一个经济和品格上都较为可靠的人，希望与一个和睦懂礼的家庭缔结关系，这些都实现了。她的感受是：我完成了我所有的任务，人生到此结束都不过分。

泰和是大二的时候追求连生的，连生并未过分为难他，就和他在一起了，因为连生并不讨厌他，她亦不是喜欢卖弄女性的小伎俩，让男人围着她转的人。她与泰和在一起三年，相处很融洽，争吵都没有过一句。大学毕业的时候，泰和要回家乡工作，连生并不想跟去，两人就分手了，分手也分得很和气。他们分手的时候恰在春天的三四月份，到了五一，各自回家过假期的时候，泰和给连生发了手机消息，说“我们不要分开”。泰和果然签约到他们大学所在的这个城市工作，为了连生愿意留下来，连生也回到了他的身边。但是小半年以后，他们还是分手了，恰好在九月份，连生刚刚工作两个月以后。而这回的十一假期，泰和没有再联系连生要求复合，因为这次连生与他分手，是因为有了合适的结婚对象。泰和很清楚自己，还没有能力给连生这些。

大学毕业后同学聚会，很多大学里面隐秘的恋情就被拿出来说，就有不少人与连生说：“其实许多人喜欢过你，不过你一直和泰和在一起，那么稳定，谁也不敢和你表白，只是我们都没有想到，你们毕业后分手最快，你又结婚最早。”

长相好看，经历清白的小姑娘总是不愁嫁的。当时温南和他的家人也不过是看中连生这一点。说起来，连生和泰和交往的三年真是相当清白，相敬如宾，连接吻都是中规中矩。连生是一个非常被动的人，对于男人和女人的事情更是缺乏了解，泰和把她保护得很好，她也就懵懂地过了那些年。只能说，是遇到好人罢了，若遇到另外一个人，连生能有多坚定也说不定，她本来就不喜欢违背人的心意。

连生到底和温南结婚了，他知道她不爱他，她也知道他不爱她，但是，他们还是结婚了。

婚礼在本市最好的酒店最好的餐厅举行，穹顶的水晶灯映射着镶银的餐盘，熠熠生辉，抽象派风格的地毯上螺旋状的图案如一场盛大圆舞开幕。连生很美，礼服很精致，淡绿绸缎礼服的伴娘很漂亮，托着头纱的花童很可爱，只是，连生有些落寞。

连生从一开始就没有为婚礼积极准备过，一切都交给温南的家人安排和处理。对于一场谈不上期待的婚姻，怎么可能对它的仪式有多少期待？在她看来，一切都与她无关，她只要配合好，演出好自己的角色就可以了。

人们常说每个女人人生最重要的时刻是自己的婚礼。连生有个朋友，因为自己和男朋友的家庭经济都比较困难，一开始打算不办婚宴了，后来，还是在一家小小的饭店，订了两桌酒席，请了至亲和朋友。她让连生陪她去租礼服的时候，连生看到可供挑选的寥寥几件工艺简单的旗袍，心里面知道自己是不会让自己受这样的委屈，但是，朋友脸上那期待的、洋溢着幸福的笑容那么真切，真实到让连生惊讶。这世界上真的有爱情么，能超越贫穷和偏见，能把一个人的内心打开，能让人懂得什么是真正的快乐？这样的感情，真实存在么？

连生固然很好奇，但仍自信自己并不需要。

结婚后的连生，有时觉得自己有一点分裂。她有时对着温南会在心中默想：我不爱他；她去买菜，走在路上，会默默对自己说：我不爱他。可是，更多时候，她很清楚地知道，自己必须得爱他，他是这个世界上，与她关系最近的一个人了，接近更超过父母。在填写各种相关表格的时候，关于他的信息，要填得比父母的更详细清晰，而这两个人，是心灵遥远且并不相爱的人，这多么有趣。

无法爱人，是因为感受不到爱，一个本来就不会爱的人，再不能被爱，那爱就是这一辈子都和她没有关系的东西了。但是从另一个角度说，正因为无法爱人，才特别想被人爱，因为这是她生命缺失的重要部分。

所以，连生有时想起同学与她说的，很多人爱过你，就会想笑。她对自己说：

没有人爱我。

连生出生在一个清寒的家庭，父母都是国有工厂的工人，早年大家境遇差不多，倒没有太多感觉，但在连生读高中回到自己出生的城市才发现，小时候的同学、邻居大多搬了新家，换了房子，只有自己家，还在那个城市破落的旧城区，灰落落的一爿被遗落的模样。连生读高中的时候，父母就陆续下岗了，母亲打些零工，父亲零碎做着一些小生意，把某地的东西贩卖到另一地，常年在外地奔波，收益亦单薄。

连生并不至于为这样的出身羞赧，也不至于多在意，若说有羞赧，是对于家庭的羞赧。她读完书，很顺利地出嫁，过起了另外一种生活。不过她的生活是仰仗着他人，她并没有能力改善父母生活的景况。每每和温南与他的家人出入各种高级场所，生活无不安逸和乐，即使举家欢笑的时候，连生也会觉得，自己并不属于这个家庭。她记得自己的父母，猜想他们现在在做些什么。她记得父亲常年在外奔波、营养匮乏而容易浮肿的脸。

“这些光明是不属于我的，这些欢乐亦不属于我。”她只是觉得自己无用罢了。没有出卖自己人生的决定竟然会招致一些后悔和遗憾，她会想起读大学的时候，身边那些殷勤的某某，或者某某某，也许跟了那些人其中的一个，她倒能光明正大地提出一些要求。而对温南，她不能够，温南对她来说，提供的不只是一种安逸的生活，更重要的，是一个健康的、亲密和乐的家庭氛围。她知道他的父母喜爱她，善待她，她喜欢这个家，这是她所向往的理想的家的样子，尽管，她与这一切那么格格不入。

认识六十六完全出于一次偶然。

因为买家具中了一次国内旅游的奖项，温南没有时间同行，本来连生也不想去，但温南说：“你天天闷在家里，倒不如出去散心。”连生就带着简单的行李出去了。一个人的旅行本来就十分落寞，加之正值盛夏，酷暑难耐，连生的三天旅行，倒有大半待在酒店里做 SPA 或者游泳。连生游泳很好，那是大二那年泰和教给她的。

飞机返回抵达，连生上了机场大巴，耳朵塞上耳机睡了一路，窗外傍晚的阳光亦余留热辣，晒着她，让她脸上现出淡淡红晕，丝丝细幼绒毛，让她身边的人心下怦然。

快下车的时候，他问她的电话，她不知道是刚睡醒的昏沉，或是一时头脑空白，就留给了他。

她认识了六十六，对他的样子相貌完全谈不上有印象，朦胧地有一张如发面般白皙胖大脸盘的一个叔叔辈的人。

在街头或者火车、飞机上的搭讪，连生碰到过很多，也收过不少名片，她一般在下车前就丢掉了，免得给温南看到。这种事情，在他们结婚后也有发生，大概一般人看到连生，总不觉得她像已经结婚的样子。

说起来，一个已经结婚的女子和一个没有结婚的女子的区别又在哪里呢？是不是缺少那一种安定的满足的表情？连生也不知道别人的判断出自哪里。

六十六让司机开车跟着那辆TAXI，一直跟到一个小区的门口，他看着那个女孩子走了进去，才让司机调转车头离开。他的心头，只有一点酒后的微醺感受。

一个月后，六十六打电话给连生，她已经把他完全忘记了。他找不到由头与她交谈或者见面，在电话这头完全有语无伦次的感觉，却不想连生先说话了："晚上一起吃饭吧。"

温南有他的工作，有他的交际圈子，一周里有半周，他会在外面应酬吃饭。连生有时自己做点胡乱吃点，有时出去逛街买东西在外面吃。白天一个人都还无所谓，她最憎恶晚上还得一个人，暮色一层层落下，家里的空气一点点冷凝。翻遍手机号码，她没有一个可以约见的人，而六十六的电话正是这个时候响起来的。

过了很久以后，连生想起当时那个电话，当时自己冲动出口的话，她反复和自己说："并不是我的错，我只是，想有个人一起吃饭。"

谈不上是约会吧，连生穿着一条旧连衣裙加了件罩衫，虽然与周围的环境格格不入，却坦然亦骄矜地走进去，大概年轻貌美就是最大的资本，就能睥睨一切。六十六昂首待着她走进来，几乎静止的空气里飘浮着一阵似有若无的甜香。他无法对她描述，那一刻他有多么期待，而对于她，他有多么喜爱，他几乎迷信她可以挽救他的灵魂，她会用金子般的手指抚平他的每一条淡淡皱纹。

六十六是高校的法学老师，自己也做律师，在本市开了间蛮大的律师行。他不是不世故，也不是没有见过好看女子，每年各种应酬，各种俱乐部也去得很多，见到的女人并不是所有都是庸脂俗粉，也有头脑与美貌兼备的，未必让他留意动心，这一次却全盘溃败，无道理可言。

一来二去，连生与六十六之间建立了奇妙的联系。他们规律性地见面，有时吃饭，有时连生只是让六十六开车载自己在城际公路上开出去很远，再开回来，一路无语。连生从不对六十六谈自己的事情，甚至连话也懒得与他讲，和他在一起，总是心不在焉，寡薄冷清。她对谁都小心翼翼，克己有礼，对他却漫不经心，最放肆无道理。有时一个电话唤他来只是让他去替她买一些小物件，从车窗外把钱塞给他，再打开门，自顾自把东西拿走。连生不告诉六十六自己是谁，也不想知道六十六是谁，对这段交往，缺乏定义。六十六许多次手心捏出汗来，想去碰一碰连生的手却也不敢造次，侧过脸看到她绷得紧紧的小脸，心里多少愿望都被打消殆尽，怕轻举妄动后，连这一刻也不能拥有。

六十六并不纯情，也并不多情，为人也粗鄙，对他来说，和陌生的女人睡觉也不是艰难的事情。可是，这个世界上有比和女人睡觉更重要的事情，感觉更好的事情，认识了连生，他才能了解。他像朽木拔出绿芽，竟似新生。突然觉得心头热乎乎的，突然觉得有很多愿望，有许多简单的事情想和某个人一起去做；突然觉得有纯粹想念，只是看一看一个人而已。

也不是没有温暖片段。有天大雪，六十六接到连生的电话，她告诉他，她在某家店吃午饭的时候把伞忘在店里了，让他去拿一下。他开车过去，拿到伞再送到她住的小区。她戴了顶特别可喜的红色帽子，上面有只很大的绒球，戴了同色的毛线手套，穿着一套烟灰色的帽衫运动裤就跑出来，两颊被冻得红彤彤，却比平日生动。他下车把伞递给她，她拿过就走，两步后，突然回头看他一眼，回来摘下手套掸了掸他头上的落雪，转头即走了。六十六原地站了十分钟，开车回去的半小时车程熄了三次火。

连生和温南的生活安静依旧。他很少去关心她在想什么，他总是看到她做饭的背影很乖巧，偶尔回头看他的表情也温馨。他觉得她像个可爱的小东西——生活里妥妥帖帖的所在。他不担心她，不觉得她会犯错，诚恳不带任何疑惑地相信她。

初雪的时候，六十六和连生去城郊的会所，泡过两次温泉。全黑连身泳衣的连生，年轻的身体没有一丝赘肉，乖觉灵巧得像一尾鱼一样迅速地滑入池中。六十六斗争了好久才走到池子边，虽然不在同一个池子，虽然还隔了距离，六十六依旧充满紧张感。下得水中，感觉自己像一个胖大的蘑菇，内心充满羞赧。每每连生的目光随心所欲地略过他，不带躲避地好奇注视他，他背上便起一层鸡皮疙瘩，背上前些日拔火罐的痕迹，更增加了羞愧的感受。后来，六十六也去健身会所办理了年卡，请了私人教练。在跑步机上跑得大汗淋漓的时候气喘吁吁地停下来，内心犹生无力感。

时间过去一年，连生对他的态度也有所缓和，有时也与他开小小的玩笑，有时和他去听他不爱听的音乐会，看到他睡着也宽容地笑，两个人渐渐生成了特别的联系，好像亲人。他去外地出差，总告诉连生，她虽然只是简单回他一个“哦”；他回来这个城市，也总第一时间告诉连生，虽然她也只是回一个“哦”。这个字，却像一种特别实在的东西落在他心里，像一颗种子种下去，落地发芽，抽茎拔叶，竟然要默默地开出花儿来。这种联系，多一点，他没有奢望；少一点，也不是不可以，但是并不想失去。而对于连生来说，也未必不是如此。人能有多孤单呢，你，或者我的孤单，能够有多深沉呢？就像大海深处的叹息，谁也无法知道。

这一年里，温南顺风顺水地升了职，工作或应酬都更忙碌，过了午夜才回家的情况一周总有两三次。连生一定会等他回到家再睡觉，但并不会打电话催他或找他。他回来了也只是说一句你回来了就帮他放洗澡水。这一年，连生也忙碌起来，她报名插花班、油画班、茶艺班，日历上密密麻麻写满安排。温南在家的时候，偶尔在

桌边看到散落的花材，或者没有来得及洗的油画笔，有时浮上一笑。因为学插花的缘故，连生认真地研究了不少植物图谱，为了增强记忆，每天都要临摹一张。家里的沙发上、餐桌上，偶尔就散落了不少铅笔画的植物图谱。温南某天兴起，带回来一个木质相框，把其中的一幅装裱起来挂在墙上。第二天，连生将所有的临摹图谱交给了六十六，一个礼拜后，温南发现，楼梯边的墙上，挂满了装裱好植物图谱的相框。拾阶而上，走到楼上的小客厅，总有一瓶开得特别好的花儿在桌上。连生喜欢买胖胖的花瓶，插满丰盈的花朵，像是要把人心的空隙都填满似的。温南平日很少在家，但有时间，仔细留意的时候，才发现家里的每一处细节都有连生的心意在里头，心头也有温暖的感觉。

六十六秋天的时候生了一场病，住了一段时间医院，说起来也不是大病，只是胆结石，不过因为要开刀，住了半个月院。住院期间也并没有和连生联系，说起来，出于一种奇特的心理，总好像偏于年长的男人一种自我保护的意思，怕示弱，怕显得无能。出院以后，他第一时间打电话给连生，想和她一起吃饭。这时候，正是秋意略微深重起来，晨起的雾，风卷过梧桐的落叶，人的心也偏于沉静，易于感伤。接电话的却是一个男人的声音，他一惊，但也没有多问，简单说了几句就挂断了，对方问是否要连生回复电话给他，他说："不用了，我再打来。"

六十六到底还是没有再打，拿起电话，拨到连生的号码，每每又仓皇地放下去。为了避免无聊的纷扰情绪，他跟了事务所几个外地的案子出去了数月，回来的时候，已近年末，街头的广告里都是回家的气氛。他无由地想起长年在国外的他的长得和他很相似的胖大女儿，与曾经也娇柔，如今丰腴胖大的妻子。他早早地订好了机票，计划着去与她们过年的事情。

连生吐得很厉害，因为自己的妈妈在身边照顾，总有点娇气，吐着吐着，倒有点眼泪汪汪的意思。母亲在旁边安慰她："刚开始就这样，慢慢就好了。"连生怀孕了，为了照顾她方便，父母都到了她身边，温南在附近的小区置了一套房子，让连生的父母住，好让他们方便照顾连生。连生倒终于可以和父母在一起了。

生一个孩子，或者养一只猫，都是一个道理吧。连生有时想，可能，那样就不孤单了。

（原载于《青春》2011 年 10 月）

暮色降临德克大街

丁威

1

夏天的风渐渐吹得薄起来，萌生出一丝倦怠的气味儿，像是风都乏了，旋到不知名的角落里。德克大街上只有零星的几个人，阳光白惨惨地照下来，远远地望过去，路面上的空气都在跳，商铺、路标、行人都在空气里晃。楼上的空调“嚓嚓”地响，向阳的那面窗子大多紧闭着，背阴的开着几扇，有人就伸着脑袋，手里挥动着扇子，企图将热一下一下地从身体里清出去。人们都在等待着，暮色降临德克大街，将阳光遮盖，擎一蓬阴凉，人流便会布满德克大街，不再只是午间时候的干涸。

2

米朵第一次遇见 Andy 就是在德克大街的黄昏时候。

大学军训刚结束，米朵的脑袋在太阳下晒得一阵紧似一阵地昏，原本白皙的她，虽然涂了一层又一层的防晒霜，皮肤还是无可挽回地变得皱巴巴的，死去的皮浮在鼻子上一片一片的。洗澡的时候更让米朵难堪，脱去衣服后，身上晒成了一件衣服的形状，沿着胳膊分明地刻一道线，这让喜欢穿 T 恤的米朵不得不裹上了长袖长裤，想着不知道什么时候才能恢复到以前，她就后悔当初没有穿长袖了。

米朵是今年好不容易才考上了 Z 大，第一年高考，数学考试的铃声一响，她脑袋就刷地一下暗了，老师说站起来，米朵恍恍惚惚地，视线不知道该往哪放，试卷上几片醒目的空白在她眼睛里变得无限大，周围的一切似乎都被吸进这空白里了。老师在上面说“不要写了，再写就按违纪处分”，可是还是有人坐在那里埋着头不停地写。米朵能感觉出来现在考场上焦躁的气氛，面对这一张试卷，肯定不单是她，对很多人来说都是滑铁卢的一役。老师走到她面前的时候，是从她手里扯过试卷的，她的手分明在用力，老师又扯了下，她才从那无限大的空白里回过神来，手上的力道弱下去的时候，心里有一处地方小声地碎了下，她觉出了微微的疼痛。

从考场出来后，米朵看到等在考场外的妈妈，就在脸上强装出些笑意，却还是控制不了地露馅了。妈妈的脸色也有了一刹那的转变，接着就强抑着情绪，把手里的水递给米朵，尔后，挥着手里的扇子一下一下地扇。米朵很想哭，眼泪都要往外涌了，她还是咬咬牙忍住了，她不能让妈妈也跟着难过，就朝妈妈笑，虽然笑得勉强，却多少算是对彼此的慰藉吧。

回去的路上一直是沉默的，米朵几次想尝试着说些什么，不让气氛陷入更沉闷的境地，却终究什么都没有说，妈妈一路给她扇着扇子，这让米朵心里一阵一阵地歉疚，觉得对不起这大半年来家人的细心呵护。因为她的高考，平日里家中所有的一切都是小心翼翼的，他们忙着研究她的膳食，怎么样合理地搭配饮食，怎么样让她更好地休息，所有的日常生活全都围着她转了，她仿佛又回到了婴儿时代，需要百分之百的照料。

午饭她只吃了几口，因为还有接下来的考试，米朵就躺在自己房间里休息了。她躺下的时候掏出了手机，这一路郁闷地走回家，都忘了问下莫子聪了，也不知道他考得怎么样，会不会像她一样烂呢?

“你考得怎么样，我挂了！”

信息发出去的时候，米朵觉得他应该考得不错。

“我还好，别多想了，专心下一科吧。”

果然，果然。米朵的心被揪了下，是替他高兴的，他原本就应该这样吧，或者他为什么不是和自己一样考得烂掉啊。一时间很多的念头冒出来，怪谁呢，都怪自己，平时明明都会做的题目，手心里却莫名其妙地出汗了，脑袋也变得一片空白了，该死该死。夏米朵，你真该死，她抱着那个他送的维尼熊，眼泪夺眶而出。

两天考试结束后，黄昏时分，他们相约来到学校，只是在米朵看来，这原本离别的伤感加上考试的失败，与莫子聪见面只增加她的伤心。他是好的，即使不说，脸上的神色也是遮掩不住的，或多或少，米朵会将自己的情绪发泄到莫子聪身上，说话的语气就变得刺起来，没有待多久，大家就都有些尴尬，这与原先设想的完全不是一个样子了，就更增加了黯淡，最后是有些不欢而散的意味。回去的路上她索性关了机，干吗去自寻烦恼！

整个假期，莫子聪带着胜利者的喜悦四处旅游去了。在他们高三后面的两个多月里，这是他们学习疲惫后聊不尽的话题，给对方鼓劲加油，相约考入同一所大学，而后要用整个漫长的假期旅游。去周庄、乌镇这些属于江南的地方，要在黄昏时分，牵手在被细雨濡湿的青石台阶上漫步，喝一点香醇的米酒，桨声灯影里悠长的闲适；去西藏，看看最纯粹的蓝，沐浴他们信仰的虔诚光芒，甚至要像海子一样不远千里地背几块玛尼石回来，死了也要镶在墓上；去成都、重庆，在大夏天里吃热辣辣的火锅，满身淋漓的汗水，然后指着对方眶满泪水的眼笑……说到兴奋处，还会扯过专门为此买的地图来，手指在上面各处游移，好像手指到了，自己也就真的在那些地方了。这些讨论一直持续到他们高考前几天，是彼此焦躁的高三时期最开心的时光了。

所有这些，于米朵来说，都是不可望不可即的了，想起来，都是物非人非的茫然。与莫子聪云游四海比起来，米朵的短暂假期简直要用生不如死来形容了。起先，莫子聪还会给她信息告知自己在什么地方，跟她分享那个地方的种种好处，拍下好看的照片发给她，后来见她只是很漠然地应答，或者就干脆不见回音。莫子聪也不是不能理解她，只是他不能体会她，毕竟他不在她的处境里，他有的只是过去的解放和未来的美妙，到这里，他就不再说什么了，再说，于己于她都是不开心，徒增烦恼的。既然莫子聪不再说什么，米朵就把手机卡取了下来，手机就只当闹钟来用了。

刚开始，她整天闷在屋子里，蓬头垢面的，看书看书看书，看到要吐了，就起身打游戏，打到要吐了，就再去看书，不是不爱惜自己，也不是折磨自己，在她看来，是惩罚，是理所当然地为失败买单。家人说过多少次，让她出去散散心，这样闷下去，他们真是怕米朵会疯掉，他们就在门外喊她，米朵只“嗯”了一声表示她还活着，便不再言语了。

这样泡在水里似的闷了二十多天后，米朵突然在一个下午想通了。尔后，她爽爽快快地跑去洗了个澡，换了身衣服，坐在镜子前简单地化了个妆，下楼到客厅时，父母都是一刹那的愣怔，像看一个怪物似的看着她。她走过去挽着妈妈的胳膊说："老妈，陪我去逛街呗，我都要闷死了。"妈妈作势要把手往米朵脑门上放，米朵伸手挡了一下，说："放心吧，你女儿没发烧，到底要不要陪我去嘛。"她边说边晃着妈妈的胳膊，声音里是许久未见的撒娇。"去去去，怎么不去！等你老妈一下，我也去化下妆，这样出门，也不好意思见人呢。"妈妈回来的时候，已经全身上下焕然一新了，空着臂弯等着米朵去挽。临出门了，妈妈又对着爸爸说了句："我们有可能不回来吃了，你要是见晚了，就自己做着吃吧。"爸爸张嘴要说些什么的样子，米朵和妈妈已经走出门了。

接下来的十多天假期，她就换作以前的自己了，每天开开心心的，看书上网聊天，将之前的阴霾一扫而光，想着事已至此，难过也是一天，开心也是一天，自己也并不是那种死脑筋的人，这样一想，生活就还是好的了。

跟莫子聪也像之前那样说话了，但是因为总还是会有痕迹留下，她和他说起来，有些隔膜的感觉。莫子聪从外面回来总是联系她，莫子聪想去学校，米朵虽然也是愿意的，但是想着见到之前的老师，问起来，总是不尴不尬的，少了底气，再瞥见别人考上之后欢喜的样子，总是刺激。于是就去肯德基，莫子聪还是陷在之前的旅途中，说起话来是一副眉飞色舞的模样，在米朵，这些都令她不舒心，甚至能算作炫耀了。他在对面说，她也不往耳朵里进，只是偶尔应答一声，也经常出错的。莫子聪的兴致就淡下去，一来二去，彼此都觉出其中的怪异滋味。渐渐地，见面的次数就与日渐少了，米朵想起来，也是惆怅，毕竟他们即使谈不上爱，至少是喜欢的。知己本就难得，却只因为一场高考，便划一道线，咫尺天涯的样子，恨恨全在心里，见面就难免浮在脸上，不情愿却难自抑，渐行渐远渐无书，真真地是实情是良言，苦口苦心的。黄昏的时候，云朵望过去，也是愁容满面的云。

后来，莫子聪以全校第六的成绩考进了 B 大，这是他们俩之前一起约定的大学，而对米朵来说，之前美好的幻景现在却都成了刺痛她的东西了。

米朵就又走进了离开没多久的高中，入眼的皆熟悉不过，想来却是一阵苦涩的笑。莫子聪临走的那天米朵专门请假去送他，在车站的检票口，她抱着他，也不言语。“只隔了一个短短的假期而已，拥抱却再也不是之前的感觉了。”米朵这样想。在她看来，莫子聪也是同样的想法吧？广播的声音响起时，莫子聪转身走进了人流里，只一眨眼，米朵就已经看不见他的身影了，她想要去仔细寻找，却终究不得见，想想，不知是悲哀还是无奈，就也转身融入人群里。

复习的这一年，时间说不上快也说不上慢，只是觉得时间是故意在跟自己作对，想着时间能慢些，它却更快些，想着时间能慢些，它却更快些。每天的生活规律到看着手机上的时间，便能想到哪一刻自己的身影该在哪里，谈不上充实，也谈不上无趣，把自己往时间的每一个罅隙里塞的感觉或多或少让她无措。有时候下了晚自习，走在回去的路上，突然就闻到一股花香，就想起去年几乎是每一天都可以闻到的，今年竟然是第一次闻到，脚步太匆忙了，花香也都赶不上，是一丝丝的黯然。回到家，看到父母还坐在电视机前看那些无聊的肥皂剧，其实是为了等自己回家在消磨时间而已，便是心里一热，想要掉眼泪，就什么都不想说，上楼继续埋头学习。莫子聪起先还会经常给米朵打电话，天南海北地说一些便觉没了话，搜肠刮肚地寻找字眼，却是不关他不关己的内容，彼此都觉得在变冷，便又寒暄着关切对方，嘱咐一些问候一些，说着再联系啊，便草草地挂了。渐渐地少，渐渐地少，终究等于是无了。后来从别人口中听说莫子聪在大学里新交了女朋友，她在课堂上愣了一下，觉得是一瞬间的空荡荡，也只是一瞬间，就又从里面回来，心上浮着一层，不知悲喜的，想着也许算是一块石头，尴尴尬尬的，现在，虽然是怅然若失的，却也落得一些轻松吧。

后来的日子就快了，一步便是十几天的样子。高考再次来临的时候，她是有些想哭的，觉得是一个尽头，她是要了断一些东西似的，而且必须要走出去，跟过去告别，然后从从容容地走进另一处光景。走进高考考场的时候，她是出奇平静的，复习这一年的一些细节蹦出来，一次长长的深呼吸，便抽空了思绪，两天也就是一晃便过去了。

她后来接到 Z 大的录取通知书也是平静的，而后待在房间里听了一下午歌，傍晚出门的时候，呼吸到室外的空气，是一些细微的感动，挽着妈妈的胳膊，觉得何其自由，全身心地空旷。

生活是真的要给她新鲜模样了！

3

Andy 来到这个城市半个月后才踏上德克大街。他租的房子在离市中心比较远的郊区，来之前他上网查了房子，未到之前就和房东定好了，每个月 400 块，有网络，水电另算，看起来不好不坏，暂时先落脚，他是无论如何都要离开之前的那个城市了。

下午到了这个城市后，按照提前搜好的路线很顺利地找到了那个房子。房东是个年过半百的女人，很胖，头发烫成大卷，刚睡完午觉，一脸的倦意，很热情的样子，领着他上楼。楼道里很昏暗，那个女人咳了一声，就有一盏灯亮了起来，灯上积了灰尘，没见增加亮度，反倒衬托得楼道更昏暗了，正上楼时，突然蹿出一只猫来，受惊吓似的叫了声，Andy 愣了一下，缓过神来后，心跳快了不少。房东就说："这是我家的猫，平时蛮乖巧的，今天怎么回事。"Andy 没有应声，只礼节性地笑了下。因为昏暗和少见日光，霉菌的气味有些浓重，Andy 抽了下鼻子，是一种无奈的心境。

房子在顶层，采光较楼道里有了些改观，开了门，屋里一张床，一张桌子，一个凳子，顶上一个有些锈蚀的吊扇，除去这些，下脚的地方不过三步见方，整体看起来蛮干净，在这个城市 400 元租到这样一个地方，虽然离市区有些遥远，但是已经可以谢天谢地了。

房东说："要是有什么事情就跟我说，这个是我的电话，等下你跟我下去办一下手续吧。"

Andy 接过房东递过来的电话，说："好，等下过去。"说着就把肩上的包和手里的箱子放下了，甩了甩肩膀，被背带扣得肌肉一阵阵地麻，他朝床上一坐，浑身是一种飘的感觉，而后长长地吐了一口气。

办完手续上楼的时候，又遇见了那只猫，有些警觉的目光望着 Andy，他朝着猫打了个响指，猫就"喵"了一声走开了。Andy 笑着摇了摇头，三步并一步地上了楼。打开房门，黄昏的光已经透过窗子抹了半面墙，那半面墙就像是一面温暖的镜子，在 Andy 心里照出些暖意的凄凉，他叹了口气，一仰面，朝着床躺了下去，浑身的筋骨就水一样散开了。

待他醒来时，窗外早已黑成一团，肚子感觉不到饿，只是一阵空空的慌乱，他掏出手机一看，已经是午夜两点多了，他竟然睡了将近十个小时。起身扯亮了电灯，准备泡一碗桶面，却想起根本没有热水，就把火车上吃剩下的一些东西胡乱地塞进了肚子，一瓶矿泉水一口气全灌进了肚子。

脑袋还有些发懵，睡意已经全然没有了，这样静静地坐了半个小时左右，意识才渐渐回返过来。而后就开始整理包和箱子了，从卫生间里找出拖把将地认认真真地拖一遍，东西一样一样地摆好，书一本一本地码在床头和桌子上，手里不停息心里就不空荡，这些做完后，看了下手机，才过了将近一个小时。外面的夜依旧黑黢黢，给人决不肯将黎明的灯盏拧亮的感觉。

刚才那将近十个小时的睡眠将他此刻的睡意提前预支完了，他就有些索然，从床上拾起卡佛的自选集读了起来，读到《距离》的时候，他盯着"他们曾经笑过，他们曾经相互依偎，笑到眼泪都流了出来"愣了好久。觉得记忆真的是历久弥新的东西，即使相隔千万的距离，看到遇到相关不相关的，它都会伸出手来紧紧地抓住你，一瞬间将电流通到最脆弱柔软的那个部位。接下来他又往下读了几篇，但是思绪却一直停留在《距离》上，这样浑浑噩噩地读了不知多少后，他的意识又陷入一片昏沉之中。

接下来的十几天，他每天的生活基本就是前一天的复制粘贴。早上太阳就快爬到中天的时候他才醒来，然后开始烧水，烧水的间隙他洗漱，洗漱完毕时水也正好开了，就开始泡面，一碗面吃完，窗外已经是蝉鸣最热闹的时候了，他也已经浑身满是淋漓的汗水了，虽然天台上用砖围起一块泥地种上了一些花草，虽然顶上的吊扇一直转个不息，但是依旧抵挡不住夏日的燥热将他烤成焦灼的风。他就着未用完的热水洗了个澡，披着浴巾就躺到了床上，或者看书或者上网，这样一转眼，傍晚就来到了。窗外下班的人群熙熙攘攘的，Andy 起身穿上衣服，到饭店里吃一碗面，在这条破败而熙攘的街上漫无目的地闲逛一阵。

这条街上聚集着这个城市最底层的打工者，他们善良无望而又充满希望，最经得起捶打，却又最脆弱，他们像是在这个城市看到曙光一样地热爱着它，而城市只在霓虹的灯影里照出他们灰暗的背影，热闹永远与他们无关，隆冬苦夏里是他们的血汗濡湿的土地，他们爱，却从不敢说爱，只把爱化作一张血汗浸湿的汇款单寄给遥远的亲人，而苦涩从不说出口，那于他们而言是生命的荣耀。他们像是蜉蝣，从不曾走进城市，连走近都只是奢望，他们甚至没有名字，我们只知道，他们被叫做父亲、母亲、儿子、女儿。

这样逛到熙攘的音量只剩一半的时候，Andy 就回去了，而后抱着吉他上天台练琴。夏夜的风吹过来，是一种剥筋剥骨的爽快，远处的万家灯火照出融融的暖意。一听到 Andy 的琴声响起，房东家的猫就会应声而来，起先还只是远远地望，后来就大了胆子靠近 Andy。Andy 还专门给它买了很多猫粮，而后的每天晚上，Andy 还没有去，猫就已经在那里等着他了，后来，它就几乎每天都赖在 Andy 的房间里了，全然不把自己当外人一样地亲密撒娇。每天的这个时候 Andy 的心情是最愉悦的，无数好的事情就流淌到他的指尖，化作清越的琴声，他一遍一遍地唱着自己写的歌，猫就静静地卧在他身边，一副全能理解的样子。唱到最后，就是那些悲伤的歌了，Andy 的心情也还是像往常一样蒙一层灰，回到房间的时候，琴声已经是呜咽的了。

这样待了十几天后，一天下午，Andy 看书的时候，脑子里蹦出来一句话：不能这样无所事事下去了。而后，他就立马起身锁上门，出去了，他要去的就是德克大街，这是他在网上对整个城市仔细地搜寻了一遍后决定的。

坐上公交 520 后，他闭上了眼，等着车子告知：终点站德克大街到了，请您收拾好自己的行李，下车请当心。

4

米朵看着镜子里自己的脸，一阵阵地抓狂，望了好久，终究无奈地释然了，无论如何自己今天是要出门的，不然简直要疯掉。这样一想，她就对着镜子简单地化了妆，无奈地选了一件长袖衫，拎着包就出门了。

她在傍晚时分走上了德克大街，这个时候，德克大街上已经有不少人了，再过些时候，德克大街就会变得人头攒动、熙熙攘攘的了。现在人不是很多，米朵逛起来就自有一份悠然，店面一家挨着一家，满目的商品燃成火似的烧灼着你的视线，更似一双手，抓挠你的渴望，你走在这样的大街上，瞥见这样的商品，只想着将这一切据为己有，这甚至成为一种与生俱来的本能。米朵的目光水一样从这些商品上流过，那种渴望荡漾成的涟漪随之扩散，很美妙。人群已经略显拥挤的时候，米朵买了一个包和一件 T 恤，便有些乏了，较之先前，那些渴望的水流凝滞一般不再声息，米朵找了家咖啡店，坐下了。

一进门，咖啡店里放的 Leonard Cohen 的《Everybody Knows》让米朵会意地笑了下，一个眉眼很好看的年轻店员在那里安静地磨着咖啡豆。她在临窗的位置坐下了，暮色在德克大街上很均匀地抹开来，人们脸上跳荡着夏日里最后的阳光，弥足珍贵的样子。这一个月，米朵今天是第一次这样放松自己，有一种泡在水里的茶叶似的感觉，身心无限地舒展。

米朵就是在这个时候听见 Andy 的歌声的。

Andy 昨天将德克大街逛了一遍，晚上乘着 520 回去的时候，就已经决定了，明天黄昏，背着吉他来这边唱，想到这个的时候，他觉得身体里面的重量飘走了一些，这让他对着窗口大声地喊了一声，面对着车子里一些人的异样眼神，他只是一个劲地朝他们笑。晚上回去的时候，他在天台上又练习了很久，猫一直陪在他身边，现在他和这只猫很有一种不能没有彼此的感觉，白天黑夜，它只在他房间里待着。第二天黄昏时分，他倒好猫粮猫砂，就背着吉他坐上公交 520 朝着德克大街去了。

他是德克大街上唯一一个街头卖唱的，虽然之前早已有过无数次这样的经验，但是到了陌生的地方，加之周围停下脚步的行人看着他的眼神，还是让他手心里渗出了汗水。他将琴盒展开摆在面前，而后仔细地调了下琴，嗓子有些发干，他咳了声，就开始了他在德克大街上唱歌的第一次。

起先，只有最先盯着他的那几个人在听；渐渐，人群的脚步就慢下来，有一些人踮着脚朝吉他声的来处看，许多人就朝着 Andy 聚拢来。在大多数人，这是在看新鲜，毕竟此前从未见人在德克大街上唱歌，对于少数略懂音乐的人，Andy 的歌和他的声音显然足以吸引他们驻足。Andy 的声音是很粗糙的，听起来像是一片河滩，遍布的却不是细沙或者光滑的鹅卵石，而是颗粒略显饱满的沙砾，走过这片声音的河滩，其实是一种按摩的舒适感，因而仔细去品，这种粗粝的歌声就很熨帖地包容你的听觉，静下心来，是可以真正沉下去的。你会觉得他有些像 Leonard Cohen，但少的是他的沧桑，而多了一份年轻的豪气和张扬，因而是舒缓有致却又跌宕有韵的。

米朵坐在咖啡店里，耳朵里是 Leonard Cohen 的声音，听着听着觉出了异样，

Leonard Cohen 的歌声里融入了另一种声音，很像他却又显然不是他，她就用耳朵拨开其余那些杂冗的声音，寻找那一种异样，也就是在这个时候米朵第一次听到了 Andy 的歌声，瞥见了那一群围作一团的人。

其间，Andy 断断续续唱了十多首歌，还穿插着唱了两首自己写的歌，听的人来了又走走了又来，散散落落的，琴盒里七零八落地躺着不少钱，这让 Andy 原本的担心化为乌有，他看到很多人听自己写的歌的时候脸上也会生出许多喜悦的表情，就更让自己的心裹一层满足和欣慰。

米朵安静地坐在咖啡店里，耳朵里撇开了其他所有的声音，甚至连 Leonard Cohen 的声音也全都剔除，只留下 Andy 的声音雾一样邈远地飘过她的耳朵。咖啡已经冷掉了，服务员又续上了新的，米朵还是让它自顾自地冷下去，意识里只剩 Andy 的歌声。

后来，夜晚的黑色披肩散落下来，遮上人们的眼，德克大街的灯影照起来，各色的霓虹给黑夜铺满彩虹，叫月亮羞涩，叫天地换新颜似的气魄。正是晚饭时分，聚拢在 Andy 周围的人群渐渐散去，新鲜的感觉渐次退去，叫热炙烤了一天的人们早已掩饰不住地枯萎下去，大多数人沉入夜的深处，瞥不见夜的媚态，他们早早地挂起帷幕，告别这一日的章节。

Andy 的嗓子已经有些哑了，他的声音弱下去，有一些虫子似的滋味在喉间扭动，他就收起了吉他，开始整理起琴盒里的钱。抬起头的时候，愣了一下，旁边站着一个女孩子，伸手递给他一杯咖啡。女孩子将手朝前伸了下，示意他接过她手里的咖啡。Andy 就伸手接过了女孩子递过来的咖啡，还碰到了她的手指，Andy 温暖地朝着女孩子说了声“谢谢”。女孩子就摇着头朝他笑，问道：“你一直都在这边唱吗？”Andy 心思跑走了一点，就问：“你说什么？”女孩子声音朝上提了些，说："你一直都在这边唱吗？"Andy 说："今天是第一次来这边的，以后还会来的，谢谢你的咖啡啊。"女孩子就说："哦，那明天见吧，我很喜欢你的歌。"说着就转身走开了。Andy 都没来得及问下她的名字。

第二天，Andy 比昨天早些时候就来到了德克大街，他又把琴盒摆在了昨天的那个位置，依旧像昨天一样在别人的歌中间穿插自己的歌。唱歌的时候，他还不时地朝着来往的行人看，他其实是希望看到昨天给他咖啡的那个女孩子。路上的行人渐渐少下去的时候，黑夜也已经来临，仍旧未见那个女孩子的身影，这让 Andy 有些失望，好在今天的收入也还不错，他就带着些许遗憾回到了住处。

米朵本来跟 Andy 说好了第二天来听他唱歌，可是学校里却遇到了一些事情，就耽搁下了，等事情结束的时候，已经是晚上八点多了，Andy 早已经回去了，这让米朵觉得很是歉疚。所以第三天米朵早早地来到了德克大街，而远远地她就已经听到 Andy 唱歌的声音了，她就又钻进了前天的那家咖啡店，全身心地开始听 Andy 的歌。

等 Andy 收拾吉他准备走的时候，米朵又像前天那样拿了杯咖啡递给 Andy，米朵笑着对他说："昨天不好意思哈，本来答应你要来听你唱歌的，结果因为学校临时有些事情，耽搁了，就放你鸽子了。"Andy 说："没关系没关系，只是昨天没有等到你的咖啡，今天嗓子干巴巴的状态不好啊，不过，谢谢你今天的咖啡啊。"米朵朝他吐了下舌头，说："那这样吧，我请你吃饭吧，算是对我放你鸽子的补偿，怎么样？"Andy 说："这怎么好意思呢，要请也是我请你啊。"米朵想了下，说："那我们 AA 制吧，你替我付钱，我替你付钱，就当我们都请了对方了。"

去必胜客里吃了两份比萨，点餐的时候他们果然各付各的，这让服务员盯着他们看了好一会儿。一边吃一边聊，彼此居然都喜欢某个歌手某个作家某个诗人，是一种相见恨晚的感觉，觉得说话的时候句子像水波一样赶着走，别人看去甚至都觉得他们是在争吵了。

从必胜客里出来后，夏夜的热气没有散尽，就迎着扑过来了，一瞬间的呼吸被抽离的感觉。Andy 说：“我送你回去吧。”米朵说：“不用不用，我直接坐公交 520，很近的。”Andy 听了心里是有些欢喜的，说：“我的住处就在 520 的终点站，哈哈。”

上了 520 后，人很多，彼此推挤着，虽然有空调，还是浑身冒汗，到了一站，在 Andy 身边空出来一个座位，米朵坐了。因为车厢里的电视在播，声音就嚷嚷的，他们就沉默着不说话了。米朵扭头望着窗外，Andy 站在她身边，看着窗外各色的霓虹在米朵脸上细密地抹开，仔细去看，脸上纤细的绒毛都耀着一层光在流动，风吹着她的头发，有些精巧的零乱。Andy 觉得是米朵在放光，把她照成一朵花上蜡质，细腻柔润。Andy 脑海里的弦颤动了一下，这曾是过往的场景，光也曾照见别处的人，只照得他心里一脉水样的凄惶，只是曾经沧海，难收覆水。

米朵中途下了车，朝 Andy 挥手的时候，米朵甚至想大声对他喊“明天见”，可终究没有，只是很开心地朝着他笑了下，转身走了。

这之后的第二天，他们早晨就来到了德克大街，相约着去了德克大街的一个酒吧。米朵建议他去酒吧驻唱，而不是像前几天那样抱着个吉他在路边，毕竟很少有人愿意在这嘈杂的路边静下心来听他唱歌。而到了这个陌生的城市，经米朵一说，加上他之前有酒吧驻唱的经验（只是因为有一次在酒吧里跟人打了架才没有再去了），他就觉得去酒吧是理所当然的了。

他和米朵去找了个叫做“凸凹”的酒吧，找到了酒吧的负责人，Andy 唱了一首 Nirvana 的《About A Girl》，还唱了一首自己写的歌，米朵从负责人脸上看到很满意的神色，于是就这么定下来了，晚上 Andy 就可以直接来上班了。米朵下午还有课，所以就先回学校了，而 Andy 则整个下午都泡在酒吧里，认识这些即将熟悉的人。他还想起之前酒吧长谈的那个晚上，他们都有些醉了，说的话还像雾一样笼罩着他，往昔之光，他想。

5

之后，米朵和 Andy 就一直在酒吧里碰面了，因为课业的原因，米朵有时候会来有时候不会来，不来的晚上她都会给 Andy 发个信息，问他今天唱了什么歌，有什么开心或者不开心的事情，很晚的时候彼此道一声晚安，一天才算是过去。因为米朵的寝室要在 11 点关门，所以她来的时候也会早些回去，而 Andy 回去的时候一般已经是午夜 2 点多了，好在还有夜班的 520。那个时候车上几乎都是刚下火车的旅人，满脸的疲惫，加之是午夜，车上就异常地安静，甚至是气氛有些诡异的安静。Andy 的嗓子干巴巴的，加上喝了点酒脑袋有些昏沉，浑身就全是倦意，只把头朝着窗外，很多店面都已打烊，有些招牌依旧在不知疲倦地闪着，不休不眠的，为这个城市最后的华彩似的。

因为和 Andy 是好朋友，加上几乎天天来，所以酒吧里所有人她都是认识的。大家一直都以为她是 Andy 的女朋友，起哄的时候，她和 Andy 也不说话，只是望对方一眼，心知肚明的样子。起先还是有些不好意思的，后来，说得多了，也便只是一笑而已。渐渐，大家就知道了其实不是那么回事，也就不再说，却开始有人怂恿他俩在一起了，而他俩仿佛觉得事不关己，别人说别人的，由他们去，Andy 心里清楚得很，而米朵又何尝不是呢！

那一天的到来不知道算早还是算晚。

那一天，因为系里晚上要开会，所以米朵到的时候已经有些晚了，Andy 正在唱那首她最喜欢的《走吧，这里不再种下花》。

时间它悄悄安静了

再没有人说话，你的烟还没熏上眼吧

时间它悄悄睡着了

再没有人敲打，你的烟早就熄灭了呀
午夜空荡的站台，雨水不停刷
泥土曾经开出花，青苔阶上爬

走吧，那首你不再听见的歌啊
我们曾经在这里，我们曾经种下它
走吧，那首你不再吟唱的诗啊
我们曾经去那里，我们曾经爱着它

都走了，这里不再种下花
都走吧，我们不曾相爱过
而今早已都老了

米朵进来的时候，Andy 一眼就看见她了，他站在台上朝她挥了下手，米朵找了一处稍微安静点的地方，静静地听他唱。米朵听的时候眼睛不住地望着 Andy，注意着他的一举一动，昏暗摇曳的灯光里，米朵觉得 Andy 像是一个幻影。

这首唱完了，就换了另一个四人乐队，而后 Andy 朝着米朵走过来，还没坐下，就对米朵说："今天晚上陪我喝酒好不好？" Andy 的声音干巴巴的，有东西堵在嗓子眼似的。米朵看出了他神色的异常，就什么也没说地点了下头。Andy 朝她笑了下，笑容也是一样的苦涩，说："我们到外边去，找个路边摊好好喝吧。"

他们到了路边摊，Andy 叫了一打啤酒，点了些凉菜和烧烤，起开一瓶递给米朵，泡沫云朵一样往外冒。Andy 自己一口气先喝掉了一瓶，嘴里喊着爽。米朵不知道该说什么，就陪着他把啤酒往肚里灌，半瓶刚下肚，眼泪就呛得往外淌，她停顿了下，接着喝了那半瓶。

Andy 喝了一瓶后，眼睛就有些湿了。Andy 突然说："米朵，你喜欢那首《走吧，这里不再种下花》吗？”米朵说：“喜欢，这首是我最喜欢的。”Andy 说：“那我给你讲关于这首歌的故事吧。”

6

Andy 说得很凌乱，似乎有太多的话往脑子里窜，让他说起来像一只无头的苍蝇全没了方向感。

Andy 和他的前女友是在大学的一个社团认识的，最后他和他前女友等四个人组成了一个乐队，他们是从一开始就彼此有好感的，而后没多久就在一起了。因为大学本身就是个三流的大学，学生们除了谈恋爱打游戏扯闲淡就没其他的事情了，Andy 和他女朋友就渐渐萌生了退学的打算，最后在大二的下学期向学校提交了退学申请。因为这，Andy 女朋友和她父母闹翻了，加上她家人本来就重男轻女，是把她看成一个可有可无的人的，她就从那时起跟家人断绝了联系。他们从学校里出来后，在那个城市租了一间不到十平方米的小房子，起先一切都很好，虽然日子很苦，却一直是开心的。Andy 和她一起去酒吧驻唱，渐渐地，生活开始因为规律而变得单调，她再也不能忍受这种拮据而枯燥的生活。

终于有一天，她在酒吧因为一点小事和别人吵了起来，Andy 上来劝架的时候，惹恼了她，她觉得 Andy 该狠狠地揍那个男人，而不是这么懦弱地劝架，她再也受不了这种生活，再也忍受不了跟这样一个男人生活在一起，就在那个夜晚她什么也没带地不辞而别了。

Andy在那个城市找了半年,所有能想到的方法全用尽了,却没有她的一点音讯，她再也没有回来。

Andy 说，就在今天，我收到了她的短信，她就要结婚了，跟一个比她大十五岁的男人，她说她觉得那个男人像父亲，小时候她父亲很凶，而且那个男人可以让她过上好的物质生活，因为小时候她的家人根本就不爱她，恨不得杀了她，她一直都不知道什么才是爱，就连我，她也不敢确定那是爱，她没有爱人的能力，她希望自己能很快有个孩子，她觉得她可以爱他——她的孩子。

7

第三天，Andy 给米朵发了条信息，说他走了，去参加她的婚礼，他觉得他应该去祝福她，也给自己的过去一个了断，毕竟他们曾经相爱过，这就叫做青春吧。

一会儿 Andy 又发了一条过来："米朵，我会很快回来的，因为你在这里。"

米朵走到寝室的窗前,已经是傍晚时分了,而此刻,暮色也正缓缓降临德克大街。Andy 现在已经在火车上了。她望着窗外，看着几对情侣牵着手走过，米朵很浅地笑了下，她想起 Andy 说的，这就叫做青春吧。

嗯，这就叫做青春。

（原载于《萌芽》2011 年 11 月）

红嫁衣

姜睁峥

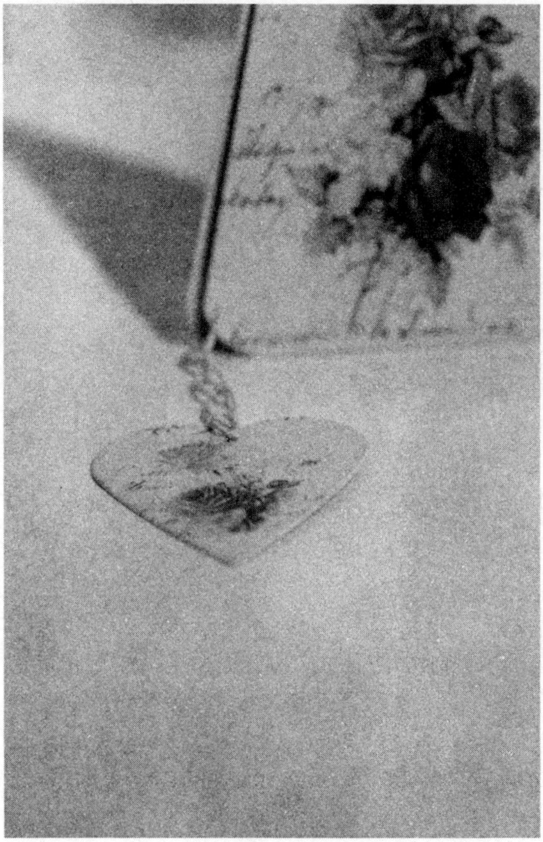

偏偏是出嫁这日下起了雨，天色如一帘灰色的幕垂挂下来。珀明撑着一把大红的雨伞坐上水缸，母亲扶住她的胳膊，声音缠在雨里含糊不清：“愿我女如水缸一样大器量，心胸豁达，不与妯娌生闲气……”轿子早已停在水缸前等候，掀开的轿帘正对着珀明。或许是天气的缘故，轿子里面黑洞洞的，像一头蹲踞许久的红色小兽，张开森森的口等待将她吞没。

上轿之前珀明瞥了一眼收在母亲手里的绸伞，被雨打湿的伞面洇出一片片血液干涸般的暗红。

莫镇的习俗是嫁女三日之后回门,姑爷随女儿一同带着置办的四样礼回到娘家。翌日，珀明娘一面收拾昨日热闹过后的残迹，一面对丈夫道：“正德，咱女嫁了有钱人家，不知会带怎样的大件礼回来。”正德正披着布衫坐在桂花树下喝一碗驱寒的姜茶，树叶经历一夜的雨水后绿得有些不真实。珀明娘望着那一大蓬明晃晃的绿，竟生出一丝莫名的幸福感来，仿佛这预示着女儿日后繁锦攒簇的生活。

她未料到的是，珀明在出嫁的第二日就回了家，躺在一副白色担架上，由两个汉子抬着，吵吵嚷嚷地进了家门。随行的一个四十来岁的女人指挥那些汉子把担架往天井潮湿的地面上一扔，两片薄刀刃似的嘴唇呱啦呱啦吐出一串尖刻的声音后就招呼着那些汉子走了。正德茫然地站在天井中央，手里端的姜茶还散发出缕缕白的热气，他就这么站了好一会儿才回过神去扶起昏倒的妻子，然后手颤颤地掀开珀明身上盖着的被子。还是女儿嫁妆里备下的绸被，大红绸面上绣的百子图，那一个个圆胖的小人儿嬉戏得还正欢快。他看见珀明下身被血浸透的薄衫，是沉沉的黑。

珀明下葬的那日，正德去莫山的谷子观请了个道士，院子里挤满了赶来送葬的亲邻，他们神色凝重地围作一团，屏住气看那道士用剑穿了黄纸符围着停在院子中央的红木棺材念念有词。其实流言早已在这些人中传开来，他们说珀明的死并不像正德讲的那样，是幼时的隐疾突然发作，而是在千金难抵的春宵刻，白轩与她进行过隐秘的房事后，珀明在初为人妇的痛楚中带着些许矜持的骄傲任丈夫在床上的白绢寻找那抹淡淡的血痕，于是白轩在暗淡的火光中看着那抹红渐渐铺满整张白绢，又蔓延到床单，就这么缓缓地、不规则地爬行开来，白轩在慌乱中觉得，这红早晚会把他包裹住，然后让他溺死在淡淡的腥甜气味里。

白家的灯火在夜半的时候“哗”一下又通明起来，白夫人带着家人急急请来的大夫走进儿子的新房，那大夫显然是从睡梦中硬被叫起来的，睁着一双还蒙眬的眼睛细细打量眼前的这个女人，摇着头开出一个方子，就匆匆离去。

药也煎了，扶住新娘的身子也硬是给灌下去了，白轩和他母亲还是眼睁睁地看着珀明光洁饱满的脸颊一点点凹陷下去，面色从苍白转为淡灰。守到鸡鸣的时候，天还是黑的，珀明张开眼看到摇曳的烛火，婆婆和丈夫的样貌在这烛火中是虚着的，模糊的两个人影叠在一起，左右摇晃不知是要做什么，晃得人头发昏。她伸了伸手指，白夫人的手刚握上去，珀明就止住了呼吸。“这手心真烫啊，”她这样想着，“火一样的，烫得灼人。”

谷子观的道士在被正德请去的前两日，刚被白家请了去，当时白家正派人送珀明回家，顺带着两个退嫁妆的家丁和一个口齿伶俐的妇人。此时的白宅仿佛笼罩在一层不吉利的黑烟之中，他们只求快点与这个沾满血光的女子脱离关系。老夫人对于这场法事极为不满，她在道士走后命令家中所有的女眷随她吃四十九天素，才算了了心里的一个结。然而房门上的桃木剑还是一直挂了上去，笔直地悬着镇住了每个人心里的不安。

正德与白家在此事之后便没了交集，自此后见人也仿佛矮了一截似的，于是脊梁也日渐弯了下去，眉眼低顺着，两年的工夫倒似老去十年光景。街坊们虽然同情，却也带着某种掺杂了鄙薄的顾忌，来往毕竟不如往日自在，慢慢也都疏远了。正德倒并不在意的样子，每日只守着神情日益呆滞的妻子，煮饭、打扫、煎药，时间都安排得满当，日子并不得虚度，只是偶尔闲下来时会去一年前搬来相邻的老郑头那里杀上几盘象棋。这老郑虽是那件事情后才来到莫镇，不过在曲拐的街巷里，流言这东西生命力总是旺盛的，他不见得不晓得偶尔吹到耳朵里的一言半语，但老郑不问，正德也就不说。有时候收起棋盘见天色已晚，老郑就温上一壶黄酒，拿早晨卖剩下的春卷和一碟花生米做下酒菜。春卷再上锅蒸过之后自然没有早晨刚炸出来的鲜酥，然而就着黄酒小口小口咬下去倒也合胃口。两个本来都是少话的人，彼此隔了木桌对坐，几句家常之后就没了什么话题，也不强扯，只默默坐着喝酒，脸上渐渐现出滋润暖和的颜色，于这默默之间便生出惺惺相惜的味道。

这年中秋过后不久，正德又去老郑家，前一段老郑说是回老家过节，一去就到半个月后才回来，正德心里还是有些挂念的，带了刚买下的蟹壳黄就上了门。老郑也是欣喜，两个人第一次没提下棋的事儿，急急整下一桌子菜，老郑又拿出从老家带来的梅子酒，吃到酒酣耳热之际还吆喝着划起拳来。这梅子酒喝起来酸甜，后劲儿却足得很，正德几杯下肚舌头就开始打结，喝到最后竟伏在桌沿上痛哭起来，筷子掉在地上滚了几滚也不理会。“老郑啊……我想我女啊……”正德攀住扶着他的老郑的肩膀，断断续续地讲出两年前那段家事，老郑听罢也不言语，任凭正德揉着疲惫的双眼倒在单薄的床板上沉沉睡去，带着酒香的鼾声轻轻打响浑浊的夜。

正德第二日起来的时候，老郑已经在门口支起油锅，正德在热油滋滋的翻滚中撑起脑袋，昨晚一定是喝得太多了，太阳穴“突突”地痛。他在床上呆坐半晌，悄悄从后门溜回家。

自此之后，他许久未去找老郑，在街面上遇见了也只是顺着眼睛尴尬地笑笑，脊梁似乎压得比以前更低了。莫镇深秋的天空总是阴沉着脸，树枝明明是光秃秃的仅剩几片苟延的黄叶，却都好似负着千斤重般僵硬地低垂下来，正德裹着灰蒙蒙的衣衫站在树下刷洗煎药的黄砂罐，动作沉缓地化作一株凋敝的老树。

老郑就是这个时候来找他的:“正德,什么时候再去我那里? 咱哥俩杀上一盘。”正德手里的动作顿了顿道：“最近家里事多，还是罢了。”他的眼睛始终贴着手里的黄砂罐，仿佛他一刻不盯牢它，那满是药味的东西就会消失似的。老郑沉默一会儿，待正德把那罐子刷洗干净后才低声道：“其实我原本也有一女。”正德怔了一怔，这才转过头来看着在他面前站了许久的老郑。

他原本也有一女，唤作如萱。如萱并不是他的亲生女，郑文业年轻的时候家里穷得紧，凑不出彩礼钱，相邻的十里八村都没有姑娘肯嫁他，然而他在十九岁那年却意外得了个老婆。那年北方旱灾，一伙逃荒者一路讨饭讨到他们村，这群逃荒者中有一个女人，不知为何，大家似乎都有些嫌弃她的意思，讨来的东西总是分给她的最少。估计那女人也实在是饿得慌，一个人跪在文业家门口讨吃的，文业娘给她一个馍馍，她拿了塞到怀里，还跪着，文业娘心疼粮食，死活不肯再给，女人就一直跪着，她的同伴围成一堆坐在不远处喝水说话，也没人看她一眼。天色半黑的时候，同伴们准备去村头废弃的牛棚住一夜，有人唤她同去，口气却是不耐烦的，女人仿佛没听见似的，还是跪着，于是也就没人再去唤，十二三个人径自往村口走去。文业晚上睡觉去锁门的时候看见那女人，正是月中，月亮黄圆黄圆地照着，那女人沾满黄土的棉袄有一半的棉絮露在外面，看得出来这袄不合身，肥大的腰身衬着那女人蜡塑般的脸，竟似个土堆的人般。女人因为瘦，一双眼睛出奇地大，在月光下明晃晃地看着文业，或许是月光太明亮，把女人含泪的眼映成清亮亮的井，井水随鼓动的夜风泛起轻微的波漾，漾成一道溪水，流着流着就流到文业的心窝子上，积成一洼再也干不去的湿润。

逃荒者们知道文业家收留了女人后倒有些轻松，又讨了几个馍就走了。郑文业后来才知道女人为什么在暑气还未褪去的初秋就裹了袄，她肥大的裤腰上缠了一个褡裢，里面塞满了讨来的食物。女人说，那群同去逃难的人总是欺负她，她怕哪日讨的东西少没她吃的份，就偷着把每次分得的食物藏起来一点。至于同伴们为什么欺负她，她不说，文业也没多想，自此家里就又添下一副碗筷。

脱离了颠荡的生活，女人的好看便渐渐显现出来，这女人的面皮虽有些油黄色，五官却长得整齐，排开来安在脸上，是叫人舒心的模样。她自跟了文业后肚皮开始渐渐地大起来，六个月后产了个女婴，家里人虽然明白这不是郑家的血脉，念在她向来勤快，又是儿子好不容易才得的女人，便也没讲什么，只盼着过两年能再给家里添个男丁，也算是传下了血脉。

然而女人自生产后便落下病根，先是腰腿酸软，后来连站立都成了问题，几年时间过去，看上去竟是副油尽灯枯的光景。“是个好女人哟，”老郑叹道，“家里的活都抢着做，平时话也少，不似别家女人，家长里短的能在嘴里叽咕一天，惹人心烦。”女人临去之前也知道自己时日不多，把文业叫到跟前，这才说起自己的身世。女人原是自己村上一户人家的童养媳，还未养到圆房，未婚夫却染疾去世了，于是被卖到镇上给人做小，不想刚怀上身孕就发了旱灾，那家人丢了她自顾着逃命去了，她回到村里想跟着村里人一起逃荒，大家都嫌弃她不吉利，最后念在身上还有一条命才勉强答应下来。“文业，你心好，这恩我下辈子再报，只愿你能把如萱养活大，嫁个好人家，我也就能安心地去了。”女人说完，从枕头下面抽出一匹卷起的料子，大红杭绸绣着压金边儿的祥云孔雀，抖开来真是耀得满屋子生辉，最妙的要数孔雀眼睛，是镶起的小颗绿玻璃，随着料子颤巍巍地闪光。这是女人一直带在身边的料子，原本想等如萱嫁人的时候再拿出来，现在看来怕是等不到那日了，于是让文业收好，将来给女儿做件像样的嫁衣。“我这三次跟的男人都没能给我穿件像样的嫁衣，愿我女将来是美艳的新嫁娘。”女人微笑着，眼里转过一圈浅淡的黯然。文业握着那匹料子，眼泪止不住地啪嗒啪嗒掉，滴落在绸面上，那诱人的红便又深去一层。

“后来我女人就去了，女儿养到七岁，带她去镇上赶集，人多又杂，一个没留神被人抢了去，我还听到女儿拖着哭腔喊了我一声，一转身就不见了人。我心里那个疼啊，又不甘心就这样失了女儿，便离了家四处地寻，靠做点吃食赚些盘缠。前两年听人说在莫镇见过我女，她左耳垂上有块疤，是小时候没留神被火燎的，我就一路寻了来，没寻着我女，身子却不如以前了，现在也想通了，我还是跟我女没缘分，那匹料子我还好好地存着，如萱今年也该是嫁人的年龄，不知道是不是像她娘希望的那样，能披着嫁衣风风光光地嫁出去。”天色已是昏黄，天边的几片黑云镶着澄黄的边儿压得更低了，老郑微微抬着头，眯起眼睛朝模糊不清的灰暗深处看去，仿佛是要把落满尘埃的记忆从那灰暗中清洗出来，还年幼的如萱手里攥一把江米条吃得满嘴糖霜。

铜壶坐在炉子上又温热起来，木桌上点起一盏油灯，豆大的灯火装满整扇窗子，两人的身子映在上面剪影似的单薄而清晰。老郑还特意拿出箱底的绸料抖开给正德看，孔雀眼睛闪烁着，房间的墙壁都涂抹上淡淡的晚霞的艳丽。他们都没有注意，料子收起来的那一刻，有一缕红悄悄溜出窗缝，在夜色的掩护下凝成一抹轻纱，蜿蜒飘向镇西。

镇西的白宅正热闹，白轩如往常一样把自己整个浸在木桶里。黄麻与附子煮开的水漾起稀薄的酱汤色，氤氲的雾气棉花一样软塌塌地敷在他神色模糊的面颊上，白轩深信，这烫皮肉的汤水能洗去纠缠在他身上所有未知的凶邪。

这日的白轩有些心不在焉。迟暮的秋虫潮湿的鸣叫断断续续，微弱地打断光滑如水的夜晚，他被包裹在令人昏昏欲睡的温热当中，恍然间嗅到一丝飘忽的胭脂香。他于绵软的水雾中又看到她的脸，像漂浮在水面上一样，经不起半点触碰，她的眼睛里也凝着一团水雾，白花花地围绕着眸子打转。他唯一看得真切的是她面颊上晕开的胭脂，春风含笑地扑在皮肤上。“这可是上好的桃花胭脂。”她拧开手里的银盒子给他看，“细得很呢，跟绸子一样。”她说着用指甲挑起一点给他擦在手背上。滑腻的红顺着手腕流淌到手臂，果然是和绸子一样，凉丝丝地在他赤裸的皮肤上欢快地奔跑。他惊慌地看着她，她还拿着拧开的银盒子，脸上的胭脂一如往常般天真乖觉。

白轩惊醒时才发现，只一个盹的工夫药汤就已经冷透，他哆嗦着擦干身上的水珠，果然是深秋了，南厢房里的灯光还亮着，洗麻将牌的哗啦哗啦声在寂静的夜里响得突兀。白轩在黑暗中睁着眼睛，南厢房那边传来婆娘们叽叽咕咕的笑声，这似曾相识的琐碎笑声在他打开她的身体时也是这样的，混着黑暗不停拍打在窗户上。

他俯在她的身体上面，她怯懦而热烈的姿态是一朵半开的花，他将要使她绽放。

第二日他离开的时候她还在床上躺着，裹在薄被子里如一尾刚上岸的鱼，侧过身体拿湿漉漉的眼睛望着他，脸上的妆败成一团污糟。然而她是个年轻女人，太过年轻了，躲在那团混乱的青红后面的是张还未褪去童稚的脸，这隔了夜的妆容反而为她增添几分惹人怜惜的神色。他忍不住走上前去扭住她的脸，她急急地去抓他的手臂，她的手指也是湿漉漉的，带着冰凉的胆怯。她急切地问他，如同问一丛漂荡的水草："你还记不记得昨天晚上跟我讲过的话？"欢场上的话他从来都记得，浮萍一样地从嘴巴里生出来，浮在喘息的夜里就没了根，随着逐渐熹微的天光散去踪影。"记得。"他俯下身看着她，"当然记得。"她于是把手收在被子下面，疲倦地合上眼。

莫河桥边卖头绳讨生活的女人扎成堆，白轩偏偏就看见了丹云一个。她蹲在一只半新的小柳筐旁，面前摊开一块摆起各式头绳的红布，无数双脚扬起细小的土黄色微尘打她面前走过，谁也不往她那块红布旁停上一停。白轩从轿子里远远地就望着她，丹云吃胖了，衣服紧绷绷地贴在身上，显出一副圆滚滚的少妇样子，而那张脸还是孩子的脸，带着一股子未经世事的天真神色。白轩有些吃惊，他还以为她早已凋谢。他不是没见过初踏入欢场的年轻女人，她们大多数和三年前的丹云一样，做不来人情世故而脑子又不够活络。客人刚开始还图个新鲜，捧上一捧，待到新鲜劲儿一过也只落得被人欺压的份儿，两三年过后便一个个脸上携了凄苦之色，看人的眼神都是钝着的哀怨。轿子慢慢走近丹云的时候，他看到她湿漉漉的眼睛抬了抬，迷蒙地看着密密麻麻走动着的人腿，眼神缓慢得像流淌着的绿色的莫河。

白家在三日后多了一个叫丹云的厨娘，白家的下人都说这是白家少爷在莫河边看上的女人，不好意思明着收到房里才借厨娘的名头进了白家的门。这个女人时常沉默，做完活之后只站在柴房的门旁朝那两扇朱红的大门张望，门板上沉甸甸的黄铜狮头大锁从未打开过。

丹云对朱红大门的热情一日高过一日，到最后甚至是痴迷，她有时手里提着勺子或者还抓着把米就跑出厨房，对着两扇门板发起呆来。刚开始下人们以为这个女人不久便会跟在白轩身边，于是也就由着她，替她做完剩下的活儿。然而日子久了也没见白轩拿正眼瞧过她，便没了顾忌，丹云再犯痴的时候他们就追出来喊："丹云，又看什么呢，菜都快煳在锅里了，这么不上心还想不想做下去。"丹云也不恼，只抬眼冲喊她的人笑笑然后接着回去烧饭。

她从来没有打那两座冰冷的石狮子中间正正当当地走过，她躺在柴房干燥的稻草上时这样对他说。白轩在她潮湿的温暖中胡乱应着她："嗯，等等一定拿大红轿子娶你过门。"丹云忽然从他的身子下面挣扎出来，抱着膝盖坐起来认真地问他："等多久？"白轩愕然地伏在杂乱坚硬的地面伸出手去拉她："快点，乖，别闹了。"她僵硬着身体抱紧自己："那个晚上你对我说过的话还记不记得？"刚刚被他忘却的冬季的寒冷在此刻海潮一样扑到他身上，他一面狼狈地套上衣服一面细细地打量她，像是第一次见到这个端坐在阴暗柴房中的女人。他看见她的眼睛里现在盛满了阴恻恻的凄哀，他看见她沾满草屑的蓬乱在一侧的头发，他看见她在慌乱中掉落了耳环，露出左耳垂上那块皱起的丑陋疤痕。他忽然惊觉，其实她和那些女人是没有区别的，她在很久以前就已经凋谢，只不过她作出一副盛放的姿态勾着他靠近，来嗅一嗅她身上腥臭的腐败味道，她看起来再饱满也只是一朵开着的死花。

白轩扯开丹云攥着他衣角的手，匆匆逃离这个暗沉的地方，门外尽管是刀割一样的冷，至少太阳还是亮堂的。他把她痴狂的质问关在那扇歪斜的门板后，再也不愿打开。他从此避免碰见她，但是她积着死水一样的眼睛无处不在，贴在床帐上、窗户上、茶杯里，随时都要闪着死沉沉的绿跳出来，冲他尖声叫："你还记得吗？你说过会娶我的，三年前就说过，记得吗？还要我等多久呢？"

老郑在这个冬天快要结束的时候找到了他的女儿。稀黄的融化的雪乱七八糟地摆在路面，老郑看见清晨这路上走着的唯一一个女人，她挎着个脏兮兮的柳筐，一路走一路嘟囔着什么。女人大概是饿了，停在老郑的油锅旁不肯走，老郑不耐烦地抬起头正准备赶走这个满脸泥污的女人，然后他看见她左耳朵上那块皱起的黄褐伤疤。“如萱？”他小心翼翼的声音喊出来就打起颤，丹云愣了愣，冲老郑绽开木讷脏污的笑容。

白轩的第二次婚事选在春分这日。这晚正德在老郑家里喝得烂醉，白轩在微晕的烛光下挑开新娘沉艳艳的红盖头，是张柔和的圆面孔，原本略显素淡的脸在此刻的喜庆中娇俏生动。这是白轩第一次见到他的新娘，这门亲事是父亲亲自定下的，父亲说，邻镇染布坊的大女子八字生得正，镇邪气，你娶来正好去去身上的脏邪。

然而白轩父亲没料到的是，儿子持续的低烧在这个八字正的女人进门后非但没有缓解，反而更加严重。他眼看着儿子的饭量越来越少，整日只困倦地斜倚在床上，不过一会儿就呕出一摊黄绿的酸水。白轩母亲刚开始只以为是儿子新婚太费精力的缘故，也没去在意，三个月后才慌了手脚，而此刻白轩的身上已经布满星星点点的红色疹子。

白轩娘为儿子的身体日夜担心着，在这年的霜降，她守着儿子的药罐打起了盹，她在疲惫中梦见天上降下红色的霜，星星点点的像儿子身上密布的疹子。它们落在白家大院的青瓦上就变了形状，一个个活了似的挤成一团，挤成一条肥厚的舌头，搭着黄腻的舌苔滑进白轩的窗户，吱溜一下卷起她羸弱的儿子，卷入一张无形的贪婪大口中。她在中药烧干的煳味中醒来，白家的人从来没见过白夫人这样失态。她疯了一样地围着白轩的房间跑动，端正的头饰在笨拙的脚步中歪斜到一边，她死死关住房间的每一扇窗子，尖声喊着：“放过我儿，放过我儿！”命运还是张开饥饿的嘴巴，不给任何人逃脱的机会。白轩死在霜降这日，溃烂伤口上流出的脓血沾满洁净的被单。

郑文业已经烧得黢黑的油锅在今天早晨难得地安静着，他一面收拾房子里为数不多的家什一面对女儿道：“如萱，快点收拾，咱们吃过午饭就启程回老家，米店的二哥差不多也长成了，回去爹爹给你说门好亲事，好穿起你娘早就给你备下的嫁衣，让我女嫁得风风光光。”如萱只坐在板凳上把那匹红绸拿在手里展开又合上，并不动身。老郑也不急，晌午时自顾自摆好正德带来的送行酒菜：“我说老哥，等下赶路，咱们就剩下这顿酒，等我女嫁时好好请你喝个够。”远处幽幽的唢呐催魂地响着，悲戚地响着，正德沉起脸色，一声“晦气”还没来得及骂出口倒听得如萱开了口：“爹爹，我要嫁的人会不会负我？”老郑嘴里嚼着猪耳朵哈哈一笑：“要是负你，你怎么办？”“我就咒他一辈子娶不到合心意的女人，只能眼睁睁地看着自己腐烂。”唢呐声猫哭似的吹到家门口了，抬棺人头上绑起的白布长长地飘动，正德和老郑看到如萱潮湿的眼睛顺着白布飘起，那是死水一样的潮湿，积着凋败的暗绿的光。

这是正德最后一次见到老郑和他的女儿。他听莫镇的人们在白家日渐败落后传说，白家的厄运是从白轩的死才真正开始的。送棺时跟在棺材后那个披红绸的女人是个吸人血为生的妖物，就是她吸干了白家的精气。这个女人在白轩下葬后就没了踪影，但是男人在夜里打莫河桥上过时保不准就能遇见她，她还是披着那匹大红绸子，绸子上绣着压金边儿的祥云孔雀。她出现时必定是掌着一只红烛的，然后会在那摇曳的烛火里问你还记不记得答应她的事。莫镇的人们好心地告诫每一个初到莫镇的男人：“她若问你，你可千万不能答应。答应了她，天明之前就会被吸干精血而死。那女人吃不到人血时身体会溃烂，哎呀呀，看一眼吓死个人。”

说话的人围着烧得通红的炭炉暖着手，刚喝过酒的脸红彤彤的，一张嘴就喷出一股热辣辣的酒气。冬季的莫河桥上，如萱独自提着一柄烛火，眼神死静得像这冬夜里的莫河，她的皮肤溃烂如一只支离破碎的旧娃娃。如萱抓挠着身上的伤口吃吃地笑："你记不记得昨晚对我讲过的话？嗯，你记不记得？”浓稠的血液顺着她的手指滴在孔雀闪烁的圆眼睛上，稀薄的红艳耀亮莫河盲人般漆黑的夜。

（原载于《杨树浦文艺》2011 年第 5 期）

一坠到底

周文

我们反正已经下在地狱里了，还怕什么毁灭？

——《失乐园》弥尔顿

1

我永远学不会一坠到底，只在半空中可悲地悬浮，如同冰水浸泡着的苍白尸体，而爱情仍在湖底的淤泥里无望地腐败、分解，化为气泡从身旁掠过、破裂，融入昏沉的虚无。

临近午夜，刺耳的电话铃骤然响起，将我惊醒。是乖乖的号码，接起来，只听见她愤怒的哭声，“我要杀了他们！”她咬牙切齿地说。

我心一沉，已隐约猜到出了什么事。

2

乖乖是我复读那年认识的，我常对她说，能邂逅她，这痛苦的一年便不算虚度。她用目光止住我，赠我一个甜美却缥缈的笑容，一如往常——这个在我身旁荡漾的精灵从不给我机会，让我将爱说出口。

第一次见到她是“高四”开学那个闷热的夏末午后。汗水蜗牛般爬过我的脸，留下纵横交错的道子。我拎着书包，懒得走进教室，只是吊儿郎当地靠在走廊上，用超脱的目光看着未来的同学三三两两快步从我面前经过。

乖乖就在那时攫走了我的注意力。她嘴唇紧抿，如风般掠过我身旁，突然投来一瞥又迅速收回。她的眼睛很大，黑白分明，睫毛浓密而齐整，掩藏着某种摄人心魄的东西。假如你没见过她，便永远无法想象这个洋娃娃般可爱的女孩竟会有这种只能用“酷”字来形容的目光。

直到熟识后，乖乖才告诉我其实她早在见到我之前便听说过我了，所以她看我的那一眼并非如我认为的只是无意的一瞥，而是像新闻记者的摄像机，带着强烈的好奇来捕捉尽可能多的信息。然而，她并未看清这个考上重点大学却不服从调配、偏要选择复读的狂妄少年的模样，只有一个逆光的剪影落入她眼底，仿佛打制石器般冷漠生硬，似乎不好接近，也不易相处。

直到我成为这个班级的一名新成员，那种根深蒂固的错觉仍盘踞在她心中。这并不奇怪——我讨厌复读班的气氛，特意挑选了这个应届班插进去，像颗钉子猛然挤进经过两年时间融成一体的板子。他们不了解我，而他们共享的过去对我来说也都是恍如隔世的谜。

关于乖乖的谜，则是我最想弄懂的那个。

3

“乖乖”是我给她起的绰号，这个甜蜜的称呼只属于我一人。从第一眼见到她起，这两个字就自然涌到了喉咙口。我喜欢这样叫她，享受那种美妙的亲昵像巧克力一样柔暖地溶化在嘴里。

可她并不是传统意义上的乖孩子，或者说，她狂野不羁的性格背叛了她甜美的脸庞。但这种奇异的矛盾更添了她的魅力，让我越发深陷在对她的迷恋中不可自拔。

但真正鼓起勇气和她接触，却是开学两周之后了。那是一个燠热的黄昏，晚自习还有半小时才开始，可教室早已坐满了人。尽管电风扇开足马力工作，气氛依然压抑难忍，我扔下书，甩了甩昏沉的头，转身向外走去。我需要新鲜空气。

而那时，乖乖刚好也站在走廊上，背对教室，手扶栏杆，凝望着空荡荡的操场。她紧皱眉头，不发一语，一副心事重重的表情。我站到她身旁，正踌躇着怎样开始一场谈话，她却先开了口。

“心情不好，想去喝酒，你要不要一起去？”她并不看我，只是茫然地盯着前方说。

我知道，我无法也不可能拒绝。从此，我和她便成了朋友，当然，只是普通朋友，可总比陌生人强。

她爱喝酒，也能喝酒。今后我将许多次同她一起喝酒，但无论喝下多少，她从未醉过，即使我醉得泪流满面，失去理智，做出种种惹人发笑的荒唐事，而她只是静静站在一旁，用清醒得有些残酷的目光看着我，冷冷地，如同北方吹来的风穿透我的胸腔。

一个人要刻意亲近另一个人，总会有办法。不到一个月，我和乖乖就混熟了。一个人若喜欢上了另一个人，再怎么掩饰也有蛛丝马迹露出。班里好些人都看出了这一点，不知她自己会不会感受到。她对我仍是时而亲近时而疏离，我对她的爱却没来由地与日俱增。

那些日子里，我像头敏感的猎狗一样挖掘着乖乖绝口不提的过去，渐渐从知情者的只言片语拼凑出了另一个女孩的影子。她叫小夕，高一时曾是乖乖的同桌，也是乖乖最好的朋友。然而有天她们突然决裂了，据说是为了一个男孩，小夕赢得了他，而乖乖常常盯着他们手牵手的背影，痛苦地发呆。再后来分了班，两人分别选择了文科和理科，不再有丝毫交集。

小夕又高又瘦，有一双漂亮的长腿，披着清汤挂面般的长发。这个皮肤苍白、不苟言笑又傲气十足的女孩同小麦肤色、爱说爱笑的乖乖是截然不同的两种类型，我简直不敢相信她俩从前会好得形影不离。

4

高考结束，乖乖和我所考的学校都在同一个城市，直觉告诉我，和她之间的缘或孽还要蔓延下去，就像一根生命力强得可怕的藤。

来大学的第一个中秋节正赶上国庆前夕，下午我坐了一个多小时的公交车去找她，她站在学校门口接我，甜美的面容上杂糅着冷酷的表情，一如我所熟悉却又难以接近的她。军训将她晒黑了些，更显得双眼清澈明亮。

我们坐进街旁一家小饭馆，她要了好多酒，在桌上排开，像一支气势汹汹的军队。这阵势让我心头一颤，明白一场大醉已不可避免。

“为友谊干杯。”她笑着向我举起杯子。

我已记不清那天喝了多少，只知道酒过三巡，一阵突如其来的伤感像拳头砸在我脸上，我几乎掉下泪来。

“乖乖，我爱你……”我口齿不清地呻吟着。

“说些什么呀，你醉了。”她仍是一副笑盈盈的模样，又将我身前的空杯斟满。

“我爱你。”我屏住呼吸，一字一顿地说。我感到整个世界在那灾难性的一刻彻底沉寂下来，仿佛我的耳膜突然破裂了。我伸手想取她刚斟满的酒，却不小心将它碰翻，带着白沫的酒浸满衣襟，杯子在桌上滚了几转，摔在地上，砰然粉碎。

5

我坐了最后一班公交车回到学校，醉得稀里糊涂，好歹赶在宿舍锁门前摸进寝室。室友们手忙脚乱将我弄上床，酒精却恶毒地赶走了睡眠。我头昏脑涨，焦躁地翻着身，刚才的一幕又在眼前电影般掠过，我感到自己正在迅速地下坠，风声呼啸，永无止境。

压抑了一年多的感情终于没按自己引导的方向前进，决堤崩溃，此时的我悔恨难当，却已没有退路。“我真傻！”我狠狠地骂自己，既然没奢望和她在一起，又何必让她知道我爱她，徒增她的烦恼——可刚才她却沉默了半晌，微微点头，用黑白分明的眼睛直视着我，对我说，其实她早已感觉到我的爱。

小饭馆喧嚣异常，没人听见我们的谈话，也没人发现我在一个酷酷的女孩面前，傻里傻气哭得像个孩子，更没人注意到这个脸色苍白的少年极不光彩地转身逃开了：他不知该如何去面对这错误——在他毫无思想准备之时，激动的舌头就背叛了他的理智。

6

接下来的许多天，我无数次拿起手机，翻出她的电话，然而始终没有勇气按下拨号键。我想向她解释：“我爱她，只希望单纯地为她付出，绝不要她回报，更不奢求占有她。”这些听起来似乎有些虚伪的真心话，我已对着镜子练习得滚瓜烂熟，临到最紧要的关头，脑子里却又只剩一片空白。

两星期后，她主动联系了我。电话里，她的声音如往常一样轻松，仿佛那一晚什么事情都没有发生，她的态度甚至让我怀疑当时尴尬的场景只是醉后的幻觉。我魂不守舍地和她东拉西扯，只盼她赶快道别——我怕再多说一句，又会泄露内心的秘密。终于熬到电话挂断，我已出了一身冷汗，无力地坐倒在椅子上，怔怔地流下眼泪来。

“我爱你。”我迟疑又迟疑，还是发出了这条短信。如我所料，她一直没有回复。

7

半年之后，我认识了江陵，他是一个朋友的朋友，比我大一届。他常听朋友说起我，好奇心与日俱增，朋友索性将我约出来，要介绍我俩认识。

我们见面时都愣了，我还记得这张脸，我想他也一样没将我忘掉。

两个月前的某天晚上，我因事去了趟教学楼，才跨进空荡荡的电梯，一个戴鸭舌帽的男生也闪身入内。电梯门徐徐关闭。我和他目光交汇，却并未相视一笑——我们看上去都是淡漠得面无表情的人。一生中这样的一面之缘数不胜数，那些错过的脸孔大多像风化的浮雕一样渐渐模糊，可我和他偏偏因此记住了对方。

“真巧。”江陵说，他懒洋洋地伸出手同我握。他的手被淡淡的烟味包围，像裹着一层无形无影却可感可触的手套。他烟抽得很凶，并同我一样罹患严重的失眠症。每当他睡不着，便会爬上宿舍楼天台，对着阴沉低垂的夜空吐出一阵阵迷惘、忧悒或愤怒的烟雾。

“我们会成为朋友的。”江陵冷冷地说。临别时，他要了我所有的联系方式。

8

江陵加了我的 QQ，同我谈起来。网上的他话多得让人吃惊，从文学说到体育，从理想讲到现实，整段整段的字符瀑布般向我倾泻，当然，大多数时候我都在“听”——因为同时在和另一个人聊天的我很难跟上他那飞奔的节奏。

另一个人叫静，和她相识纯属偶然。两天之前，上网看见乖乖在线，忍不住问她最近过得怎样，可那边却答道：“我不是她。”不知怎的，我鬼使神差地同那个使着乖乖 QQ 的陌生人聊了起来。她是乖乖的同班同学静，在乖乖宿舍玩，顺便用她的电脑上网。

当我报出自己是谁时，静变得兴奋了。“原来是你！”她打字打得飞快，“常听乖乖提起你，她很为有你这样的朋友而骄傲。”

乖乖会经常提起我吗？这个沉甸甸的问题竟压得我无力思考。我的唇抖了抖，忧伤地将头从屏幕前转开。窗外的夜很灿烂，通明的灯火让一幢幢宿舍楼剔透得宛若水晶宫。

“乖乖回寝室了，不和你说了！”正想和静聊下去，她却匆匆下线。临别时，她留下自己的QQ。

9

几个月过去了，我和江陵也真如他当初所预言的那样成为朋友。他不时约我一起吃晚饭，然后两个人闷头在黄昏时分偌大的校园里闲逛。现实生活中，我们共享着沉默，又在分别后回到虚拟的空间释放积存的话语。有时我会觉得这是一种舒服的状态，却又越来越不习惯孤独的生活被他这样打断。

我和静几乎每天晚上都在网上聊一会儿，我总爱提起乖乖，然而她常常避开这个话题，转而把聊天内容引到我身上。终于有一天，在我又一次问起乖乖近况时，她忍不住说：“你何必这样爱她？不值。”

“我知道她不爱我，可爱不是一种可以控制的感情，更不是用来计算值不值得的公式。”我答道。

“你知道？你知道什么？”静的语气变得讽刺起来，“你是否知道她是怎么样的人？”

我沉默，不由自主闭上了双眼，仿佛在等待她的宣判。

“我看见过你给她发的短信，美得像诗。这样的爱让人感动，但我想告诉你……”静话没说完便下了线，留下我像一只孤悬在蛛网中心的昆虫，依然忐忑而绝望地等待着总会降临却又迟迟不来的噩运。

10

静提到的短信，是我寒假去北方玩时发给乖乖的。

那夜，天空洒着西南从未见过的干燥雪粉，空气凛冽，有种说不出的清新甜味。我披上大衣，从浑浊的暖气屋中走出门，站在院子白晃晃的路灯下，同她发短信直到深夜。雪片偶尔会飘到手机屏幕上，显出细微精致的六角形图案，随即融成一小粒水珠。

我的短信无可避免地带上了这种浪漫——我仍在向她解释我的爱，从那次因醉酒而意外在她面前泄密开始，这项工作便没停止过。短信这种媒介，能让我用最华丽的辞藻，把纷繁的想法舒缓地凝在一起，如同将杂乱的水汽汇成漂亮的雪片。

从走廊上改变我生命轨迹的一瞥到越发向膏肓中入侵的爱意，从高中日日的相处到大学夜夜的怀念，那些时光里，这爱像熔岩在地壳下流动、翻腾。我第一次将记忆之河中泡得发软的爱情碎片捞起来，重新整理拼接，还原了它本来的容颜。它真美，像一个病危少女苍白的脸颊，美得如此含蓄又让人心碎。

那晚同乖乖谈了很多，我说，我只想单纯地爱她，就像高中那样，陪她喝酒，为她讲题，只要她被爱着，不再痛苦，不再孤独，那就足够。

“谢谢你的付出，”她回复说，“请原谅我对你做的一切，我是一个自私的人，我忍受不了寂寞。”

我当然知道，她是那样害怕孤独。我早就听说过，就在小夕的事发生后，她像生了场大病，迅速消瘦下去。她每天瞪着被浓重黑晕包围的毫无光泽的眼珠，幽魂般在教室、走廊或操场上漫无目的地游荡。夜里，她会偷偷躲进角落哭泣。每当我想起这些情景，她受过的煎熬仿佛全都会在我身上重演，我突然感到一阵说不出的撕扯和沉重。

“那我俩之间这种周瑜打黄盖的状态倒刚好。”我自嘲地说。

回复完这话，我将手机埋入胸前，向天空仰起头。雪仍在纷纷扬扬地下着，我的头发和肩膀上已积了白白的一层。我想，如果我就在这里站上一夜，第二天早晨会不会变得晶莹剔透，如同被过滤后一般纯洁？

出乎我的预料，她竟然将那些短信收藏起来了。想到她也许会在万籁俱寂的深夜一次又一次温习它们，我感到由衷地满足。但愿这些我唯一能给她的礼物让她体味到的温暖与甜蜜，足以抵御我们不完美的生命中那些固有的心痛和孤独。

最后，当那团乱麻般的故事发生又结束，而她突然提议要同我在一起时，我才知道这些年来她始终误解着我对她的爱。那时候，我和她身边都空空如也了，当她终于投向我怀抱，我却又一次惊惶地从她面前逃开，而且消失得那样彻底。或许她会以为这是我多年痛苦的单恋后积累下来的报复，但我对自己说，促使我这样做的还是爱，我只想让她幸福，那却是我给不了她的东西，所以我应该赶紧走开，将她旁边那个位置空出来。可我骗不了自己，我明白这些都是我为胆怯寻找的美丽借口，因为我永远学不会一坠到底，我害怕被摔成碎片，所以只能在半空中可悲地悬浮。乖乖，我从来不曾如你一样勇敢。

11

“我爱上你了。”江陵突然在 QQ 上说，“我考虑了很久，我是认真的。”

我的神经有一段时间的空白，手指在键盘上徒劳地摸索，却不知道该敲出什么字，而江陵还在滔滔不绝地讲着。

“你知道吗？有时候当我第一眼看见某个人时，便会产生一种神秘的预感，笃信自己今后会再同他相见、相识，发展出一段故事。”他说，那次在电梯里他便有预感了，他的心跳得很快，仿佛那个狭小封闭的空间中充斥的不是空气而是纯氧。他一直在鸭舌帽的掩饰下注视我，希望目光可以化为笔尖，勾画出我的轮廓，而直到那晚真正和我认识，他才明白，这种预感并非只是虚妄。

我突然懂得了第二次见面时他投来的目光——某种让我不安的耀芒，不是为巧合而惊讶，也不是为拥有新朋友而欣喜，而是一种沉入爱情的陶醉夹杂着一种沉入宿命的哀伤……他对自己说：“逃不掉了。”

江陵陡然爆发的爱情激烈得让我不知所措，他每天都会幽灵般悄无声息滑进我寝室，一声不吭坐在我身后，看我伏在桌前大写特写。他的目光落到我皮肤上，带着阳光般灼热的重量。他说他喜欢凝视我沉入文字时的姿态，这寂静的身影仿佛在发表一项关于孤独的宣言，诱人靠近又拒人千里。他盼望时间就此停滞，可以永远坐在这儿，带着一种莫名的忧郁看着我，就像一个雕塑家看着一尊吸引他全副心魂的雕像时遗憾那不是自己的作品。

我没法答应他也没法拒绝他，我那淡然的态度仿佛在处理一件与自己毫不相干的事情。傍晚的散步依然在继续，可我们却更没有话可说了。偶尔他会痉挛般突然叫住从身边经过的陌生人：“你记住，我爱他。”他指着我，对那些满脸错愕的路人说，然后又低下头默默走开。这种疯疯癫癫的态度让身旁的我简直无地自容。有时，他会乞求我和他一起坐在冰冷的铁长凳上，凶悍的蚊子纠结成团，从身后的草地劈头盖脸扑过来，他便点起一支烟，也不吸，只是上上下下熏走那些袭向我的虫豸，像个孩子在玩一场认真的游戏。

12

静并未向我解释过那晚留下的话，然而我已越来越洞悉到属于乖乖那个可怕的秘密，其实我从高中起就渐渐猜到了，只是一直不敢对自己承认而已。

同学们都误会了，乖乖从来不爱那个抢走小夕的男孩，她爱的人是小夕。难以启齿的爱情就像一腔有毒的血，烧灼着她的内脏。当小夕怀着少女的羞涩，告诉乖乖自己决定和那个男孩交往时，本以为能得到好朋友的祝福，然而出乎她的意料，乖乖突然流着眼泪跑出了教室。第二天，小夕在抽屉里发现了一封信，那是一封炸弹般的情书，乖乖用来挽回小夕的最后一搏。将信顺着缝隙塞进抽屉之时，乖乖的手抖得厉害，她警惕地向四周张望，血腾地一下从脚底涌上头顶。她明白，这一步跨出便再没挽回的余地了，她突然莫名其妙地心慌后悔，想将信拿出，但一把铁锁横亘在退路上，将她逼入了那个最坏的结局。

这一切，都是在我知道静和乖乖的关系之后，乖乖亲口告诉我的。

乖乖说，她第一眼看到静时便怦然心动了，所以此后的结交总带着刻意的痕迹。她对静关怀得无微不至，等她终于鼓起勇气吐露爱意时，出乎她的意料，静并没有像小夕那样决绝地回绝她。

我想这并不奇怪。爱本是很纯粹的一种感觉，其上附加的所有条条框框都是后人强加于上的盔甲，原意是为了保护爱，却反将爱压得变了形。所以爱应该是不分年龄、阶级，性别，甚至物种的，只要世上某样东西激起了心中最温柔又热情的涟漪，爱就在血脉扎下了根，无论怎么按捺，总会露出水面来呼吸。

13

第一次见到静是在乖乖的学校，静并不漂亮，只是一头披散的长发隐约有小夕的感觉，于是我明白了为什么乖乖会在初遇她时动心。然而我隐约嗅到她们之间暗藏阴影，当静望向乖乖时，满脸失望和憎恨，乖乖的眼里却闪耀着难以压抑的火焰，仇恨和欲望纠结成谜。

晚饭后，我们并排在校园散步，乖乖总想站到静身旁避开我，静却宁愿站到我身旁避开乖乖，三人的位置便如棋子般乱转，我不知道她们之间到底出了什么事，只感到一阵荒谬，却又无能为力。

那天晚上，静在 QQ 上对我说，迟早有一天，她会离开乖乖。

第二天一大早，我便逃去了别的城市散心，暂时将这团乱麻抛在身后。飞机直插云端的那刻，鸣响的耳膜和昏眩的头脑让我产生了错觉，仿佛我正从天顶往最深的渊谷中跌去，那里充满比死亡更神秘幽暗的东西。我骤地想起捷克作家伊凡·克里玛的话：

“接受爱的人犹如一名旅客。也许夜晚，在一条船上，在宽阔的湖上，不管你朝哪边看都只是平静的黑黝黝的水，也许会上涨并将你淹没。可爱一个人就意味着飞翔，意味着你要升起在大地上方。那么高，你可以看见一切，即使从高处看世界仿佛变了模样，即使地上显得重要的一切都变得微不足道。我想说，在船上你随时可以下船上岸，但在空中你只能摔得粉身碎骨。”

乖乖，你飞得那样高，我好害怕你有一天会折断脆弱的翅膀，我却不在你身旁。

14

江陵建了一个 Q 群，让我加入，碰巧那天静也在线，我便拉了她一块进去。不久之后，我便发现，静同我的谈话中关于江陵的内容越来越多，如果我敏感一点，那时便能意识到发生了什么事。

静告诉我她喜欢上江陵了。“他是个好人。”她说。

“那乖乖呢？”我讶异地问。

“我不想再提她。”静说完，飞快下了线。

“怎么回事？”我马上拨通了江陵的电话。

“静是个可怜的女孩，我同情她。要知道，你心目中的天使，对于另一些人来说也许是恶魔。”江陵有些艰难地说。

一开始，乖乖对静很好，渐渐地却变得敏感、多疑。争吵越发频繁，一种阴森可怕的紧张弥漫在她们之间。静一再提出分手，逃避着乖乖疯狂的纠缠。这份原本就缺乏牢固基础的爱，终于变成了摇摇欲坠的危楼。

崩溃的时刻到来了。乖乖的电话刺穿了午夜的宁静，她绝望的哭喊仿佛伤口中喷溅的鲜血。从她断断续续的话里，我得知了静失踪的消息，直觉已告诉我她的去向，于是我拨通了江陵的电话。

“出来吧，我也想见你一面。”江陵说，我清楚地听见了电话那头静在啜泣。

冷冷的路灯光下，我看见了这两个态度暧昧、不知所措的人，他们坐在草坪前的长椅上，谁也不说话。江陵用力地吸着一支烟，地上已堆了许多烟头与烟灰。鸭舌帽压得很低，我看不清他的表情。静的脸在披散的长发之间若隐若现，像一个幽怨的女鬼，未干的泪痕闪闪发光。

“你打算怎么办？”我用尽量平静的语气问江陵。他却低着头一直沉默。这种为难的态度刺痛了静，她站起身来就要离开，我拉住了她。

“乖乖刚才给我打过电话了，她很难受。”我说。这一刻，乖乖当年的苦痛再次浮于眼前，宛如虚幻又清晰的倒影。她心中的撕扯与煎熬，也许只有爱她的人才能体会。

“她的事与我无关。”静冷冷地看着我。

“既然如此，当初为什么要和她在一起？”她的绝情让我感觉有些脊背发麻，不禁质问道。

“你爱她，当然只为她着想，可是我呢？”静情绪激动地叫嚷起来。“她像个魔鬼，像个噩梦，那不是爱！我恨她！”她使劲一甩手，挣脱了我，头也不回地向前冲去，渐渐隐没于黑暗中。江陵踌躇着站起身来，想要追过去，却终于没有迈出一步。他颓然地扔下吸尽的烟蒂，又掏出一支烟点燃，他的肩膀紧紧地向里缩着，仿佛有什么东西让他害怕。

“我想知道你的决定。”我转头向他。

“我爱你……”他喃喃地念着，突然全身一颤，抓过我的手捧在胸前，他开始默默地流泪，几粒冰凉的水滴打湿了我的手指。

“既然如此，让静回到乖乖身边吧，我和你在一起。”我一字一顿地对他说，突然感觉到一阵眩晕。

“为什么你永远都在为那个可怕的女人考虑？可她对你们都太残忍了……”江陵拼命地摇头，“我爱你，但我不愿用这样的方式得到你。”

“那么你就和静在一起吧，祝你们幸福。”我把手从他紧张得满是冷汗的掌心中抽了出来。

“不，”江陵还是摇着头，“我无法欺骗自己的心。”

15

乖乖赶过来找静，那天深夜，我在校门口接到了她。

她细小的身影蹲在空旷的马路上，显得如此落寞无助，让我心碎。我俯下身子，抓住她的手，那些纤细的指头就像冬眠的蛇一样冰冷僵硬。我费了好大力气才扶着她站起来，脱下自己的外套，披在她肩膀上。她变得那么沉默温顺，任由我紧紧牵着她的手。就在这个寒风四起的深秋夜晚，我陪着她走遍学校每一个角落，她接连不断流下的眼泪滴在我们经过的路上，宛如小小的脚印。

天亮了，我带她去吃早餐，她精神恍惚地把一碗热腾腾的粥搅了又搅，直到它变凉。我只好另外叫来一碗，一勺一勺喂进她嘴里，然后拦了一辆出租车将她送回学校。看着她瘦小的身影缓缓消失在宿舍楼中，我才感觉到自己也被冻得浑身冰凉，那种冷锥心刺骨地重新排列了我的记忆。我抬起手，仔细地看了看这些僵硬的青白色的指头，然后轻轻地吻了吻它们，仿佛在吻乖乖的唇。这一夜爱情的幻觉，让我满足地微笑着，陷入了一场很多年都难以醒来的自言自语的梦里。

16

两天之后，我和乖乖在一间酒吧里见了面。她的精神很好，很难想象她竟能从如此大的打击中迅速恢复过来。“那时我就像疯了，可现在终于想通了。”乖乖叹了口气，“我是她的枷锁，她也是我的，还她自由，也是解放自己。”

“爱情总是一场升起又跌落的过程，飞得越高，坠得越痛。”我喃喃自语。

“可我偏偏喜欢一坠到底。”乖乖瞪大了桀骜不驯的眼睛，里面藏着某种令我不安的暗示。我的心跳突然加快了，不由自主向她靠近。就在这个嘈杂的小酒吧中，半醉的我小心翼翼地拥抱了她，我的动作是那样轻柔，仿佛怀中是精致得一碰即碎的瓷器。一种惆怅的战栗蓦地刺入我胸膛，似乎她身上带着强烈的电流，一触就炸开来。我惊恐地一震，松开手臂，退了几步，怔怔地看着她，瞳孔散开，眼中一片空茫。我转过身，再次从她身边逃开了。

半路上，她的短信追上了我，她说：“我可以尝试着和你在一起。”

我着魔般删去了她的话，决定从此在她的世界里消失。想到这一点，我的泪水突然淌了下来。其实我从来没像现在这样爱过她，可我没有勇气去承受一坠到底的恐惧，即使这意味着我必须为此丢掉翅膀，放弃飞翔。

亲爱的，我不像你——所以我掉不进地狱，却也升不上天堂。

（原载于《后来》A 版，2011 年 4 月）

PART 5

影像小说·妖镜

夜妖镜

半月·王子夜

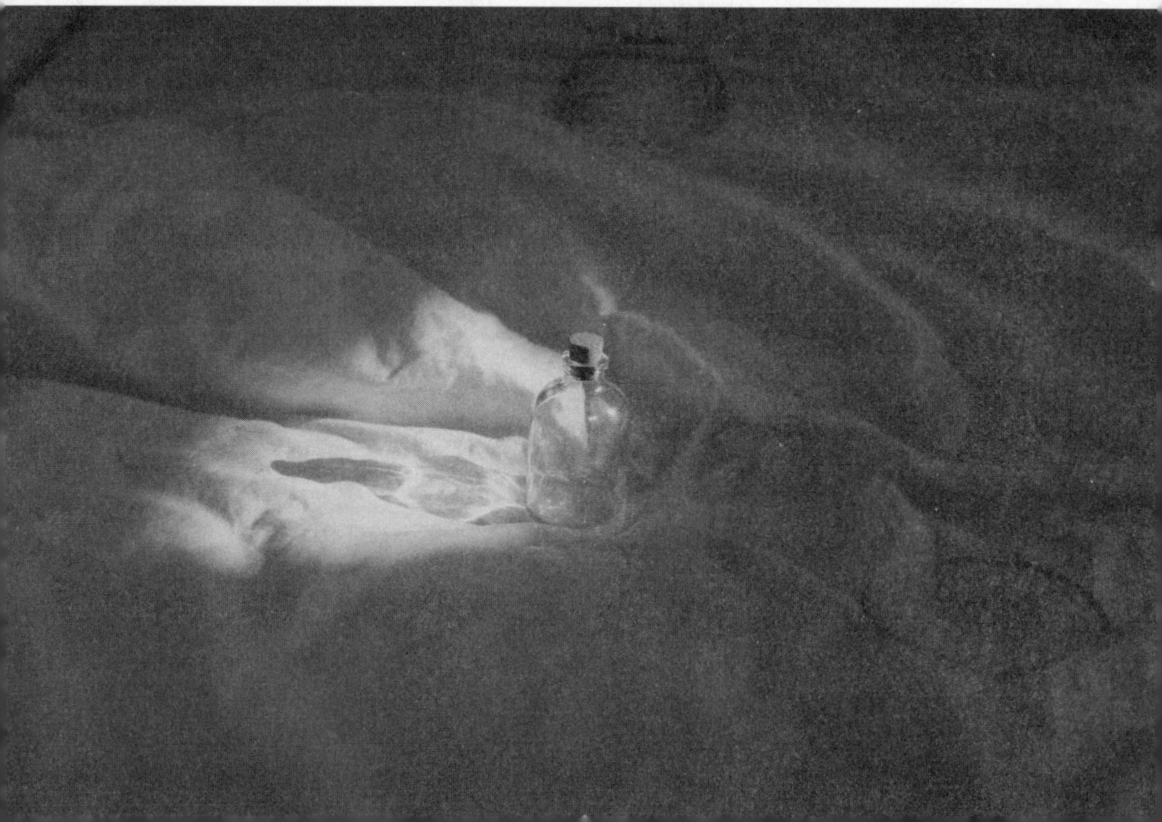

1

所有异术，皆是一种现实，而每种现实，都深深地泯灭着人性。

我的新娘瞳瞳死了，她就躺在庭院门外落满冰白琉璃的石级上，青丝披散，那天我推开木门便见得她脸颊上的蝴蝶印记。

十二月的妖镜城飞霜满天，漫空飘散的惨白哀愁落成了一阵阵琉璃碎末。我满心欢喜地去敲瞳瞳的房门，那天是我们成亲的日子，前一天晚上瞳瞳还故作神秘地跟我说成亲前一天晚上新人是不能睡一起的，那时她挽起披肩的长发，莞尔一笑：“明天早晨你来找我，我会打扮得漂漂亮亮地做你的新娘。”

言犹在耳，她的一颦一笑都回荡在妖镜城飘落白色的雪景里。

那天我的呼唤声在房门外迟回，萦绕着飞雪，最终在心中落成一堆厚厚的沉淀。当我推开门后，眼眸里满是散落一地的琉璃碎末。

琉璃碎末？瞳瞳的房间怎么会有一地的琉璃碎末？

万籁俱寂，那时候我突然心折，似乎意识到生命里有一个重要的人将要离我而去了。

在我还没来得及找到新娘的时候迎亲的乐曲便欢天喜地地飘散而来，歌声缭绕，那是我曾给瞳瞳承诺过的，成亲那天我们要风风光光绕妖镜城一周，让喜悦在所有人眼前走马而过。

只是歌声震天，却在庭院外戛然而止。

那天我是听得人们急切的敲门声才去推动庭院门的，他们在门外惊叫“新娘死了，新娘死了”。

惊恐声此起彼伏：“屋里有没有人，快开门，开门，新娘死了。”

然后我推开门却不敢相信眼前的一切，宛若晴天霹雳，那个曾经神机妙算的神命师，我的新娘瞳瞳就真真切切地躺在石级上。那时候我面色惨白，抱着瞳瞳的双手不住颤抖，我望向迎亲的队伍，眼神里充满了绝望和询问，脑海一片空白，我像个乞丐般无力地问他们：“曈曈怎么了，她怎么都不动了？”我扯着他们的衣袂哀求，“你们谁告诉我这是怎么了，求求你们谁告诉我啊？”

2

妖镜城遍地铺满了冰白琉璃，每一座房屋门前都悬挂着一面妖镜，人们透过妖镜照射可以看到幻象，幻象里全是别人的内心世界，然后幻象破，便落成一地琉璃。

我是骗术师，只要别人相信了我的谎话，那句谎话便会在他眼里变成真实。那年我流浪到妖镜城，极目四野，花草盛开成了琉璃，五光十色，我即不想再走了，眼前的美似一片片罂粟，深深将我吸引。

那时候我在妖镜城卖起了遗忘花粉，那是我从遗忘城学来的骗术手段，我从城外采来野花磨成粉告诉买者说，吃了我的遗忘花粉便会忘记自己最想忘记的东西，然后他们便中了我的骗术，在我编造的真实里他们也就忘记了那些想忘记的事情。

遇到曈曈的那天我正在街上骗一个失恋的女孩，我拿着花粉跟她说：“美女我见你面色惨淡，双眼深邃，一定是失恋了吧。只要你吃了我的遗忘花粉，我保你瞬间忘掉那个负心汉，保证忘得连一点渣都不剩。”忽然凉风起，琉璃碎末夹杂在风中吹进了我的眼里。我侧过头去想避开那阵凉风，那时候我就看见曈曈站在我身后，微风里是她三千丈的青丝晃动，她望着我但笑不语，那个瞬间我便认定，她是我有生以来见过最美的女孩。然后她望向天，像是在等待什么，在我还未来得及搭讪的时候，她便执着我的衣袂带着我拼命地跑，那时候我转眸凝望，视野里是一股黑烟从天而降化成了人形，那个一身黑衣的壮汉拉着失恋女孩的手对我们咆哮：“你们有种别跑，敢让我老婆忘掉我，让我逮到非宰了你们。”

千钧一发，心惊化成了邂逅。

那天我跟着曈曈穿越了十几条小巷街道才终于停下来，我们气喘吁吁地瘫倒在琉璃路面上，心里紧张激动刺激好玩各种情感交织在一起，等我回过神来望向瞳瞳，正巧与她的目光相撞，一时间即相视一笑。我看着她脸上的蝴蝶印记问她："那个黑衣人是什么来路，你怎么知道他会忽然出现？"那时候她却巧笑嫣然："那个人是鬼师，你惹不起，我在你身后站了好久，早就算到他会出现。"

早就算到！

在听到瞳瞳那句话的一刹那我便编织好了一句谎言，我说："原来你真是神命师，我刚才推算的命理中的那片空白原来是你。"那时候她眼中燃起了光芒，问我："你也是神命师？"

"是，我也是神命师。"

从那天起瞳瞳便中了我的骗术，更是一直深信不疑我是神命师。其实我只是流浪多年得知神命师的一些常识，比如他们可以算准一切事情却永远算不到神命师的命理，我也是完全想和她拉近距离，于是从一开始我们之间便隔着一道她看不穿的谎言。

3

我一直都不敢相信瞳瞳就这么离开我的事实，在飞雪夹杂琉璃的场景里我抱着她冰冷的尸体目若死灰，那些指指点点频频摇头叹息的人在我的视野里惊不起一丝波澜。我记得那天迎亲的人最终散去，在我绝望心死的时候妖镜城的蛛迹师姗姗来迟，他持一碗形青花瓷，漫不经心地走来。

那是我第一次亲眼见到蛛迹师，和传闻中一样，他们能用一片树叶在盛满水的青花瓷里还原那棵树的模样，他们便以此异术成为各个城池里的捕快，负责各类离奇案件的侦破事务。

那天一片茫然的我见到蛛迹师宛如抓住了最后的救命稻草，我拉住他的衣袂要他告诉我是怎么回事。我说："昨天瞳瞳还好好地说要化最美的妆做我的新娘，我们今天就成亲了，你知道吗？可是她，她现在怎么就躺在石级上不动了呢？她肯定是得了什么怪病或者中了什么异术，她是神命师，行为本来就异常，说不定马上就会醒来的是不是？”那时候我用最后的希望追求回答，可绝望却飘成了细雪。蛛迹师从瞳瞳的青丝中扯出一根真相，在他的青花瓷里轻荡之后坚定地回答我：“她死了，昨天晚上断气的。”声音干净利落。

“真的，死了？”在我的绝望之后最终却等来这个结果。

“她死得很诡异，不是他杀，也不是自杀。”那时候蛛迹师手持瞳瞳的发丝聚神凝望青花瓷，然后他转眸对我一笑，“你想知道她是怎么死的吗？”

我以前就听说过蛛迹师的种种手段，只是那天亲眼见识才深恶痛绝。他在瞳瞳的尸体面前故作神秘，他说：“我刚才在街上不小心银子掉了，现在心急，一时什么都忘了，不知道你有没有捡到我的银子？”

我有没有捡到你的银子？

我大清早起来发现自己的新娘死了在雪堆里哭天喊地痛不欲生，你居然问我有没有捡到你的银子？

你蛛迹师案发后姗姗来迟，查出了消息竟然说一时心急什么都忘了。

什么都忘了？

可是我，上哪去捡到你的银子啊？

4

我越来越觉得我是一个优秀的骗术师。

那天在我悲恸欲绝的时候对蛛迹师编造了一个谎言，我说：“银子我捡到了。”然后我取出自己的钱袋在飞雪里递给他：“这可是妖镜城城主送我的贺礼。”我似笑非笑继续问他：“那你还要这个银子吗？”

在我编造的真实里，蛛迹师打开钱袋看到了妖镜城城主令牌，那时候他瞬间胆怯，点头弯腰地忙把钱袋还给我，他拿着青花瓷说：“误会，这，这全是误会。我想起来了，是我今早出门把银子忘在家里了，银子在家里，不在你这钱袋里，不在你这钱袋里。”然后，他把青花瓷拿到我眼前让我看清水里的幻象，说：“我用死者的发丝还原当时的情节，她居然被天雷连轰三次而死，我相信没有哪个异术师是会操控天雷的，里面唯一的线索便是她眼眸里飘荡的七彩音符。”

七彩音符，七彩音符!

那是只有乐师才能操纵的异术，他们弹奏出的曲子便可化作七彩音符，以此来操纵人的心智。

而我和曈曈认识的乐师也只有一个人，白羽。

难道曈曈遭天雷轰的时候白羽在场? 难道曈曈的死和白羽有关?

对！今天是我和曈曈大婚的日子，可是从始至终白羽居然没有来，他为什么没有来?

于是我带着诸多疑问前去找白羽，在去的路上我不停联想，按照蛛迹师还原的景象我有充足的理由推断出曈曈的死和白羽有关，那是不是找到白羽他就可以告诉我这到底是怎么回事? 那天我看着零落的细雪,一颗颗苍白的疑惑落满了我的衣襟。然后仙乐响起，我抬首看到一道道七彩音符在空中飘散，若一曲悦耳的悲伤。这便是青花瓷中曈曈眼眸里闪动的异术，那时候我迫不及待地推开白羽宅院的房门，他端坐在别院里轻抚琴台，一身胜雪的白衣。

在我正准备开口时，白羽从琴声中醒来抬首望我，他平静的眼眸里突然充满了惊恐，手中的琴台瞬间拉断，那是一阵响亮的悲鸣声颤抖了落雪。他指着我颤抖地问：“你，你不是死了吗? ”

我死了?

怎么是我死了? 是曈曈死了才对啊。

难道白羽知道什么隐情?

正当我要询问的时候宅院门突然被推开，在我身后一头短发的月陨气急败坏地走来，她手捧琉璃碎末质问白羽：“你用妖镜照我了？你什么意思？难道你觉得我心怀鬼胎对你假仁假义，所以你要用妖镜来照我？”

5

认识白羽的那天妖镜城残霞似火，我坑蒙拐骗了一天，拿着我所有的钱财前往城里最好的酒楼去见瞳瞳。面对瞳瞳我一直觉得过意不去，认识她这么久我才终于攒够钱可以请她大餐一顿。我满心欢喜地拿着偷来的琉璃项坠想跟瞳瞳浪漫一次，就在我刚要踏进酒楼的时候便见到了飘散在晚霞里的七彩音符，仙音妙乐，萦绕于耳。那时候我回首，看到白羽盘坐在街道上抚琴，白衣胜雪，琴台前却放着乞讨用的碗。

见到他的第一眼我就惊讶了，我想这兄弟比我还过，要饭都要得这么儒雅。于是我走上前对他说：“兄弟，不带这么玩的吧。你要饭至少也穿得专业点啊，你看你这一身纱，你这琴，随便拿一件去当铺也够平民百姓吃上一年半载的吧。”

那时候他却是头也不抬地回答我：“这钱你爱给不给。”

爱给不给？那时候我就肯定，这是我见过最傲的乞丐。

然后我的手突然被人挽住，在我回首的刹那便见到了瞳瞳脸颊上的蝴蝶印记，在晚霞的微光里甚是迷人。她的笑容灿若桃花，她说：“我们上去吧，别理会这个人。”

那时候白羽突然抬首，他指尖弹奏出的紫色音符在我和瞳瞳身间滑过，他对瞳瞳说：“有必要这样吗？”

说来奇怪，在我见得紫色音符的瞬间突然对白羽产生好感，我不由自主地对瞳瞳说：“这人挺好的，不如让他和我们一起吃饭吧。”

凉风突起，瞳瞳飘起的青丝和七彩音符一起迷蒙了我的眼眸。瞳瞳却是紧执着我的手和白羽力争：“你还是省省吧，你的异术对王子夜有用对我可没用。”瞳瞳说，

“你想让我告诉你就按照我说的做，乞讨，不用异术。”

我忽然迷糊了，难道曈曈和这个人认识？这个公子哥在这乞讨是曈曈指使的？

在我正欲询问的时候白羽身后突然冒起了黑烟，那是一股暴戾在晚霞中化成了黑色人形。那个黑袍大汉手持的大刀是一股锋利的烟雾，他抓住我的手要我还他的东西，他说：“你让我好找啊，你竟然敢偷我的琉璃项坠。”

那时候我理亏，再加上我一眼就看出他是鬼师，鬼师用黑烟幻化出的利器削铁如泥，我并不认为我的身体比铁坚硬，于是我很识时务地从钱袋里拿出琉璃项坠，说：“大哥您消消气，项坠是我捡到的，没想到这么快就能物归原主，您拿好，拿好。”

可黑袍鬼师却一把抢过我的钱袋说：“这钱袋也是我的吧，既然是物归原主，就全归原主好了。”

可我并没有偷他的钱，那钱袋里的钱可是我辛辛苦苦忙活了大半个月挣来想请曈曈大餐一次的。

那时候我急了，我抓住他的手说：“你凭什么抢我的钱，我偷的是你的项坠，可是钱却是我自己的，你还给我，还给我。”

那是我又一次听到荒谬的理由，黑袍鬼师把大刀架在我的脖子上说：“你有什么证据证明这钱袋是你的吗？可你却真真正正地偷了我的项坠，所以，我说这钱袋是我的，它就是我的。”

我有什么证据来证明钱袋是我的？

我没有证据来证明，所以，我的东西就不属于我了？

6

那天在围观的人群里我百口莫辩，我焦急地望着曈曈说：“我就拿了他一条项坠，我并没有拿他的钱。”

那时候瞳瞳抓紧我的手望向白羽，她说：“你还愣着干什么，快帮忙啊。”

我见得白羽在人群里处之泰然，他却狡黠一笑说：“我不过是个要饭的，能怎么帮他？”

听到这话后瞳瞳紧蹙眉头很艰难地说出几个字：“你帮他，我就帮你。”

仙音妙乐，那天在围观的人群中白羽挥手奏出一曲《蛊惑》，一条一条七彩音符在眼眸里飘荡。然后，黑袍鬼师老实巴交地把项坠和钱袋塞给我说：“兄弟对不住了，我不是人，我冷血，这项坠送给你了，当做精神补偿。”然后黑烟飘起，黑袍鬼师便消散在了烟雾里。

这便是乐师的异术，他们奏出的乐曲，足以蛊惑人心。

那天鬼师消失后人群也随之散开，白羽抬头淡漠一笑说：“现在能告诉我了吧，妹妹大人。”

“妹妹大人？你们是兄妹？”我惊奇地望向白羽。

然后白羽将眼神移向我说：“我帮了你这么大一个忙，你这个做妹夫的，不请我上去吃一顿？”

天旋地转，瞳瞳居然还有一个乐师哥哥。

那天在酒楼我点了满桌子的菜，可瞳瞳只管给我夹菜，白羽只管自己喝酒，气氛一时尴尬无比。在小二上完最后一碟菜后我终于鼓起勇气来捅破这无形的隔膜，我说：“瞳瞳，你有一个哥哥怎么不早告诉我，刚才在下面我还真以为他是个要饭的。嗯，要饭的。刚才听你们说话好像是你指使哥哥去要饭的，你做妹妹的怎么能让哥哥要饭去？”

听完我的话后瞳瞳也不抬头看白羽一看，她没好气地说：“妹妹？在他心里妹妹几斤几两啊？还没有一个刚认识的人重要。”

那时候白羽依然自顾自地喝酒，他说：“你什么都能算到，你还生什么气？她对我很重要，你是知道的。”

后来瞳瞳私下告诉我，在来妖镜城之前白羽认识了一个叫月陨的女孩，她是时光师，在一个特定的时间特定的地点穿越时空来和白羽邂逅。一段时间后月陨消失了，白羽不辞而别去寻找月陨，而曈曈靠着神命师的异术推算到白羽的行径一路跟到了妖镜城。

那天曈曈依旧放不下心结，她指责白羽："我都跟你说她穿越时空了，你怎么找都找不到的，可你不听。你现在找到了吗？你找得到也不用来求我了。"

曈曈是神命师，她完全可以推算出月陨的行径。

那天白羽最终妥协，他温柔的眼神里满是委屈，他对曈曈说："是哥对不起你，我知道她就快出现了，在哪里，求求你告诉我。"

求求你告诉我，到底是怎样一个女孩，可以让白羽这么桀骜的人求人？

那天曈曈被白羽说得泪眼迷蒙，她说："我都算到了，什么都算到了。你跟她没有好结果，你会被她害死。我就你这么一个哥哥，你死了我怎么办，你要我怎么办啊？"

然后曈曈抬头望他，梨花带雨，她说："她马上就来了，我算到她会到酒楼来，今天也是我特意引你来的。"

然后楼阶声响起，我转首回望，见得一头短发的月陨出现在眼眸，她着一身男子服饰，像是一个秀气的书生。

于是白羽突然起身走向月陨，那时候曈曈却是紧执着他的衣袂不肯松手，只见白羽回首莞尔一笑，轻轻挡开曈曈无力的手，释怀地走向月陨。

7

月陨永远是那么强势的女孩，像是曈曈告诉我，在白羽第一次遇见她时，她便毫不犹豫地上前强吻了白羽，然后她跟白羽说："我从另一个时空来，为了来找你，你以后就是我的人了。"

那天在庭院里月陨手捧琉璃碎末大步逼向白羽，白羽却惊慌失措，一改往日儒雅气质发疯似的到处躲闪，他嘴里不停念叨：“别过来，你别过来。”

只是月陨并不理会白羽的顾忌，她用时空师的异术瞬间闪现到了白羽身前，被逼到墙角的白羽手持断弦的琴台胡弹乱奏，我见得一道道各色的音符从白羽指尖荡漾，宛若一曲《离殇》勾动我的心绪。我忽然回想到瞳瞳第一次见我在微风里对我微笑，或是她躺在石级上冰冷地不再动弹，或是她在酒楼里不住给我夹菜。各种情景交织，那时候我明白我中了白羽的异术，可思念却不争气地落成了热泪。

于是白羽也死了，在我从情绪中清醒时便见他倒在了月陨怀中，琴弦在他指尖勒进了脖颈。那时候我冲向前看到月陨空洞的眼神，我用手指探视白羽的鼻息却没有半丝动静。我难以置信地问月陨：“刚才怎么了，他怎么就死了？我还有好多事情要问他，瞳瞳死了只有他知道线索，只有他知道线索啊！”

月陨抬起失神的头望我，她频频摇头：“不知道，我不知道。刚才我中了他的异术，醒来之后他就这样了。”然后她望向白羽紧合的双眸，突然不住地摇晃他，“你给我醒过来，你不准死，你是我的人，我没有同意你不准死，你起来，你起来啊！”随后泪眼迷蒙，泣不成声，“你起来啊，白羽你给我起来啊，别玩了，我求求你别玩了……”

8

时空师，异术如其名，他们可以穿越任意时空。

像是在白羽死后事情变得更加离奇。瞳瞳为什么死，瞳瞳死的时候白羽在场，他知道什么？白羽为什么以为我死了？白羽为什么突然对月陨如此抗拒居然抗拒到自尽？各种疑问交织，我们一时间感觉莫名其妙。那时候飞雪依旧落不停，白色忧伤在我眼眸里飘过月陨齐耳的短发，她紧蹙眉头望向我：“我们回到昨天晚上去看个究竟吧。”

于是月陨拉着我的手，我看到飞雪的场景瞬间支离破碎，在支离破碎之外便是发现曈曈的石级，然后清风起，吹散了时空，天色瞬间黑暗。

在穿越了时空的瞬间我便看见白羽站在我家宅院外安静地等待，月华流泻，他一身白衣，在月光里格外优雅。然后曈曈手捧琉璃碎末推开院门，白羽不急不躁地询问：“怎么样，看到了吧，他不是神命师吧。”那时候曈曈缄默不语，在我的视野里低沉地摇头。于是白羽淡漠一笑：“那按照我们的约定，你跟我走，从此不再见他。”

从此不再见他？

这是怎么回事，他们有什么约定，为什么不让曈曈再见我了？

那时候躲在一旁的我迫不及待地冲上前去抓住了曈曈的手，她转眸回望我，若第一次邂逅，蝴蝶印记在视野里飞翔：“这是怎么回事，你要跟白羽走？”

曈曈在见到我的那一刻瞬间泪眼迷蒙，在泪光里她询问我：“刚才我用妖镜照你了，你不是神命师，原来这几年来我一直被你的异术蛊惑。为什么，你为什么要骗我？”

妖镜，妖镜？然后我看着曈曈手捧的琉璃碎末，似懂非懂。我问她：“你在妖镜里看到什么了？对，我不是神命师，可在感情上我是没有骗你的，这几年我们的感情是真的啊，我们明天就要成亲了，这件事我们以后再说好不好？”

“你还想跟曈曈成亲？”白羽的疑问在我耳畔响起：“你难道不知道，神命师只能和神命师成婚的吗？”然后他巧笑嫣然：“王子夜，你不配！我早就看出来你是骗术师，我让曈曈用妖镜照你，现在看到真相了，你不是神命师，曈曈得跟我走。”

我只不过是一个骗术师，市井之徒。

神命师是只能和神命师成婚的。

我不配，不管我有多爱有多好，可是身份不对，所以我就娶不了她。

在月华里我问曈曈：“那，如果没有身份，你愿意和我在一起吗？”

“愿意。哪怕行街乞讨，哪怕四处流浪。”

可凭什么凭什么啊？我和曈曈真心相爱，却因为我不是神命师而不能在一起，凭什么拆散我们啊？那时候我从白羽手里夺过曈曈把她紧拥入怀，我瞪着白羽：“那我就是要和她在一起，就是要和她在一起。”

“轰！”

天雷降临，我感到在月夜里一道闪亮的悲伤将我从曈曈身旁推开，刺骨地疼，我被天雷轰倒在地依旧挣扎。

“我偏要和曈曈在一起。”我望着苍天无力地咆哮，“有本事你就把我轰死，我就是要和她在一起！”

“轰！”

在我刚匍匐地爬到曈曈身旁时，第二道天雷轰击在了我们紧扣的食指，我感觉到自己的无力反抗，那个第一次见面就拉着我奔跑的女孩在天雷里与我渐行渐远。我看着奄奄一息的曈曈感觉眼皮沉重，于是视野里逐渐黑暗，再也见不到光明。

“王子夜，王子夜，王子夜。”

在我生命的尽头耳旁迟回的是曈曈无力的呼唤，然后我的手被那个熟悉的人握紧。

“轰！”

我们最终没能反抗天命。

9

在我成为时空师之前，我的师父曾跟我说起：“所有异术，皆是一种现实。而每种现实，都深深地泯灭着人性。”那时我不以为然，以为眼眸里的这个世界异术泛滥，以为拥有异术是每个人必走的道路。

那天晚上我亲眼看着王子夜和曈曈在天雷下殉情，死后的王子夜却是支离破碎，被悲伤带回了属于他的时空，于是他们到死都没能在一起。

白羽因曈曈的死触动很大，在第一道天雷轰下来的时候，他就取出别在腰间的玉笛慌忙吹奏，他是想靠乐师的异术阻止王子夜，可是宿命来得太快，我们所有人都无法掌控。

在那之后白羽像是想到什么似的突然往城北我们的宅院方向奔跑，那天里我见到他摘下挂在门前的妖镜，在月华里对准了熟睡的我。

我不知道他在妖镜里到底看到了什么，只是那些幻象破碎成琉璃，散落成一地永远的谜团。

后来我又回到了白羽死的时候，我将时空定格在了那一刻。他是自尽而死的，用琴弦勒紧了自己的脖子。那时候我拿出妖镜，飞雪里是他惊恐的表情。

那也是我第一次看妖镜里的幻象，幻象里一条蟒蛇缠着白羽，在他奄奄一息的时候最终将他吞食，然后蟒蛇化作人形，齐耳短发，一身男子服饰，在她转眸的瞬间，我分明看到那张脸却是我自己，多么熟悉的轮廓。

然后幻象破，破碎成一地荒诞。

可我并不是蟒蛇，我是真真正正的人。

可是妖镜里我却是蟒蛇。妖镜是不会说谎的，妖镜里面的幻象，都是人们内心的真实。

于是我想，也许我真的是蟒蛇，那条害死白羽的蟒蛇。或许是我以前都活在幻觉中，错误地认为，自己是一个真真正正的人。

（原载于《萑苒》副刊，2011 年第 11 期）

戴怀表的兔子（外一篇）

王君心

夏天的第一个星期，趁着蝉鸣还未喧闹起来，院子里的绣球花就已经绚烂得一塌糊涂，深深浅浅的蓝色同疯长的苔藓一起，蜜汁一样把院子里的气息衬托得生动而明快。

我坐在院子旁的石阶上啃今年的第一个西瓜，悠闲地把西瓜子吐到玻璃盘子里。

没有风铃，却能听到微风里传来叮叮当当的凉爽。

忽然，一抹红色从绣球花后边掠过，像一阵急速的风，一溜烟就没影了，却没能逃过我的眼睛。

记忆的影像里似乎有两支尖尖竖起的耳朵。

——是兔子呀，兔子跑进院子里来了。

我兴奋地站起身，光脚丫踩在地板上啪啪啪，跑向姐姐的房间，叩叩叩地敲打起房门来："姐姐，姐姐，兔子跑到院子里来了，是一只戴着红色帽子的兔子。"

我敲着门，一边大声说："你开开门啊，我们一起去看看。"

过了好久，姐姐才用闷闷的声音回答道："我得了很重、很重的感冒，会传染给你的。现在不能出去，我们就这么说话吧。"

"咦？这样啊……"我点点头，说，"可是那只兔子跑掉了，不知道现在在哪里？"

"说不准还在家里。是一只什么样的兔子呢，白色的吗，还戴着红色的帽子？"

"对啊对啊，它跑得真快，我只看到一个毛茸茸的身影，白色的耳朵和红色的帽子，就是艺术家们常戴着的那种软塌塌的帽子。"

"我好像见过它。"停顿了一小会儿，姐姐滔滔不绝地说了起来，"那是一只充满艺术感的兔子，它随身戴着一块金色的怀表，滴滴答答，就像爱丽丝梦游仙境里的兔子那样。"

"真的吗？"

"它还会画画，把被风吹落的花瓣放进锅里，咕嘟咕嘟地煮成又黏又稠的颜料，树叶儿就是画布，金盏花是黄昏，指甲花能画出星辰，绣球花可以装饰天空。"

"哎？"

——姐姐似乎完全没有要停下来的意思，她是被那只兔子迷住了吗?

“它还会吹竖笛，从遥远的镇子上买来的白色竖笛。在它演奏的早晨哪，玫瑰花会早早地苏醒，黄莺从远方飞来歌唱，阳光越过丝丝缕缕的云朵，在树的枝梢上落下一个鹅黄色的窝。”

“哦。”

“它还是位体贴的绅士。在不远的公园里不是有一棵老树吗，那儿就是它的家。它的客厅里永远准备着香甜的下午茶和脆酥酥的甜甜圈，老式唱片机流泻着的是爵士乐——那是从一家酒吧淘来的。”

“嗯。”

“你不相信我的话吗？在夏天遇见这只兔子可真是再好不过了，它会礼貌地脱下帽子，邀请你，然后用魔法为你沏一杯茉莉花茶。”

“嗯。”

“那只兔子啊，最喜欢吃胡萝卜了。家里还有胡萝卜吗？我们为什么不送给它一些，送给这只绅士一样的兔子？”

“姐姐，”我突然开口问道，“那只兔子，会模仿人的声音说话吗？”

“嗯？会啊会啊……那可是一只会魔法的兔子。”不知怎么，姐姐的声音渐渐弱了下去。

我尽力不动声色地朝门缝里看去，在房间的里头，看到了一只毛茸茸的白色的脚。

——啊哈，被揭穿了。

“扑哧——”我忍不住笑了起来。

“所以，家里还有多余的胡萝卜吗，分给我一些吧。不介意的话，请和我一起去老树洞里喝一杯茉莉花茶吧。”戴怀表的兔子，仍用姐姐的声音这么对我说。

爱做梦的巨人

我不敢说世界上所有的巨人都爱做梦，但我可以肯定，并不是所有的巨人都喜欢自己是一个巨人。

在世界的某个小角落里，就住着这样一个爱做梦，却一点儿也不希望自己是个巨人的巨人。

他和普通人们住在一起，他的房子要比镇子上的其他房子大上好几十倍，他还有一个自己的花园，大到足以让他种下一座森林那样多的郁金香——只是四周被高大的墙围了起来。

巨人的生活很简单，如果不是在院子里打理花草，就是在藤条编织的巨大毯子上打盹，巨大的呼噜声几乎可以震塌一座小山，总是让附近的人们胆战心惊。

可巨人一点也没察觉到，他全心全意地沉浸在自己的梦中，一心一意地过着正常大小的人的生活。

醒着的巨人总是孤单的：人们因为害怕总是离他远远的，他也不知道除了自己，哪儿还有一个巨人，郁金香们虽然悉心，但他生怕自己会弄断它们纤细的花茎。

所以，只有在梦里，他才是与快乐相伴，无忧无虑的。

最近几天，巨人总是梦见自己变成了一个小男孩，独自一人守在郁金香的森林里，似乎在等着谁。

其实，镇子里的孩子们并不真的害怕巨人，也许，更多的是好奇，好奇巨人的木头房子里是不是有会下金蛋的母鸡呢；好奇风吹起时，巨人的院子里为什么会荡起一阵清香呀。

几个男孩终于鼓足了勇气，悄悄地从墙角的缝隙中溜进了花园。

当海洋一般的郁金香森林倏地点亮他们的眼睛，男孩们有了一个重大发现：原来巨人的世界是一座秘密花园，大人们的话都是骗人的！

随风摇曳的橙黄色花苞里忽然探出了一个小小的脑袋，那是一个陌生的小男孩。

“咦，你在这儿做什么？”一个男孩问道。

小男孩困惑地摇了摇头。

“是被巨人抓来的吗？”

“是在郁金香森林里迷路了吗？”

“是让巨人施了魔法，把记忆统统扔掉了吧？”

男孩们七嘴八舌地议论起来。

可是，小男孩仍旧只是摇着头，一声不吭。

“哎，难道是被巨人夺去了声音？”

“不是的……”小男孩涨红了脸，总算憋出一句话来。

“啊呀，他说话了。”“他说话了。”“他说话了。”“他说话了。”几个男孩不由自主地重复道，忍不住一同笑了起来。

“你认识住在这里的巨人吗？”一个男孩对小男孩说，指了指身后巨大的木屋子。

小男孩点点头，又摇了摇头。

“什么呀，到底认识不认识？”大家问。

“他是个大坏蛋吗？”

“他会把小孩子捉住一口吃掉吗？我妈妈是这么说的。”

“不对，应该是把孩子们做成馅饼，配着泥巴吃掉，大家都这么说。”

“他是不是长着满口的黄牙，头发和衣服都是一团糟？”

小男孩不由得退后两步，下定决心大声说：“他是个好人啊。”

“好人？”

“呼噜噜——”

这时候，木屋子里突然传来一声震天动地的巨响，地面猛烈地震动起来，郁金香森林窸窸窣窣地晃动着，似乎随时都会倒下。

“快跑！”男孩们纷纷喊起来。

小男孩愣在了原地，迟迟无法迈开步伐。一个男孩折了回来，拉起他的手朝来时的墙缝跑去。

小男孩注视着自己的手被握在了一只温热的、比自己大得多的手里，不知怎么地突然笑了起来，欢快地跟着男孩跑上前去。

“快点！”大家在墙外头着急地喊着。

他们侧过身，从墙缝中挤了出去，地面却忽然停止了晃动，一切都像是没发生过那样。头一次来到墙外头的小男孩，咧开嘴，露出嫩嫩的门牙，笑了。

男孩们把小男孩带回家，很快就有一对夫妇决定收养他。所有人都很喜欢这个真诚、腼腆、不善交际的孩子。

没有人在意，那位爱做梦，一点儿也不希望自己是个巨人的巨人却仿佛消失了那般，巨大的木屋子里再也没有传出过他的呼噜声了。

（原载于《少年文艺》2011 年第 6 期，《儿童文学选刊》2011 年第 10 期转载）

飞船

彭扬

肖鹤十岁时从熊熊烈火的楼梯上摔下来，从此成了云游时空的人。那是一九九四年，邬丽娅阿姨带着他赌气逃到克拉玛依发生的事情，之后他的脑袋里像是被植入了一块来自幽冥的芯片，时而随风肆意飘散，把时间拉回到久远的过去，用无忌童言和荒诞纯真打发日子；时而又出人意料地刺破现实，在昏昏沉沉的人生里穿梭，让冰冷的幽默感与孤独做伴。他变成了一个年幼的小老头，絮絮叨叨地谈论着睡梦空间里的奇闻轶事，不经意地就让束缚自我的负担化为乌有，我还从来没有见到肖鹤像现在这样快乐过呢。

今年夏天，他来北京旅游，在我家一住就是二十天。他标榜这是他“最后的单身汉之旅”，然后，他会返回乌鲁木齐，结婚生子，为人父。我问他：“你的小孩几个月了？”他像是看着一列陌生的火车，即将驶向某个时刻表上也没有的处所，凝神屏息了一会儿，才淡淡地从香烟烟雾里吐出几个字：“还记得那艘飞船吧。”我在出租车的前座，从后视镜里看到他把时间的顺序打乱，回到十六年前，我们都还是以做梦为生的小屁孩时，拿着枯瘦的树枝在原始森林等待发现。等我重塑了当时的景象，掉转肩头准备驳斥他无用的记忆时，他已经在太阳的尾光中昏然睡去。

邬丽娅阿姨在我三年级时跟肖叔叔大吵一架。天寒地冻的十二月，她从教室里一把拽出肖鹤，怒发冲冠地回到娘家克拉玛依。时任小学教员的邬丽娅阿姨，接受前同事的邀请，带着大个子肖鹤参加了一场文艺演出来散心解闷。在克拉玛依友谊宾馆的门前，肖鹤在心中与真主打了个照面，他希望得到天神保佑，等到欢乐的表演结束，疯狂的生活最好也就此打住。然而疯狂没有终结，直接化作黑暗中汹涌的大火扑向人群。剧场里四处弥漫着浓烟和火光，漆黑与拥挤让人心的恐惧变得深沉。邬丽娅阿姨一直紧紧攥着他的手。在野蛮和残忍的生存竞赛里，在各种作用力的围剿中，他们举步维艰地试图靠近唯一开着的安全门。漫长的挣扎换来了一线生机，他们几乎是被挤出了烈火和瘴气的囚牢。但是肖鹤感觉得出来，他已经跨过很多倒在黑火中的学生的身体，烟气让他心烦意乱，仿佛那些身体的四肢正在反射性地抽搐。喉咙深处，一种强烈的呕吐感让他失去了重心，从燃烧的楼梯上摔了下来。

在这次让邬丽娅阿姨后悔一生的自由落体运动后，肖鹤患上了一种“嗜睡症”，只要他坐着或者躺着，很容易就陷入睡眠，有的时长仅仅几十秒，有的则长达半天。这着实吓坏了肖叔叔，他带着肖鹤去很多三甲医院瞧病，大夫也没有看出个所以然，但邬丽娅阿姨笃定认为是自己的冲动让肖鹤“把脑子摔坏了”。

两年以后，我们都升入五年级，暑假时，一起结伴去爬父亲部队后面的野山。肖鹤走走停停，时而看树，时而看云。很多时候，我们就坐在原始森林的软土上，我不断地说话，生怕他游走梦乡。他保持着倾听状，又急不可待地像是发现什么恨不得站起来就跑。我朝他两眼盯着的地方望去，确实看到了一些蹊跷。我们一起蹦蹦跳跳，差点从倾斜的树坡上翻下来，等到地面平整时，我们不约而同地把脚踩在了一块红色的壳体上。

一九九五年至一九九六年间，新疆接连不断发生 UFO 事件。最大的一起是在一九九五年，一个庞大的不明飞行物浑身光亮剔透，在乌鲁木齐西北路上空停留了两个小时，见证者超过千人。肖鹤一直沉迷五光十色的地外光体，对神秘主义谨慎但又饱含洞察，理所当然地将脚下的机械看做是坠落凡间的飞船——那是一架埋藏在地底深处的庞然大物——可以飞上云霄，穿凿时间，把不可能的事情变成可能。

“等到它重新启动，我要走进驾驶舱，回到一九九四年。”肖鹤撇撇嘴，胸有成竹地说，“我不会去克拉玛依，她也不会去克拉玛依，我们要一起看《狮子王》，我要改写我的历史。”

那时的他，或者我们，必须这样相信着。

飞船在二零一零年重新回到我的宇宙。肖鹤带着无尽的睡眠让它从遗忘的黑洞边缘脱离险境。他站在那艘破土而出并璀璨夺目的飞行器下面，凝望生命的长河，把两个小男孩的故事和盘托出。从一九九四年起，我就已经知道，那场大火不单使他沉湎睡梦，还重组了他对时间的概念，把原本属于我等泛泛之辈的逻辑性抽走，让他变成了一个存在性的魔术师。

事物的状态像分层面包一样悬空，又如整装待发的扑克牌被打乱和清洗。他要说的是：红日照耀的那所神秘又空荡的军队大院，我们从小就在那里长大；我的外公和他的祖父在渡江战役中结下深厚的情谊，把我们看做是彼此的家人；邬丽娅阿姨不顾父辈与汉族通婚的禁令，从克拉玛依连夜逃到乌鲁木齐，跟肖叔叔站在陆军军区的一家小礼堂里听着证婚人耳语般的呼唤；独特的冰蓝色的眼瞳让他从小得到不胜枚举的夸赞；我们穿越熙攘的清真寺，在浑厚的诵经声中，发现黄金色的动物买卖市场；我过十岁生日的时候，他略带羞涩地送给我一只产自阿富汗的色彩奢靡的烟壶；五年级开学，我们躺在他房间里有着宗教和花卉图案的羊毛地毯上，看着小电视里的情色录像带而满脸通红；古尔邦节来临前，我们在二道桥招惹了一对哈萨克兄弟后并肩逃窜；在我离开乌鲁木齐的日日夜夜，我们通过成百上千的信纸完成对友谊的忠诚，这种习惯一直保持到现在；在一个彻骨的雪天，他瞥见树梢上一只没有线轴的羊羔风筝时流露出对于人生的困惑……他要说的，正是这一切。

和衰落的辉煌不再的中亚文明一样，肖鹤处理时间联系的能力断裂枯竭，他的时空思维变成了一次次失重的跳跃。“她可真是迷人，我们认识一个月就做爱了，现在她有了孩子，我们准备马上结婚。”他介绍着自己的未婚妻，突然话锋一转：“你没忘记吧，有次下暴雨，我们被困在一幢正在建设的高楼里，那是我第一次看见鬼魂。”我的眼前立刻浮现起漆黑的角落里一双苜蓿花似的双眼。在没有电力设备的楼梯里，那双发光的物体至今还是未解之谜。没过多久，肖鹤又回到了我们在教室里单调欢乐的日子，他说：“黑板左边的世界地图总是挂斜了方向。”肖鹤就这样飞速转动着自己的按键。

我得以九岁就步入杂志界，也是拜他的神游天际所赐。升入四年级后，品学兼优的肖鹤骤然变得平庸，让一向对平庸了如指掌的我都惊异万分。从前，我总是他的陪衬、平淡无奇蠢蛋般的类比对象，现在我们居然站在了一起。这多少让我有了点胆大妄为的冲动。我看到《乌鲁木齐晚报》上的报纸夹缝里在招聘《阿凡提画报》的编辑，那时还对期刊媒体一无所知的我，便憧憬成为其中的一员。喧闹的教室课间，我像一位得道高僧般构筑着自己从未发现的领导力：我说服肖鹤和两位回族女孩放学后跟我一起去应聘这份美差。

来到编辑部以后，四个小小人儿一本正经地对着偌大的编辑部大放厥词："要应聘编辑！"

当时《阿凡提画报》的主编把我们请到办公室，轻轻地问："小朋友，你们有作品吗？"

作品！我恍然大悟，原来应聘编辑是需要作品的。这位主编指的更多的是一些漫画作品。"那，我们能在这画吗？"我诚恳地望着他，三位同伴迷惑地盯着我。

年龄约摸三十五岁的主编开怀地笑了几声，并没有将四个不知道天高地厚的小学生扫地出门，他从木抽屉里掏出纸和笔，安静地看着我们画完了所有的图景。

此后，我竟然真的成为《阿凡提画报》的小"编辑"。很多个周末，大胡子主编让我和他的儿子一起翻开新刊的打印校样，细心询问我们的喜好，以及回应我们大汗淋漓发现的一些不是错误的错误。同时我也渐渐地明白，我那激动人心的"领导力"是多么让人尴尬。

目力所及乌鲁木齐这座城市，无不是"天外来客"。肖鹤与我早就发现，我们存在于一种多元的时空里，陌生的人像峰峦叠嶂：在边境市集做望远镜生意的俄国佬；披着头巾的巴基斯坦妇女；来自哈萨克斯坦、吉尔吉斯斯坦和塔吉克斯坦商队里的"巴朗子"；缠绕着艳丽色彩的印度僧侣；肥胖臃肿的阿富汗厨师；吸闻鼻烟的蒙古老板；对新疆兴致极高的美国学者和欧洲的背包客；当然，还有那位中途转学到我的班级的高个儿锡伯族女孩……而战争让我们深知，虽然我们在同一座城市里相依为命，人与人之间仍然有着海沟般无法逾越的边界，世界则是一个复杂浑浊的球体。

就跟我对机器所产生的迷恋一样，我也试图像破解航空母舰的模型图纸一样研究这种“地缘边界”的构成与起因。暑假时，我坐在母亲的身旁，听她给我念一些高深莫测的书卷，比如她翻开厚重的《古兰经》，轻声讲解其中的忍耐宽容和坚持公平的道义。也偶尔听她谈起《乌古斯传》《福乐智慧》和《艾里甫与赛乃姆》。在对宏大的道德产生敬畏的同时，我让理智产生的迷音晕头转向。相对于有些艰涩的哲理，我更喜欢《天方夜谭》，我不止一次央求母亲重述《手艺人哈桑的故事》《神童智审盗金案》《辛巴达航海记》与《阿里巴巴和四十大盗》中的冒险，在简洁和奇乐里明了善恶。理性反倒像是一种新的暴力。

用理智来操练自身，却是肖鹤力图跻身成人世界的不二之选。和当时所有聒噪、理想化的半熟少年一样，我们买了水印式的文身贴纸，贴在右臂上，模仿二十岁的青年把一条铁链挂在腰间，以证明此种武器般的装饰是不羁的儿童渴望成为真正的男人。肖鹤早已厌倦了儿童的面貌，他恨不得一夜之间就胡子拉碴、身形健美地开着坦克去接金发小妞。即使不论性的启蒙，他也是大院里最想长大成人的祖国花骨朵。凭借这种求生意识，他成为我们两家夏季晚宴上的常客。如果没有雨水，肖鹤的祖父会把一张棕红色的大圆桌摆在别墅后院的回廊里。每隔三四步就有一根雕刻着花卉图案的立柱，连着木头护栏和头顶的连接架是轻风浮摆的葡萄蔓藤。我的外公带着一家老少，和他的家族就这样在微甜的气味里品美食、谈天地。肖鹤像是仲夏夜里的卓别林，带着幼小的身躯，附着在邬丽娅阿姨的身旁，聚精会神地聆听大人们的观点。时事政治、国家经济、文化面貌、社会新奇……但凡各种话题，他总来插上一脚，高谈阔论一番。可父辈们却不领情，一句“大人说话不准多嘴”的警告，让小男人又回到了小男孩。

在肖鹤的沮丧之外，我有了新的发现：一个人就是一个宇宙，语言就像其中的暗物质。外公的宇宙、父亲的宇宙、母亲的宇宙、肖鹤祖父的宇宙、邬丽娅阿姨的宇宙，当然还有我的宇宙和肖鹤的宇宙——作为形态迥异的孩子的宇宙，这些宇宙连结成一片存在之海。当时大部分的话题都超出我的宇宙边缘，而肖鹤却在尽力延展，侦查和破解其他宇宙的蛛丝马迹。

“试着了解，”肖鹤搓搓鼻头对我说，“你就会了解。”

没有肖鹤沉甸甸的思想，我的脑袋里仅存的是数不尽的云雾。当离开飨宴（我们兵分两路，肖鹤沉浸在与大院的其他男孩扮演军官作战的群雄逐鹿里），我更喜欢待在厨房，因为外婆在那儿，美味在那儿，我的直觉告诫我美妙的生活别无他处。外婆是新中国第一代女司机，这是我偶然间在外公的书房里发现的。我无意中翻开一本一九五六年出版的《世界知识手册》，抽出夹在其间的照片，看着年轻的外婆和许多姑娘站在一起，合影上的字迹介绍她们是中国最早的一批政府训练驾车的女兵。开国大典的时候，她们的车队就英姿飒爽地在毛泽东地挥手致意中穿过天安门。我之所以喜欢跟她待在一起，是因为她能让烹饪的佳肴跟她出色的车技一样充满速度与激情。这也是每逢家宴肖鹤的祖母总是把她请来下厨的原因之一。任何时候，她都能应时应景、如数家珍般拉出一份长长的菜单，新疆的美食对她来说也不在话下（她跟唤作买买提的厨师学会烤制薄皮包子，支使工人在后院修葺了“吐努尔”以便做馕，顶着火焰山似的高温跑去离家几公里外的铺子买一种冬天存储的冰雪，只为了调一种维吾尔族的传统冰淇淋），甚至还烤过骆驼：她和朋友们把煮熟的鸡蛋塞到鱼肚里，烘烤以后再往腌制的鸡鸭肚里填，熟透后再入羊的肚腹，用同样的方法，最后以一头骆驼作为终结。等到很多年以后，我才知道这是世界上最大的一道菜。

外婆常常会烤一种楼房形状的奶油蛋糕，我便自告奋勇来当助手。我戴着快把脸都蒙起来的厨师帽，和她一起，把奶油、鸡蛋、淀粉和期盼放入烤箱，等待幻梦中的糖果城堡再次重生，在美食中体验生命的况味。在我看来，肖鹤关心的是如何理解他所看见的事物，而我专注的，则是如何感受我所理解的一切。二十五岁时，在我出版的小说序言里，我找到一个恰当的句子来解释当时的观念：“人们拍照是为了将其赶出内心，我的故事则是一种闭眼的方式。”

倘若肖鹤没有历经那次火海之灾，肖叔叔可能永远也不会展露出铁汉的柔情。在肖鹤出生前的几个月，他调入电视台担任纪录片栏目的编导，经年累月的风吹雨淋让他常常不苟言笑，长期在外拍片导致他与肖鹤的关系疏离和冷淡。可自从他把肖鹤从医院的脑科领回来，却像俄罗斯马戏团的“大变活人”般对儿子一反常态，他对肖鹤百依百顺，甚至到了纵容的程度，答应带我们与塔克拉玛干大沙漠的风尘搏击。

肖叔叔作为制片人，要拍摄一部“重返丝绸之路”的电视片。几辆电视车从喀什、阿克苏、吐鲁番一直开到塔克拉玛干大沙漠的边缘，再像黑豆粒一样穿越无尽的金黄。我把自己当成印第安纳·琼斯博士，如贪恋美食般，把沿途的奇景尽收眼底：枯瘠的红柳树与胡杨林的泡影、沙土里野骆驼和黄羊奔驰的印记、孤寂的油井红光四溢地怒吼、宛如彩色浮标的玛瑙散布在风海里的诱惑……而肖鹤，对这些似乎并无兴趣，他始终凝视着茫茫大漠的无穷无尽以及坠落在天际线上虚无缥缈的海市蜃楼，仿佛天仙正在雕刻云图。

在楼兰古城一带，肖鹤带着我纵身废墟，在一片忧伤的大地上寻找希望。我们都知道，在这里，距今两千年的罗布女王于库姆河流域被昭示天下。在肖鹤看来，那具优美的木乃伊的心魂，还徘徊在这座一度让历史的风沙销声匿迹的故乡里。他远远地甩开了忙于拍摄的肖叔叔，撕扯着我的衣领，把我拉进一片又一片的黑暗里。好像再走几步，就能发现只为我们现身的魂灵。有很多次，我们在空寂的宫室内——那像一个文明消亡时的无人火车站——几次迷失了方向，只好坐在干燥的灰土上，让肃静的时间“滴——答——滴——答”地吞噬归家的渴望，调转对于巨型空间的无奈。那具风化成末的公主，也带着日光的余温，悄然地坐在我们的膝头。她用无声歌唱，来赞美永恒。迷失的恐惧已全然消逝，我们用一个又一个编织的神怪故事来消磨时间。我突然意识到，幻想尽管无形无体，但却能给人慰藉，与生命比肩。对人类短暂的一生来说犹然，因为魂灵们不知饥饿，而我们却会毁灭。

渐渐，博爱成了我的象征。碎梦般的沙漠之旅归来，肖鹤收获了一个祭献初吻的女孩，我却因为一场水痘被隔离在逼仄狭长的光区里。夏季将至，和毗邻的俄罗斯一样，白日开始无限长久。父亲让我跟着他回到山林里，回到一望无际的空军部队。早晨，他让旷野、夏雾和白昼释缓我的忧伤；傍晚，他把药膏一颗一颗地擦在我身上。内心的存折，在这个时候，让我变得富裕起来。对我慷慨解囊的好心人，正是来自孤独中的事物：天色、云翳、绵羊、枯草、土拨鼠、花影、空山……我观察它们的结构、疏密和受光，并在这些从天而降的原子般纷繁的影像里爱恋。在自然力学的作用下，孤独已经转换成一种爱意。我发现我很容易就爱上身边的事物——这是一种旷野的爱、夏雾的爱、白昼的爱。那时我对记忆已经产生怀疑，对于我的情人们，我更愿意为她们画像。

在疾病中，我画起水彩。父亲很高兴我没有在病床上自暴自弃，买来中华牌铅笔、马利牌水彩颜料和画纸为我的多情添砖加瓦。我沉浸在军队的图书馆里，一面回想美术课上老师对我的赞赏，一面穿过数不清的军事书架，坐在一个矮小孤僻的艺术书丛前度过整个上午。我探索米开朗基罗、乔托、波提切利、伦勃朗、柯罗和鲁本斯的空间和量感，体味《先知耶利米》《逃亡埃及》《春》《解剖课》《孟特丹芳的回忆》《抢夺留基伯的女儿》的虚实和轻重。我的背后，寂静地挂着一幅哈孜·艾买提的复制油画《罪恶的审判》。当我看到弗拉戈纳尔的《秋千》时，其中的浮夸让我觉得滑稽不已，而欢乐又让我隐隐作痛。

博爱也是忧伤的象征。和文艺复兴的精神一样——那时的先锋派并非单纯地临摹历史，而是广纳古典以便艺术能创造性的生产——我并没有复制爱，而是在对爱的涉猎中再生一个创造性的自我。与荷兰画派、哈德逊河画派中的诗情画意不同，我的爱像风暴和戾雨卷裹着排线和色调。浓烈的画笔让我爱上了一朵天边的云。我们恋爱的时间始于正午。几乎整个下午，我就坐在山林的草原上，狂热地扫动笔尖，用迷你的吸管蘸水稀释颜料，在色彩还没有干的时候，在云层的边界线上重复上色。

我的爱人，像一个戴着“多帕”的调皮孩子，在天空钩织的挂毯上，变幻着诱人的身体：海浪、星辰、羊角、心脏、弯弓、驼峰。我的画也如艾得里丝绸一般，忠诚地记录我们之间的窃窃私语。然而，黄昏到来，它在落日中衰弱，像一只云雀，忽然飞到了再也找不到的地方。我的爱，就这样变成了黑夜细长的脖颈上一颗渺小暗沉的宝石。现在，这张画落满尘埃，蜷曲在外婆家阁楼上的微光角落。我记住了它的线条，也记住了它的秘密。

病去如抽丝，但仍能给我补偿。某个周末傍晚，我从铁硬的睡眠里被摇醒，肖鹤奇迹般地站在我眼前，他像检视一个坏掉的变形玩具一样对我打量很久，然后掰开我僵握的双手，把绘图本圣·埃克苏佩里的《小王子》按在上面。我们和它的作者一样，都热爱自由和冒险，但却不愿消失在夜空的尽头，成为神秘的传奇，抑或是像一些喜欢搬弄是非的文学评论家所言，他早已将死亡放入内心，选择了最佳的时间、地点和方式。第二天，我们穿过政治部和后勤部的领地，来到魂牵梦萦的机场——上百架歼击机、轰炸机、运输机仿佛天降奇兵健美而飒爽地左右排延——来实现我们伟大理想的一小部分。在涡轮螺旋桨发动机轰隆作响中，我们爬上飞机机械师正在检修的歼击机，两个幼小的身体在狭小的驾驶舱里紧紧贴在一起。我坐在前方，操纵着虚幻中的驾驶盘：脚踩方向舵，手拉油门杆，漂亮的侧飞躲开了敌军的进攻；肖鹤则在后面，戴着防风墨镜，重压航爆弹的按钮。成年以后，我时常想，这些与飞机共生的时间对我们究竟意味着什么。“就是让我们长成以天为家的人。”肖鹤说。也许，从我们坐在港口般的空军篮球场边缘，目视军官们打球时就已经了解，我们像熟悉大海那样熟悉蓝天，大海是天空的倒影。

一九八九年，我五岁的时候，首次“漫步云端”，父亲母亲带着我，和一位陌生的叔伯一起，乘坐军用飞机去北京游玩。倘若忽略掉登机时的恐惧，我能记起的，唯有云光包围着机身：浓厚的云层像轻纱的浪潮穿透机门，浮动在身边。我像是一个出生在云中的儿童，此时此刻，衣锦还乡。在北京，我仍然如坠云雾。在天安门广场上，在青灰色的人群间，我一动不动地望着毛爷爷的画像，他的眼神宛如一座森林，好像与喧嚣的人世无关，好像游离于时代之外。

为了回家，找寻飞船，我们用透镜缩短光年，来凭吊对苍穹的渴望。一上四年级，肖鹤就收获了一件至宝：姑妈从莫斯科带来一个军绿色的单筒望远镜作为他迟到的生日礼物。在十厘米的口径中，我们用它收集夜空最不为人知的珍奇。隆冬，我们一览猎户座灯管般的长方形，挑选四颗星星中最美丽的那朵星云，给明亮的大犬座和V形的御夫座封王封后；仲夏，从破茧而出、扩展双翅的蝴蝶般的武夫座，沿着冰蓝色的织女星和北方大十字，漫游到银河边缘。那时头脑里有一个坚固的想法——地球上的每个生灵都对应着一颗颗忽明忽暗的夜星。像是一种仪式，那么多的黑夜，我和肖鹤伫立在望远镜两边，真的“以天为家”，直到音乐老师携带发黄的琴谱从月亮上掉下来。

她的短发白如暮雪，目光宛若月蚀。她是一个寡妇，年纪在七十上下，是肖鹤祖母多年的闺密，年轻的时候留过洋，“二战”时丈夫在欧洲因为帮助苏联共产党而被纳粹杀害，退休以前一直在大学教授声乐。那时父母觉得我们过于闲散，假日濒临荒废——当然是在他们看来——于是不假思索地把我们送到她家里。和我们一起学琴的还有个维吾尔族女孩，她梳着麻花小辫，一说话脸上就绯红。那些夜晚，老太太都会为我们先弹奏几曲再上课。有耳熟能详的沃夫冈·阿玛迪乌斯·莫扎特、弗里德里克·肖邦、路德维希·凡·贝多芬，也有颇为陌生的（对我们而言）弗朗茨·李斯特、约翰尼斯·勃拉姆斯、克拉拉·威克·舒曼，但我们似乎并未就此沉醉，而是在她出门交付电费的空隙，在八十八个钢琴键盘上邪魔般地纵横七个八度的音域。用制音踏板，使欢乐延续；用单弦踏板，让枯燥暗沉。练琴之余，我们会抱着望远镜，冲撞着来到院子里，争夺着窥视宇宙的奥妙。很多次，老太太也和我们一起，站在院子里，望着头顶的光点沉默不已，让我感受到她喧嚣而严厉身影后的寂寞。每到大雪围城，她便为我们煮奶茶（她起得很早，从穿着皮制袷袢的送奶人桶里，打来新鲜的羊奶，把这些纯白的冷物烧开，放入砖茶不断搅拌，直至茶乳交融，加盐出炉），让房间又春意盎然。有时，我们喝到一半，听见不远处传来轰隆的爆炸，防恐制暴的警察出动，战火就这样燃烧起来。而老太太，像是闻所未闻般继续弹着华尔兹般美丽的《E 大调夜曲》。每到此时，我便神游天际起来，带着斑驳的墙壁上昆虫、猛兽、帝国、汽艇的图案一起出发。倘若心有灵犀，它们总会告诉你些什么。

它们说，你是一根漂浮在宇宙中的羽毛。

肖鹤家是大院里最早购置电脑的——虽然英特尔公司已于当年推出奔腾处理器，但我们面前科幻式的小机器却仅能用于文字处理和数据计算——一如落后的设备终会被进化的欲望所取代，肖鹤一家总是在身体力行地证明着这道理。在 DOS 系统里，我们在一些简易的数字游戏里抚慰独生子女一代的孤独。那时我们对于科学的迷恋，我对于科学的迷恋，要远胜于文学。只要订阅的《少年科学画报》和《奥秘》送来（那时我还不像成年以后，对信息试着精选，去图书馆翻阅《科学美国人》和《自然》杂志），我们就在无边无际的科学对话里忘记了自己。无论是美国抛弃骇人的“星球大战”计划，还是史蒂芬·斯皮尔伯格拍出了让人津津乐道的《侏罗纪公园》，又或是哈勃太空望远镜上的缺陷被奇妙地修复，总之，它们轻轻摆动几下，就会在我们的话题里掀起一场风暴。

科技创造着一种新的文化，它让世界逐渐合为一体。和中国的很多地区一样，乌鲁木齐也在逐渐与世界接轨：英语成为与母语旗鼓相当的基础教育让我朗朗上口；风靡城市的西餐厅使我能在很多周末遇见同班的面孔；一座座现代派建筑在古老的清真寺旁拔地而起；怀抱冬不拉的阿肯弹唱艺人变成了留长发穿皮衣的摇滚小伙……而我，和那时的几百万儿童一样，既没有燃起蜕变的渴望，也没有觉得丢了尊严，更像是一个混合物，静静等候历史赋予我们的一切。和日新月异的时代不同，外公的身体却在越来越旧，终于有一天，如同一台溃散的飞行器，他终于因为过量吸烟，罹患肺癌，冒着看不见的黑烟，躺进自治区医院漫长和萧索的病房里治疗。那刻，我站在清冷的院房走廊里，回想起外公在病床上生龙活虎，仍不知疾病为何物。但对此却心领神会：它的恐惧感可以缓缓消退，而任性的爱却……

青灰色的周末这样开始：在外公那，他因为右肺的病变时常响起铜钟般的哮鸣，淋巴结的转移让他的声音嘶哑如沙，肿瘤和静脉抢位置，慈爱又顽固的脸如失控的水墨臃肿起来。在手术前，我站在放疗室的玻璃窗边，把大人塞在嘴里的马奶子葡萄咽下去，在苦涩里等待肺叶切除手术的申请单。某日，外公变成一件易碎的瓷器，装载进军用飞机，去北京修复周身的道道裂痕。不久，死亡便像清风，拨动了少年的心弦。

外公走了，就像他从来没走过一样。父亲和母亲尽管悲伤，却依然积极生活，让抽象的思念生长在我的右臂——把一只黑白相间的“孝套”牢牢固定在那里。我对死亡还是一知半解，想痛快地大哭一场，却找不到理由。外公不是还在人世，在轰隆不止的飞行器上，在天际的某处探游吗？我把黑白袖套摘下来，或是加一件厚重的外套，以此来反抗一些怜悯的目光：我对真相存疑，更不愿让残缺感焚噬掉幸福的家族合影。又或者，隐藏袖套的行动本身就是层层叠叠的泪滴。

我成了两半儿，一半在繁华空洞的城市马戏团里延续想念，一半在晦暗的陋室里对死亡和时间心生恐惧。肖鹤跟死神打过交道，把我拽下来的袖套重新套好，像抚摸一张病床上的脸，把压折的边角翻开，归整我凌乱不已的幼稚。在主麻日，他带我来到清真寺。伊玛目正在高诵经文，信徒正在礼拜毯上跪叩。念诵声伴随着扩音器，在身旁吹奏着敬畏人心的号角。那经文，如冰花，似火焰，围绕在饱满雅致的房顶穹窿和艳丽繁复的石榴纹上。待聚礼结束，我仍不回神，久久伫立在那里。这一天交付给我时间的原理：肖鹤也好，我也罢，岁月会爬上前额，在特定的一天，我们回到初始的幽暗，两个自己终会站在一起。在外公空荡荡的书房，我找到洛夫的诗集，为存储顿悟，把句子从心头摘下，种在日记本的扉页上：

世界是一只断臂的袖

你来时已空无所有

一九九六年，父亲转业在即，我们一起把大大小小的家具打包，塞进鲸鱼肚子般的集装箱里，往南方的岁月去。箱体里被放入一张崭新的卡片，装箱工人手写着歪斜的字体——目的地，安庆。离开的时刻，肖鹤前来送别，我的内心有一条闹海的白龙，莽撞得想要吞掉太阳，让现实像跳针的唱片，回到开场。那是在正午，烈焰与寒风并存的夏日正午，在火车站，我们站在圆柱的阴影中握手道别，手心全是汗水。我没有哭闹，却攒下重重的言语和形象，它们跟我一样，都还不知道要去哪。然后，墨绿色的铁皮车厢穿过隧道。乌鲁木齐，带着呼啸的发音，缩小往事与风景，成了一座琥珀中的城市。

记忆中，肖鹤追日似的奔跑，与我挥手道别，一次又一次地，与我挥手道别……

天山渐行渐远，长江滚滚东来。纵横交错的河汊，星罗棋布的湖荡，一座工业化的港口小城挺起钢筋铁骨，让排着浓烟的万吨油轮穿过。振风塔像迎江寺里的得道高僧静若处子，石油化工厂则如起义的“太平天国”军团哄闹作响。隔江的河岸，是姹紫嫣红的田野，种着稻米、油菜和棉花。我得到一间属于自己的空房间，在其中收拾着杂乱无章的物件，归整着失去朋友的感伤。电视里正在播放踢踢踏踏的《大河之舞》，窗外却送来老人们吟唱《打猪草》里“么杆子么叶”的对花调。

很快，写信就成为一面神镜，重现了肖鹤的形象。我们通过书写，把信纸填满，夹上近照，寄出万里。我们像对待星星一样对待彼此——传递友爱，而不是腻在一起。在这些晦暗不明的日夜里，友谊成了我的救生圈，信纸上的字字句句成了最后的帆，让我没有被剧变的生活打垮。我们在信中书写一切，甚至玩起漫画接龙——拥有超能力的我们俩和一艘奇怪的飞船是当之无愧的主角——用科幻的方式，把校园里的恶女、利欲熏心的商贩和穿着滑稽的大人变成分格故事里的木乃伊、金刚和便装皇后。现在看来，就当时而言，做白日梦总比无梦可做要好。我们还会邀请一些死去的朋友，比如儒·凡尔纳、藤子不二雄、沃尔特·迪士尼、张天翼，于信笺欢聚一堂，像英国的布鲁姆斯伯里沙龙的文化明星们一样，我们彻夜交谈，互相欣赏，让信封变为一张餐桌，自由是赴宴的暗号。写信，使我们不再让心灵的秩序围绕尘世这中轴打转，而是将它铸入纸上的飞船，抛向九天之外。

寄付纸笔的童趣让我的心伤减少，但铺展开来的转学生活，却让惊奇与日俱增。我顺利通过新小学的测试，跟南方六年级的学生们坐在一起。下课铃声就像水闸，他们汹涌地围在我身旁。“听说新疆人都住在树上，每天骑马去打熊，是吗？”“不，新疆人住在布帐篷里，跟北极的爱斯基摩人一样，喜欢吃鱼。”“新疆还有喀纳斯水怪，那儿的人每天与恐龙为伴……”一放学，总有几个女孩，像追踪神农架野人似的尾随着我。我一回头，她们就如《仲夏夜之梦》里的妖灵，欢声笑语地隐没在喧哗的古巷里。有时周五，堂哥会操着糯软的黄梅腔，背负着姑姑晚宴的邀请，送我去马山宾馆幽深的餐阁。在路上，钟爱历史的堂哥会为我打开这座城市的记忆，上高一的他总是这样书卷化地开始：“中国的第一台蒸汽机诞生在这儿，为这个国家的工业化拉开了序幕。”每到那时，我跟教室里的同学互道再见后，便使劲拉着堂哥的手向外走，如同逃离。

从军队大院到市委大院，我得重新交朋友。我站在家门口，站在锡麟街上，回想起当年徐锡麟在这里起义时的腥风血雨，对路过身边知书达理的谦谦君子望眼欲穿，踌躇而不知所措，毕竟，我只是一个从原始森林里蹦出来的野小子。一旦孤独让我落魄，我便找机会偷听大人的谈话。当时父亲进入政府任职，家里的客人渐渐多了起来，形形色色的人物对我来说是一大笔消遣。有时，我会为其中悲伤的往事而叹息，但更多时候，对于我所不能理解的成人话题，则是以想象锻造，让故事重获新生。

毕业前夕，我的野蛮和顽皮反而让我成为最受欢迎的人。一向冷漠不语的同桌——承受了一学年与野人为伴的压力——居然也开了金口。这位背脊像轮弯月，皮肤柔情

似水的女孩故作镇定地索取了一张我的毕业大头照。她情绪的巨大起伏让我迷惑，我那时是真的没弄明白南方人的细腻，又或者，只是不懂一个女孩子的心思。升学考试结束，我以学校第二名的成绩考上安庆市第一中学，那是一九九七年，我得到奖励是一辆红如烈焰的自行车。在安庆大学的足球场上，在母亲的指导下，我骑着这个大家伙，惊魂不已，双腿僵直。当广播传来香港回归祖国的消息时，我穿着白色的短裤，连人带车冲进了一群穿着蓝色球服、上身赤裸的大学生背后的球门里。

一九九七年是一些奇迹的碎片，意外就如细雨，绵绵不绝。在伫立着褐色古槐的教舍旁，我被老师任命为体育委员——虽然儿童时期表现出的“领导力”依然让我心有余悸——在落英缤纷的操场上，我帮体育老师借还球具，在紫色的灌木前，喊着“稍息，立正”。一直到初三之前，健壮的体育老师都会用相同的方式表示对我的赞许，像压鞍马一样，重重地把手掌拍在我的肩头。“初中毕业前，你肩膀不是一高一低，就是干脆断掉。”肖鹤一边在信中冷嘲热讽，一边建议我收听迪士尼公司在中央人民广播电台的卡通节目《小小世界》，甚至怂恿我给其中的原创笑话板块投稿：“听众写笑话，每期会有电台的人员筛选播出，并作评比，胜利者的奖赏是二十块泡泡糖。”我们一起把奇思怪想的笑话寄去，每个周六下午静等播出。出人意料，我的笑话一次次地回荡在电波里，震惊了自己，也逗笑了肖鹤。我成了中国“米老鼠俱乐部”里从不露脸的“童星”。每次我收到泡泡糖之类的礼物包裹，肥腻的同桌总是咽下贪婪的口水，像变形的印第安公主宝嘉康蒂一样，唱起《风中奇缘》，把两三块甜透的固体同时塞进嘴中。

面对着朝阳，我伸展手臂，广播体操的音乐响起，在亮彻的天光中，我总能对美梦略知一二，不仅是因为当年詹姆斯·卡梅隆的《泰坦尼克号》让我对爱情有了向往，更多的是在流动的空气里，有一片联结我和肖鹤的无根家园。

借着这光，岁月的浊雾散去，父亲的形象随之清晰起来。他回归了家庭，在南方生活里耕耘和劳作。秋分时节，一名从郊区来城里收废品的老汉在楼下的大院里划破了大腿，玻璃切片不偏不倚地插在了他的主动脉上，深血颓然地渗透进龟裂的水泥地。父亲闻声下楼，带着急救药箱，简单包扎以后，就让司机把垂危的老人送去了市立医院。事后司机面露愁容，因为那血迹和气味很长一段时间，都在车内挥之不去。隆冬将至，初愈的得救者迈着老朽的步伐，扛着半袋大米和一只活鸡前来致谢。父亲把专属的摇椅让给他坐，很少说话，微笑着把一碗参汤放在了他的手里。

夜晚的时候，父亲点亮一盏青灯，批阅文案，那背影如同生长的山脉，从我关着的房门缝伸出峰角。曾为飞行员的父亲，在对面的黑暗里，像站在螺旋桨旁、拿着空军帽的英俊青年，天父般熠熠生辉。我把自己锁在那片黑暗里，在青灯不能顾及的角落，在长不大的恶习和青春期的虚荣心里打转。我抬头凝望那里，恐惧它日久天长的发酵，让人生在无可挽回中走向庸俗。

在信中，肖鹤也像领悟到什么，不再手绘漫画，而是用深沉的文字，堆起一座云山。昔日的飞船，便跟随他的字句，紧缩时一窥高峰，放浪时看见湖泊。十岁时那场大火的灰烬，似乎都飘逝于光冷雪冰的平原。

这段时间，我写一些长长短短的小说和诗歌，把它们像无家可归的孤儿，领进抽屉宽敞的收养所，而不出现在其他任何地方。我在写作，在远山和密林的词语里寻找皈依，像一个未成年的僧童，让分句断在嘴边。我对于阅读产生饥渴，让这些名字填补我的黑洞：简·奥斯汀、罗伯特·路易斯史蒂文森、查尔斯·狄更斯、马塞尔·布鲁斯特、弗朗茨·卡夫卡、沃尔特·惠特曼……语言的乐趣超越了绘画，让模糊不定的形体有了描摹的可能。它们千变万化，使心灵就像宇宙。意识疆域里的野马，也冲破焦灼的束缚，自由地奔驰在钢笔的牧场。新绿的意象让我如同回到了乌鲁木齐，回到了属于肖鹤和我的那片原始森林。我在斑斓的字句里挑选帮手，如川端康成附体般，让异想像银河一样，哗啦啦地落在我心里。

一页一页的云天，铁硬的蝴蝶，丰富的形象让我再次出生。手稿变成腹语，操纵着第二种生活里发生的一切。我用如炬的目光把风情万种的愤怒凿开，从一个角色跳进另一个角色，当错综复杂的叙事海浪般地翻涌时，母亲轻推我的房门，让癌症再一次悄无声息地袭来：父亲住进了市立医院。父亲的腹部已经凸长出可疑的肿块，淋巴的转移已经让父亲的瘤体增多。

在剧院的黑暗中，在父亲被诊断为肠癌住院以前，母亲一直对我保持缄默。我们坐在上演《女驸马》的石化剧场里，我还不知道这条仿佛与我无关的家庭新闻——直到姑姑怀抱着炖好的甲鱼汤站在门口，我才恍悟，自己是最后一个得知消息的家庭成员——舞台上的冯素珍，把深仇大恨紧锁眉间，公主拨开锦帐，喝道：“一道霹雳破晴空，驸马原来是女人。”嬉笑怒骂四起，碎落的喧哗渐大。母亲却静，没有被荒诞的一幕逗笑，也不曾为哄闹的四周苦恼，只是静静地坐在那儿，在比漆黑更远的处所。

回想起那幅图景，舞台上的戏曲光晕依然让人迷眼，但是，那灯光越是撩人刺目，我看到的黑暗也就越多。

几次，肖鹤也从寒冷的国界线致电江南。他怕信纸不能给我安慰，便将声音造成飞船，从听筒里驶向我。

存在和虚无的秤砣在我面前架起，而虚无的摆向又让我迷思，直到父亲用病中的双手把它推回原来的位置。在医院里，我轻车熟路地找到父亲的病房，出院离开或是复发入院时我总要站在门口。无论是何时，我们都会漫步长江边，我们走在一起，仿佛生命是崭新的一样。他给我错觉，让我麻痹自己，忘却他是个癌症的晚期病人，忽视那些化疗中的痛苦，他淡然的表情一如往常。可回到属于我的房间，清醒就噼啪作响——父亲为何要把那么多的痛苦都装进口袋，不向我展示哪怕一分一毫。很久以后，我和母亲在夜晚交谈，她说："你的父亲是一位乐观和坚强的人。"那时，我终于品尝到了自己的卑微，我是在用未开化的心智来度量父亲积极思考的力量。很多时候，我怀疑一切，把这种精神当成判断事物的利器；很多时候，我对宏大叙事的英雄主义嗤之以鼻，却失去了隐藏其中的常识，难道只有书写世界的阴暗和污浊才是真实，光明和乐观就是制造的假象？当我开始写作，并加入到传媒工作者的行列，发现我的很多同行都在乐此不疲地让自己与晦涩为伴，批判所有，把宽容当成耻辱。警惕的防线越来越厚，智力也在反向表演，就连某些最基本的价值也都荡然无存了。许多年以后，我坐在北京电影学院灰色的教学楼里，听我的老师崔卫平把汉娜·阿伦特的见地从上个世纪的"黑暗时代"里抽出来，放在我们眼前："即使在最黑暗的时代，我们也有权期待某种光明。这种光明与其说来自理论和概念，不如说来自一些男男女女在其生活和工作中，在几乎各种环境中点燃的不确定的、忽隐忽现的、通常是微弱的灯光，它照亮了尘世的时光距离。"

从父亲身上，我慢慢学会相信，相信人，相信爱。即使在人生最难熬的时候，也有这样一类人——我渴望加入他们——把"大雨"当成伙伴嬉戏，用内心的歌唱对待洪水和猛兽，与天唱，与地唱，与人唱，其乐无穷。

每逢出院，父亲重新工作，我便时常有机会让自己成为一只北极熊，出现在各种绮丽的宴请上。佳节吉日之时，我站在他们的身后，狡黠地在屏风、胭脂、檀桌、挂画之间打量着跟我年龄相仿的少女。在五光十色的豪宴上，她们谈吐优雅却忧心忡忡，像天鹅习惯湖水那样在社交辞令中自由进退。只有我，如同语焉不详、浑水摸鱼的伪装者，惊慌失措地体会着酒文化里的民主，它让我时时受到赞扬，又刻刻遭到盘问，而无论是前后哪一种结果都让我觉得莫名其妙。一年，安庆被深雪覆盖。我受到邀请，在父辈的用餐还进行时，加入到那些少女的聚会里。我们围坐在一起，在另一间青木瓜壁画的屋厅，声情并茂地谈话。小姐们寄情于电视剧集里英俊小生的风流韵事，用漂亮的辞藻梳妆打扮，一旦我谈起与肖鹤通信的奇思妙想，她们便扇动着洁白的翅膀，从善于制造的寒冷的异类那儿迁徙，去温暖潮湿的话题里安度光阴。我没有吃到鱼，只好调转肩头移往冰原深处，把胳膊倚在雾化的窗户前看雪。

白雪塑造着我，也构筑了城市。一个男孩和一座城市都银装素裹。日光把大地变成一面镜子，到处都是雪光，找不到分毫的黑暗。

我继续把文沙砌为城堡，让心灵飞速转动，来确保我的命运。高中二年级的下半学期，我在课间和自习课上写了几篇小说。其中一篇名为《火车快跑》，被放进深褐色的牛皮信封，带着渴望认同的迷幻风格，寄往北京的《青年文学》杂志。三个月后，我在传达室里拿着发青的电话听筒，让涌起的悦耳女声漫入耳膜。声音的主人是叫做雪媛的女士，她在我投稿的杂志担任文学编辑。她说起话来清脆响亮："你的作品发表了。"但这位缪斯女神的化身所给我的馈赠还不只是这些——我的这篇作品在这本杂志的年度文学作品评选中，被评为一等奖，将获得一千元的奖金。高二的秋天，我把十张淡红色的老人头装在裤兜，想象往后的日子能好过点。我分别给父亲和母亲买了件礼物，余下的部分，我想跟一位少女共进午餐。

她比我小一届，在不同的学校念书。我们相识于一次父辈们的聚会。她的身体总有种果香，让我着迷。她的发丝轻垂耳畔，宛若蚕线。她坐在我的对面，坐在我房间的地毯上，在某个周末的下午，我们会看着对方很长时间。我邀请她来看我的戏剧表演——那时我的表演天赋被社团领袖挖掘，虽然自己不以为然，但却被指名出演莎士比亚的舞台剧《罗密欧与朱丽叶》中的茂丘西奥——然后我们会坐在长江边的鱼舍里，在水云之间的餐厅里约会。但直到演出开始前她都未出现。那天乌云笼罩着大地，没有什么事情看起来会是好兆头。暴雨随之降临，我失魂落魄地等待着帷幕的拉开。但我没有想到的是，她因为坏掉的自行车，而在大雨中奔跑，让赴约的决心把自己弄得湿透。她蹑手蹑脚地走进安静的剧场，像一只游水的猫咪，悄然地坐在了我的视线前方。我让心中的太阳普照大地，焊接我们的目光，轻快地说出台词：“她的车辐是用蜘蛛的长脚做成的，车篷是蚱蜢的翅膀；挽索是小蜘蛛丝，颈带如水的月光；马鞭是蟋蟀的头骨；缰绳是天际的游丝……”

然而，爱情这项善举并不能阻止死神，如一座堤坝不能抵挡深阔的大西洋。大学二年级的开学，我一面在北京电影学院的拉片室过得昏天黑地，一面把写完的第一部书稿交给我的出版商。这部在父亲的病房圆桌上完成的作品，就像良药，我笃定地幻想它能带给他愉悦，而愉悦能杀死癌细胞。那时我们一家刚在医院的病房里度过了一个美好的暑假，父亲步行稳健，我确信他的生命会这样延展下去。很快，那一刻降临，当我接到父亲离世的消息，我从还在美梦中沉溺的同学旁悄然起身，把无声无息的混乱装好，拎起一个半人高的皮箱，带着瘦小的身影，在结冰了的万丈日光的站台，接过一张牵挂母亲的车票。

父亲的夜晚像睡帘般放下了。在市委人影稀薄的楼体内，在父亲的办公室，我受母亲所托去归整他的遗物。在深黑色的抽屉里，我找到三张没有拆封的爵士唱盘，它们像是父亲生前的呢喃，被我以怀念命名，放在书房里他收藏的其他爵士乐盘中间。我想起外公，仿佛死亡已让我麻木，于是用空荡荡的自我建造舞场，邀请格里·穆里根、艾里克·杜尔菲、迈尔斯·戴维斯、比尔·埃文思、查特·贝克、比利·霍丽戴登台献唱，我坐在孤独和困惑编织的座位上，思考着父亲的一生。唱机吟唱出悲怆的蓝调或是欢快的小号，我都不动声色。很多年以后，我才哭出了声。

一个词唤醒另一个词，一句话冲洗另一句话，我在铁绿色的火车车厢里破浪。我把生命暂时保管在白纸里，就像夏多布里昂的墓志铭，我深知我只是一台造书机。我带着写作的欲望，回到乌鲁木齐，把火车上的海浪和山林里的空寂合并起来，成为我的又一本书《爱》。在那里，我遇见了童年时的另一个玩伴，我们很多时间都在一起，不过，那又是一个新的故事了。肖鹤那时正在石河子市上学，旷课两天回来看我，心急如焚地想帮我减轻痛苦。我们坐在他的房间里，常常谈到死亡。我把对于父亲川流不息的怀念碾磨成光，让朝霞带入云端。一连数日，这座城市的云雾被点燃，熊熊的火光伴随着太阳东升西落。

现在，肖鹤赤手空拳，让一架落满时间灰尘、震动岁月回响的飞船从棕褐色的软泥里破土而出。我们并肩坐在巨型的童年文物上，坐在酒红色光泽的外壳顶端，在二零一零年夏天的尽头，数落各自狼狈不堪的人生。我们跌跌撞撞，磕磕碰碰。我们谈起“以天为家”的童言，那理想一会儿把我们烧成粉末，一会儿又让我们满心欢喜。我和他，让过去的影子西装革履，像两个残次品，在世界的赛道上既不听从心灵，也不听从大脑。有一天，我们大约找到了心的概念，于是踏上各自迥异的茫茫旅途——他把飞船埋在心里，找到了替代天空的两个女人；而我，继续在金属怪物的体内，一遍遍地清扫理想排泄的垃圾。在力不从心的时候，我再次成为人群里的北极熊，沮丧地回到那里，按下发动的钮键。当精神的能源促使飞行器为可能得很久后才会开始的自由作准备时，我的疲倦就消失殆尽。我把星辰当成背景，用失重的光辉涂抹伤口，像个敏感的儿童一样，在星河里入睡。

有时，我检修自己的任性，把格格不入的成分放在铁罐里。当记忆的圆盖压紧发声，我总会想起很多的事。然而，在经历了一次又一次的生死之后，对于任何信仰，不管真主也好，文学也罢，都已化整为零。我已经失去了大部分对我来说重要的东西，除了母亲，我已经一无所有，没什么再好失去的了。幽暗的挫败感和对过错的悔恨都已让我不再痛痒。我学会了停止祷告，练习从丰富的自己中获得希望，让自己把自己点亮。生活的暴雨冲刷着我，但只要我不愿停下，没有人可以阻止我继续前行。我尊重他人的信仰，也坚持自己的观念：上帝并不是遥不可及，他像碎片一样，就在每个人身上。对于我而言，我就是上帝。

外公和父亲都已离席，我和肖鹤还活着。他走到我的身边，问我下一年路在何方。我说，坏小子已经上路了，但还希望能抽出更多的时间陪伴母亲，比如把写博客的时间节省下来。他又回到了小男孩的状态，风趣幽默地说："小上帝，不错嘛！"我坐在黑洞般的餐桌上，听着钟表滴滴答答，观赏他继续将时间重新洗牌。他谈起即将出生的小女儿，描绘起那个甜美而惊人的小身体。我们都沉浸在新生的喜悦里，仿佛自己也是新的一样。夏日的云光，就像心灵的白昼，勾勒着伟大人类众生中的两员。"瞧，多壮美啊！"肖鹤把头转眺窗外的黄昏。

是啊，肖鹤，这个即将成为父亲的男人，对于我们一起经历过的美景，从来都没有迟到过。

（原载于 2011 年"榕树下"文学网站）

垂泪诗

顾天蓝

故人来访

“喂？”我拿起床头柜上的听筒。

“诗人。”

我眨了一下眼，再眨了一下：“是的，我是。”

“你好吗？”

“是的。”

对方低低地笑出声。

“是的。”我又说，“你是谁？”虽然我对此心知肚明。

“一位老朋友。”

“老朋友。”我像鹦鹉一样重复他的话。

我静静地呼吸了一阵，同时听到对方平顺的呼吸。

“我就在你家附近，稍后想过来一趟，方便吗？”

我闭上眼睛，紧紧地握住话筒，生怕因手指的颤抖而丢掉它：“好。”

“待会儿见。”对方很快说。

咔嚓。电话被挂断了。

大约二十分钟后，我打开房门，灯光昏黄的走廊里站着一个瘦高的男人，头部略垂，身上披了件极长极长的黑色袍子，仿佛就是一件袍子站在那里，神秘并且令人忐忑。他抬起头，露出一张令人无从揣测年龄的脸。

我打量着他，他也在做同样的事。

终于，我伸出双臂，给了他一个充满感情的拥抱：“好久不见了，起珑。”

“的确如此。”他不带任何情绪地低声说道。

由于距离太近，我听到耳朵里的声音嗡嗡作响。

真相

起珑随我来到客厅，在沙发坐下。

我让他稍等，然后转身去厨房端出早就准备好的咖啡和芝士蛋糕。

我拉过一张柔软的矮脚凳，坐在起珑对面，略欠身为他斟满热度刚好的咖啡。

在这期间，他的眼睛一直牢牢地锁住我，我感觉得到，那里边盛满千言万语。

“我不知道你是否还记得，就算记得，你会否愿意听……”他尽量让开场白显得若无其事。

我端起咖啡杯，静静地嗅闻它温暖的香气一小会儿。“严格说起来，我们并不算朋友，至少在当年不是。然而此时此刻，我这样看重你的到来，其中的缘由，无须我刻意挑明吧。”

“你最后一次见到罗莎莎是什么时候？”

他的话仿佛一柄凭空而出的利剑，刺得我措手不及。

咚。咚。咚。我听到心脏重重敲击胸膛的声音。

罗莎莎，这是有魔力的三个字，分别以后，一直为我所珍藏。可是在起珑口中，就像说起昨夜窗台上的某盆开花的植物一样随意。

我垂下头，闭眼以平息自己狂乱的心跳，再开口时，语调清淡得如同天边的一朵浮云，我对这样的自己非常满意。

“雷回到城堡受罚以后，我跟莎莎结伴下山，随后各自回家，就再也没有见过，算起来，整整二十年了吧。”

起珑向后靠在沙发背上，呈现出一种半躺的姿势，他的眼神变幻不定，欲言又止，接下来说的话却令我大吃一惊：“她不爱我，虽然她口口声声说爱我，但是，她不爱我。”

我用力地挥手打断起珑：“乱讲。不要因为你们分开了就怀恨在心恶意诋毁，莎莎是个好姑娘。”

“她爱爱情，爱想象中的爱人，爱称心如意的情节，但她不爱我……”他执意继续，声音越发笃定。

我因他这番坚持并发自肺腑的感言而默默，思索良久，过去的某个画面闪电那样从我脑海中划过——那是 17 岁的罗莎莎满脸眼泪对着雷诉说：“他不理我，他好冷漠，他只顾着自己心意，从未想我的感受，忽略我，不重视我，无论我怎样哭泣恳求只是沉默地皱着眉头……”我略略懂了起珑的话。

我欠身握住瓷壶的把手，为我俩再次斟满浓香四溢的咖啡。

这是我做梦都未曾想过的情景，我年轻时挚友的爱人，在多年以后拜访我，与我共同品尝一壶咖啡和一块糕点，而我们谈论的话题，是曾经炽烈如火焰般的爱，在沉浸于时光之后，仅仅是一场自醉自迷的幻象。

“那段相处的时日里，我听到最多的，是她对于父亲的描述，充满了抱怨、愤怒与渴望。父亲不理会她，不爱她，丢下她，父亲不该如此，父亲应该……我听她言语，观望她神色，只觉得她身世凄苦更胜我这自小在街头混迹的孤儿。可是现在，我明白了，那只是她天性敏感弱小，她只需被体谅爱护，却从不付出给他人。她不曾反省过自己是否是一个称心的女儿。她应是父亲离家不归的因素之一，可惜，她从未自知。”起珑说完这一大段话，又一口气灌下整杯咖啡，随后面露疲惫地望着我。

我摇头：“这不是你会说的话。”

他凝起眉头：“什么意思？”

“你是街头长大的男人，如何言辞这般的理智、聪慧，条理分明。”我带着淡淡的疑惑。

他展眉一笑，拽了拽身后的黑披风：“我拿到了占卜师的执照。”

“真是恭喜你了。这一定很不容易吧？”

“是啊。”起珑点头，“成为通灵占卜师对我来说，是极重要，且非同寻常的事。”

“非同寻常？”我蹙眉，不懂他的暗示。

起珑低头不语，只是以手指来回摩挲下唇，有不安的气息自他身上散发出来，我随之紧张了起来。

“大概是十八年前，一个沉闷得令人不安的夏日。我取得了通灵占卜师的执照，并见证了雷与罗莎莎结为夫妻。”他挪开手指，将脸转向我，眼光笔直锐利，“没错，我就是他们两个的证婚人。这是不是，很荒谬？”

“什么？！”我听到自己惊叫的声音，然后重重地跌坐在矮脚凳上，久久不能起身……

情伤

1

二十年前的夏天，我尚是轻灵俊秀的少年，因与父母多年的心结而游荡在外，并暗暗发誓此生不再踏进家门半步。

某个炎热的夜晚，我在郊外的月光森林里结识了各怀心事却同样离家不归的雷与罗莎莎。

当时雷正俯身安慰哭泣的罗莎莎，月光透过密密的枝叶洒下来，薄薄的，在他们周围形成一点又一点幽冷的光晕。

雷是个成熟、消瘦而寡言的男人，微笑与手势总是多过言语。

至于罗莎莎，她穿着宽大的男装，长长的头发束起在脑后，晶亮的眼睛里潜藏着倔强与乖戾的气息，她的口袋里总是揣着一把匕首。她是一个刚刚失去双亲的孱弱少女，然而她语音坚定分明，口口声声要寻找到自由与爱的命运。

几乎不需要任何思索与验证，我们成为朋友，并迅速决定去冒险。

相对于漫长的人生，那一段是短暂的旅途。然而在迷惘而痛苦的青春里，它持久得令人头脑发胀。

我们踏上旅途不久，罗莎莎遇上了起珑。起珑是个孤儿，自小在街头长大，身上叛逆乖戾的气息与陡然失去父亲庇护的少女罗莎莎何其相似，并且他眉眼飞扬，冷漠而果决，最重要的是，他是拯救罗莎莎于生死关头的英雄。

那个夜里罗莎莎意识到情绪可怕的软弱，哭着跑到湖边一跃而下，要将痛苦永恒地结束。

然而她没能实现这个愿望，偶然路过的起珑救了她。

后来，在医院醒来的罗莎莎一脸平静地对我和雷说，她见到了天使，于是她活过来了。

几个小时以后，天使出现在医院。我悄悄地退出病房，隔着门上的玻璃窗窥视里面的一切。罗莎莎凝视着站在床畔既是天使又是英雄的少年，双眼闪烁如同夜幕上的星光，那一刻她亲自引燃体内所有关于感情的火焰，不由分说地爱上了他。

我们的旅程就这样停滞了下来。

雷租了一间别墅，白天我们喝酒、打游戏机、胡乱吃零食，等待罗莎莎从外面归来为我们讲述那一日她与起珑之间的进展。

从拥抱、牵手，到接吻。

她的描绘眉飞色舞，带着夸张的手势与不知为何总是跷起的脚趾。

雷微笑着听，我就在一旁沉默，等到各自道了晚安回房，我便拿出稿纸来写一首诗。从罗莎莎恋爱开始，我每天都会写一首诗。

那段恋情持续了两个月零七天，以罗莎莎满脸泪痕地回到别墅而告终。

她站在客厅中央的长毛地毯上，赤着脚，脚趾跷起，用冰冷的语调说："我不爱他了，我们完了，我不想再听到有人提起他。不要质疑我、询问我，只要站在我身边，握住我的手就好了，可以吗？"她的眼神坚决，脸颊的肌肉紧绷，然而在眼底深处，装着许多欲盖弥彰的悲凉。

我被那种深深的崩溃般的悲凉吓到了，原本在吃爆米花的嘴巴半张着，右手停顿在半空，左手将爆米花桶搂得紧紧的。

雷走近罗莎莎，用一种我生平仅见的温柔的手势拥抱了她。

接下来，我听到了满心悲凉崩溃的声音，罗莎莎哭得那一日都失了色彩，我所见之世界无比昏暗。

雷轻柔地抚着罗莎莎的长发，轻缓地说他懂得她的悲伤，他什么都懂，他只是没办法说出任何安慰她的句子，但他愿意陪着她一起哭。

在我终于可以咀嚼爆米花，并自如地活动四肢以后，静悄悄地离开了客厅回房。

变化，就是从那一夜开始的。

我的稿纸一片空白，呆坐至天光大亮。

雷与罗莎莎则成为无话不谈的朋友。她见到他时笑容灿烂，她常常扑到他怀里主动拥抱，而我的角色，渐渐成为观望与旁观之人。

2

在雷向我们公布他的身世以前，从未有人想过旅途会在何时结束。事实上，在我心里，总以为我们三个会一直走下去，直到老死，或者世界末日与天长地久。

那天的雷显得格外暴躁，喝了很多酒。我与罗莎莎各自坐在他的身边，后来，他开始用低低的嗓音倾诉。

雷是吸血鬼，已活了五百年。在数月之前，他爱上了一位人类的少女，恋情正浓之时，他按捺不住心中的渴望，张口咬上了她的颈子。

雷说，这就是吸血鬼的宿命，吸血鬼会因爱的欲望而咬断恋人的动脉。

“至于传言所谓的吸血鬼是恐怖的生物，他们以吸食人血为生，实际上……”他叹了口气，继续说，“他们平日里只吸食牲畜的血液，他们唯一会产生吸血欲望

的人类，便是他们倾心所爱的人。”

“为什么？”静默良久，罗莎莎问出我心中同样的疑惑。

“你们爱上一个人，就会想要拥抱和亲吻对方，对不对？”他并未等我们回答，便径自说下去，“吸血鬼也不例外，我只是，想要爱她而已……”

雷说完，举起酒瓶灌了一大口下去。我不害怕他的身份，一直以来，我只是疑惑于他眼底那片深沉的忧郁，直到那一刻得知，他是来自于传说中暗夜的种族。

我们的旅程就结束于雷醉酒后所揭露的身世。

在那之后的雷，经常几天不见人影，出现的时刻又郁郁寡欢如一潭死去的湖水，月光再也无法吸引起他的涟漪。

终于有一天，雷对我和罗莎莎说：“如果你们不介意，就随我一起到吸血鬼的城堡做客吧。我想在接受惩罚之前，在属于自己的地方招待你们一次。”

“是什么样的惩罚？”罗莎莎担忧地问道。

雷撇了撇嘴，流露出一副满不在乎的样子：“清除所有有关恋人的记忆，前往禁地受捆缚刑一年，”顿了顿，他接着说，“以及，终生不得踏出城堡半步。”

“如果，你离开城堡呢，那会怎样？”雷的眼神告诉我，他并没有把话讲完。

果然，雷冷笑了一声，说：“会魂飞魄散。”

我顿时觉得脊背寒凉。

而罗莎莎，安静地站在一旁，眼泪早已布满了脸颊。

如今回想起来，罗莎莎对雷的动容，许就是在得知他身世的那一刻。

失去所爱的心情，没有人比接连经受打击且敏感的她更加懂得。

此时的我，对于当年在雷的城堡所见的一切，早已遗忘大半，剩下些零落的碎片根本不值一提。

我眼前最为清晰的，是离开城堡以后，站在分岔路口前，与罗莎莎道别时的情景。

她背对着光，一双泪眼，嘴唇微启，面容忧愁又倔强，长发与黑衣令她整个人看起来冰冷如同站在暗夜的月光之下。

她说：“再见了，诗人。嗯，祝你可以写出很棒很棒的诗。”

“谢谢你，罗莎莎。”

“不客气。我要走了呢。”虽然这样说，她的脚步却没有移动半分。

“你要去哪里？”

“不知道。”她摇头，眼泪随着这个动作掉了下来。

她突然扑进我怀里，将鼻头蹭到我肩膀，我感觉到她热乎乎的鼻息。

她哭着说：“我不知道去哪里，真的不知道。爸爸走了，我早就是个没有家的孩子。我无家可归，我要去哪里才好啊？”

如果我稍稍勇敢一些，聪明一些，我会对她说：“跟我走吧，罗莎莎，我们一起去个你喜欢的地方，过你想要过的生活。”

然而我只是轻轻地、默默地拍抚着她因痛哭而颤动的脊背。

直到她平静下来，离开我的怀抱，轻声说：“再见了，诗人。”

我没有再问她去哪里。

我目送她转身，朝着某一个方向走去，直到再也看不见。

那是二十年前的深秋。

唯有深爱一途

起珑掌中托着咖啡杯正随意地把玩，见我总算自回忆中归于现实，他调整了下坐姿，面无表情地说：“要不要，继续听下去？”

我点头：“当然。”

“那时我正准备考取通灵占卜师，某天夜里察觉到被人跟踪。很快，我发现那人是许久未见的罗莎莎，那时她风尘仆仆，一脸疲惫。我以为她那样追着我是要……”起珑耸肩，“是要跟我重新开始，谁知道，她却要我帮忙，让她变成雷曾经爱过的女孩模样。她说她要去吸血鬼的世界跟雷在一起，我那时，真的觉得她疯了。”

他长长地停顿了下，继续说：“总之，我们试过了各种可能的办法，总算找到了一种可以让雷以为罗莎莎是心爱的女孩，而罗莎莎却无须改变容貌的幻觉药水，紧接着罗莎莎就带着那药水去找雷了。之后的事情我便不晓得了，直到他们两个同时出现在我面前，要我做他们的证婚人。罗莎莎真是个奇妙的女人，他们结为夫妻那一日，我想我这辈子都忘不掉。”

我以为起珑说完了，怎知他突然冒出一句：“罗莎莎别无选择，她一定要爱上雷，否则，她这一生将非常痛苦。”

我被他声音里隐隐约约含着的一丝切齿的恨意吓到，久久未曾言语。

过了一会儿，起珑说：“诗人，你怎么了，在想什么？”

我摇头，依旧背对着他：“没什么。”

他轻笑了几声：“通常人们说没什么，就代表很有什么。”

我叹了口气：“如果可以，我真想见见罗莎莎。”这虽非我心中此刻所想，却是千真万确的心愿。

我能感觉到身后的起珑张口欲言却寻不到恰当词句的窘迫。

于是我们静静地站在原地，听着彼此均匀、不肯透露丝毫情感的呼吸声。

“那么，我来为你开一局吧。”

“什么？”我转身，诧异地询问。

“塔罗牌。”起珑半垂下眼，使原本就消瘦的脸颊看起来尖削得惊人，“你忘记了么，我如今已取得通灵占卜师的执照。”

我略微思索了下，摇头拒绝：“不用了，我一向不太相信那种玩意。你知道的，我一向是个古板的人。”

过了好一会儿，我听到起珑飘忽的声音，仿佛距离我非常非常遥远。

“你这话的用意，是想要让我离开吧。”

我垂下双眼，不语。

“那么，”起珑的声音带着叹息，“再见。不，应该说后会无期。”

“后会无期。”我在心中默念。

我的言语冷淡而无理，致使起珑只能尴尬离去，是因为，他说对了。

罗莎莎除了爱上雷，别无选择。

若然她依旧如同我与起珑当初所见所知的那般任性、固执、为所欲为，她的一生将会非常非常痛苦。

在她选择成为雷的爱人的那一刻，便注定她的未来只有雷。

她会住在那座奢华的绝无仅有的吸血鬼城堡里，同她的丈夫雷一起。当然，雷会带她慢慢地结交其他的同类。

那些都是吸血鬼。她的世界里只有吸血鬼，那就是她的后半生，她的全部所得与拥有。

雷是她的丈夫，并且是她唯一的伙伴、知己。

她只能唱歌给他听，只能在寂寞的时候找他说话，他是她唯一的舞伴……

倘若她没有爱上他，那么她无须多久，便会在陌生并永不会熟悉起来的世界里渐至枯竭。

这样想象的同时，仿佛有一只手在狠狠地、不留情面地撕裂我的心脏。

梦中道别

那是一个极为普通的夜晚。

若非要说有什么不同，那一夜之后，天气就转凉了。

所以，它是这一年里，最后的夏日夜晚。

就在这燥热与温凉交替的时间里，我梦见了罗莎莎。

一开始我并没认出她来——她已与二十年前的少女模样截然不同。

这并非是说她的面容身体已衰老。

实际上，按照年纪来说，她美得实在令人难以置信。

她穿着一件薄薄的纱织长袍，虽然是黑色，但质地的轻薄使得袍子看起来竟然是透明的，却又不至于袒露身体。

总之是一款若隐若现的，充满诱惑美感的绝佳面料。

她的长发在脑后挽起一个松松的髻，这使她原本就小巧的脸蛋看起来更加清秀。

一双眼睛沉静、幽深如月光下的湖水，嘴唇饱满而滋润。

少女时期的罗莎莎没有这样美。

“诗人。”

这熟悉的、略带嘶哑的嗓音使我惊叫起来：“罗莎莎！”

她眨了一下眼，展露出微笑：“是的，是我。”

“我们太久没见了。”我不知道说什么好，只是贪婪地注视着她。

“我很好。”她说。

“我来告诉你我很好。我爱他。”她又说。

“你很好。你爱他。”我重复她的话。

我感觉到自己的眼底涌起一片潮湿。

她坐下来，背后是一片草地和远远的湖水。

月亮一下子跃上半空，幽冷的光芒笼罩在她周身，那袭长袍，仿佛被镀了一层银光。

她不再说话。只是静静地对着我微笑。

我望着她，视线越来越模糊。然后我醒来，抬手摸到顺着眼角流下的两道泪水。

这是阔别二十年之后，我第一次梦见罗莎莎。

也是最后一次。

我无法去往她的世界。她也不可能再回到人间。

梦里的罗莎莎美丽，浑身上下都散发着幸福而满足的气息。曾经的乖戾叛逆不见了，成熟令她丰美怡人。

我为之无比庆幸，还有感伤。

二十年过去了，我年届不惑。然而我的梦中，仅这一个女人，并且她极之残忍，只出现这一次，是为向我展示她成功的恋情与幸福的生活。

我却没有向她展示，我这孤独的生活，贫瘠如沙漠。无意中扎根生长的绿洲，连我自己都在意料之外。我一直写诗，写一个身穿红呢绒长大衣的少女，自称杀手，沿着流浪的路途默默行走，就这样直到世界末日与天长地久。

垂泪诗

傍晚，我从还算洁净的窗户里看到在沙发上端坐着的模糊的自己，领结翘起的弧度有些夸张，像是坏心巫婆对着即将到手的猎物咧开嘲笑的嘴巴。衬衫的袖扣由于长时间系着使我的手腕一阵阵发麻，是的，我身上是出席宴会时才会穿戴整齐的黑色丝绒西装与白衬衫，酒红色的领结跟袖扣一样紧紧地束缚着，皮鞋也擦得锃亮。

我起身，换了一块新桌布，黑白格子，边缘嵌着灰色的丝线。

再郑重地将那块圆形小蛋糕盛在盘子里，摆在正中央。

又去倒了一杯苏打水，放在尚未点燃的黑色蜡烛旁。

这就是我三十九岁的生日。独自一人，窗外有一轮安静的月光。

我点燃蜡烛，然后拿起搁置已久的钢笔，在整洁的稿纸上写下一首悼亡爱情的诗。我将它取名为，《垂泪诗》——

我想成为你不可替代的
然而这世间每一人都不可替代
我想成为你最珍贵的
然而人最珍贵的乃是自身，以及对自身的爱
我想成为你途中的牵手
然而那一刻你身畔有着别人
我想成为你孤独时的抚慰
然而你的目光从不曾与我相遇
我想成为你外套口袋上一朵刺绣的花
然而衣服终究会破损、陈旧、直至丢弃
我想成为你口中的冰淇淋
然而它融化后我也就不复存在
我想成为你可倾诉的对象
然而你遇到艰困时只愿沉默、沉默
我想成为你呼吸着的一缕空气
然而这只是魔法式的幻想
我想成为你的……
爱
然而你在遇见我的时刻
那一粒魂魄尚未打开
你不知道自己是谁
于是我成为，只能成为
铭记住你的迷惘孤独沉默慌张的局外之人
对你的爱，成为我梦中永恒的渴望
深深地、深深地汲取我生命的水分

使我干涸

像远古烈日下的树叶

卷曲着、皱缩着

最后成为一位老者

End

罗莎莎，你知道吗，无论你的父母、丈夫，或是你这一生遭遇的其他人，都没有人，比我爱你更久。

我不知道自己因何心动，明明 17 岁的你不够美丽，更没有温柔可爱，你只是尖锐、强硬，执著。

然而，就是这样的你，深深、深深地，打动了我。当我察觉到爱，你已成为我的呼吸、空气、面包，以及生命中常绿的仙人掌。

后来我曾无数次回想你失恋之时，我那仿佛遭受了魔法的喉咙与双手，我应该走上前去紧实地拥抱你，我应该像雷那样，不，比雷更加温柔地对你微笑。

可是我没有。

懦弱与逃避的天性早已为我的一生定下悲凉的注解。

在梦中，你因爱与被爱而幸福的面容，我不敢、不敢张望太久。

罗莎莎，你不知道，我为从前那一刻的缄默，追悔了余生。

（原载于《花溪》2011 年 9 月）